꽃길보다 내 인생

하늘마음 난 네가 참 좋아

꽃길보다 내 인생

초판 1쇄 발행 | 2017년 10월 30일

지은이 | 이지연
펴낸이 | 공상숙
펴낸곳 | 마음세상

주 소 | 경기도 파주시 한빛로 70 507-204

신고번호 | 제406-2011-000024호
신고일자 | 2011년 3월 7일

ISBN | 979-11-5636-161-9 (03810)

원고 투고 | maumsesang@nate.com

ⓒ이지연, 2017

* 값 13,000원

* 마음세상은 삶의 감동을 이끌어내는 진솔한 책을 발간하고 있습니다. 참신한 원고가 준비되셨다면 망설이지 마시고 연락주세요.

국립중앙도서관 출판예정도서목록(CIP)

꽃길보다 내 인생 / 지은이: 이지연. – 파주 : 마음세상, 2017
  p. ; cm

ISBN 979-11-5636-161-9 03810 : ₩13000

수기(글)[手記]

818-KDC6
895.785-DDC23   CIP2017025772

꽃길보다 내 인생

이지연 지음

마음세상

들어가는 글

참 열심히 달려오다가 어느 날, 갑자기 딱 멈춰버린 듯했다. 몸도 꼼짝할 수 없었고, 마음은 더 꼼짝할 수가 없었다. 아무리 끌어당겨 일으켜 세워 보려 해도 땅바닥에 들러붙은 껌 딱지처럼 일어나려고 하지 않았다. 넌 네가 사는 모습이 부끄럽지도 않냐며 늘 걱정스럽게 말씀하시는 엄마 앞에서도, 내가 뭐 어때서 라며 당당했었는데, 어느 날부터인가 쥐구멍에라도 숨어 버리고 싶었다. 도대체 너 뭐 하고 살았냐고, 왜 그렇게 살았느냐고 자책하는 목소리가 내 안에서 더 크게 들려왔다. 이게 아닌데, 뭐가 잘못되었을까 혼돈이 오기 시작했다. 여자들에게 찾아오는 갱년기가 말로만 듣고, 남의 이야기였을 때는 그까짓 것으로 생각했었다. 예고도 없이 어느 날 갑자기 내 앞에 성큼 다가와 버린 괴물이 갱년기였다. 그러나 그 괴물 앞에 힘없이 쓰러지고 싶지는 않았다. 내 안에 내재 되어 있던 문제들과 남편과 풀리지 않던 관계의 문제들이 더 크게 드러나면서 나를 힘들게 했지만, 지금까지 내가 어떻게 살아왔는데, 한순간에 주저않을 수는 없었다. 결국은 내가 나를 더 사랑하고 보듬어 일으켜 줄 수밖에 없었다.

어느 날 버스를 타고 가면서 내 인생의 어두운 터널은 언제쯤 끝이 날까, 끝이 나기는 할까 하고 막막해하던 때가 있었다. 그러다가 우연히 하늘을 올려다보았다.

아, 어쩐다고 나는 여태 하늘 한번 쳐다보지 않고 지내 왔을까. 그 날 내가 본 하늘은 높고 푸르러 눈이 부셨지만 내겐 너무 낯설었다. 늘 내 머리 위에 펼쳐져 있는 하늘이었는데, 난 그 하늘 한번 올려다볼 생각을 못 하고 그렇게 지내 왔다.

고2 때 국어 담당이셨던 담임선생님께서는 항상 우리에게 말씀하셨다. 하나님이 우리에게 주신 가장 귀한 선물은 생명이고, 우리가 하나님께 드릴 수 있는 가장 귀한 선물은 그 생명을 아름답게 살아 드리는 것이라고……. 힘들 때마다 이 말을 항상 기억했다. 난 가장 귀한 선물을 받은 자인데, 어떻게 하든지 그 선물을 함부로 내동댕이치고 싶지 않았다.

나는 덤으로 사는 자이니까 내 인생은 더 특별하다고 생각했다. 그래서 항상 그 자리에서 다시 시작했다. 넘어져 울다가도 다시 일어났다. 아무도 일어나라고 손 내밀어 주지 않아도, 함께 가자고 다가와 주지 않아도, 난 아무 일 없었던 것처럼 일어나야 했다. 그때마다 너무 아무렇지도 않게 일어났더니 힘들게 보냈던 그 시간마저도 남이 볼 땐 내가 즐기는 것처럼 보았나 보다.

누구라도 특별한 인생은 없다. 특별하게 봐주는 사람들이 있는 것이다. 누가 어느 만큼 인정해주고 응원해주느냐에 따라 내 인생이 멋진 인생이 되기도 하고, 그저 그런 인생이 되기도 한다. 어떤 훌륭한 업적을 이룬 자라 하더라도 아무도 인정해주지 않고, 아무 관심도 가져 주지 않는다면 그건 아무것도 아니다. 내가 아무리 별 볼 일 없는 모습으로 살아간다 해도 날 향해 소리쳐 주고, 멋지다고 이름 불러 주는 자가 있을 때, 내 인생은 그때부터 의미 있고, 멋있어지는 것이다.

갱년기 때문에 내가 잠시 엎어지긴 했지만, 그때 내게 가장 절실했던 건 날 일으켜 줄 따뜻한 한마디의 위로였다. 그 위로가 내겐 너무 간절했다. 지금껏 열심히 살아왔는데도 불구하고, 내 인생은 마치 실패처럼 보였기 때문이다.

"괜찮아, 지금까지 잘해왔어. 잠시 쉬어도 돼."

내가 뭘 하든, 어떤 모습이든 나를 응원해 줬으면 하고 바랐던 친구가 있었다. 끝까지 날 응원해 줄 거라 믿었는데, 그 친구에겐 그럴 마음이 전혀 없다는 걸 알았다. 그저 나 혼자만의 바람이었다. 오히려 내가 그 친구에게 너무 많은 걸 욕심내었던 것 같아서 부끄러웠다. 처음부터 줄 사람은 생각도 안 하는데 나는 받으려고 두 손 내밀고 기다리고 있던 모양새라 내 손이 부끄러웠던 적이 있었다. 나의 응원군이 되어 줄 마음이 없었던 그 친구를 놓아주기로 했을 때 잠시 마음은 아팠지만, 어른이 되어서 무조건적인 내 편을 찾는다는 건 참 어려운 일이라는 것을 알게 되었다.

아무도 잘했다고 칭찬해주지 않아도, 잘하라고 응원해주지 않아도, 내 인생 별 것 아니라고 뒷자리로 밀쳐낸다 할지라도, 그동안 열심히 살아와 준 나에게, 내가 나를 위로하고 응원하고, 나를 좋아한다고 말해 주고 싶었다. 아니 말해줘야 했다.

그 시간 동안 책은 나의 가장 좋은 친구였다. 어디로 가야 할지, 무엇을 해야 할지 모를 때, 머릿속이 엉킨 실타래처럼 복잡하고, 마음이 심란하고 답답해서 울고 싶을 때, 난 항상 책 속에서 답을 찾으러 서점으로 나갔다. 누군가에게 이린 나와 이야기 좀 해 달라고 매달리고 싶었지만 아무도 없었다.

괜히 그런 날이 있다. 나만 어디에도 속하지 못하고 겉돌고 있는 것 같은 날, 아무도 내게만 말 걸어 주지 않는 날, 아무도 내 말에 대답해 주지 않는 날, 나만 외톨이인 듯, 있는 듯 없는 듯 아무도 내 옆에 와 주지 않는 날, 나만 세상에서 왕따 당하는 것 같은 날…….

그럴 때도 책은 변함없이 내게 새 힘과 용기를 주는 유일한 친구였다. 날 일으켜 주는 한 줄의 글만 찾게 되어도 나는 거뜬히 다시 일어날 수 있었다. 무슨 수를 써서라도 난 그렇게 일어나려고 애썼다.

지금 내 나이 47세. 서른을 맞이할 때는 그렇게 몸부림을 치면서 밀어내려고 했었는데, 마흔이 될 때는 아무 생각이 없었다. 그냥 오나보다 했다. 아무런 느낌 없이 받아들였다.

쉰이 찾아오면 난 또 어떤 모습으로 맞이할까.

몸도 마음도 힘든 이 시기도 분명 지나고 나면, 그때가 좋았다고 기억할 것임을 이젠 안다.

지나보면 아픔마저도 추억이란 이름으로 포장되어 있을 테니까. 우린 지나가봐야 내가 누렸던 것, 가졌던 것에 대한 소중함을 알게 되는 거니까.

그래서 난 오늘도 나를 힘껏 응원하며 일으켜 세운다.

하늘마음, 난 네가 참 좋아!

제3장 하늘마음

제4장 꽃길보다 내 인생

제5장 그럼에도 불구하고 나는 살아간다

제1장
어쩌다 보니 지금

그 남자를 만났다

대학교 2학년 봄, 5월이었다. 고등학교 때 친구가 나이 많은 같은 법학과 동기라면서 소개팅 자리를 만들어 주었다. 너무 부담 갖지 말고 그냥 새로운 사람 한 명 알고 지낸다는 마음으로 가볍게 만나보라고 해서 진짜 가볍게 나갔었다. 꼭 소개팅하고 싶은 마음은 없었지만 내가 특별히 좋아했던 친구가 소개해 주니 그 친구 때문에 나간 거였다. 그 남자는 약속 시각보다 30분이나 늦게 나오고도 별로 미안해하는 표정이 아니었다. 약간은 건들거리는 모습도 보였지만 그렇게 나쁘다는 느낌은 아니었다. 난 약속 시각이 정확하지 않은 사람을 좋아하지 않는데, 첫 모습이 그 사람의 평상시의 모습이란 거 나중에 알았다. 나와 연애를 하는 중에도 대부분 10~20분씩 늦는 것은 기본으로 아무렇지 않게 했다. 그때는 약속에 늦는 그 남자가 왜 아무렇지 않았을까. 번번이 그럴 이유가 있을 거라며 왜 예외를 두었을까.

교회를 다닌다고 했더니 남편은 내게 "환자입니까?"라고 물었다. 아파서 병원을 갔다가 치료가 끝나면 병원을 그만 가야 하듯이 교회도 마음의 위로를 받고 문제가 해결되었으면 그것으로 끝내야 하는데 계속 나가는 사람이 있다면서 남편은 그들을 환자라고 불렀다. 남편이 말하는 '환자'는 사람들이 흔히 말하는 광신자가 아니라 주일마다 예배를 드리러 교회 가는 일반 사람들을 칭하는 말이라는 걸 알았다.

참 이상한 궤변을 늘어놓는 사람 같았다. 집에 와서는 이제 더 안 만나야겠다고 생각했다. 그러고도 우리는 5년 동안 연애를 했다. 우리는 뚜벅이 사랑이었고, 가난한 커플이었다. 밥 먹는 것이 까다로운 남편 때문에 한 끼를 먹으려면 얼마나 발품을 팔아야 하는지 몰랐다. 걷는 것을 좋아하는 남편 때문에 연애하면서도 우리는 주로 많이 걷는 곳으로 데이트하러 다녔다. 용두산 공원, 어린이 대공원, 금강 공원 등으로 가까운 산으로 가기도 했고 작은 절에 들르기도 했다. 남편은 절에서 살았던 사람답게 산을 아주 잘 다녔다. 다람쥐 같았다. 난 교회를 다니고 있었지만, 남편을 만나면 절에 구경삼아 가곤 했다. 남편 학교로 자주 편지를 써 보냈고, 고시원 생활을 할 때도 편지를 써 보내곤 했다. 친구들은 남편 이야기만 나오면 싱글거리는 내가 신기하다며 뭐가 그리 좋으냐고 물었다. 그들이 볼 땐 좋아할만한 조건이 하나도 없는데, 남편을 최고인 듯이 생각하고 다니는 내가 유별나 보였던 것 같다.

난 남편을 아저씨라고 부른다. 맨 처음 친구소개로 만났을 때 붙여진 호칭이 결혼하고도 아직도 그렇게 불리고 있다. 오빠도 아니고 아저씨가 더 편했다. 대학 친구들도 모두같이 우리 남편을 아저씨라 부른다.

남편은 늦은 나이로 대학을 다니면서 하숙 생활을 하고 있었는데 내가 꼭 잠들기 전에 10시쯤에는 밖으로 나와 공중전화로 잘 자라고 전화를 해주었다. 나도 그 전화를 받아야 잠을 잘 잘 수가 있었다. 서울에 고시원에 있을 때도 밤 인사는 꼭꼭 전해왔다. 전화 목소리가 좋았다. 노래 부르는 목소리도 매력적이었다. 남편은 가끔 전화기에 대고 노래를 불러주기도 했고 또 어쩔 땐 내가 불러주기도 하면서 전화기를 붙들고 있던 우리는 닭살 커플임에 틀림이 없었다.

남편을 처음 만났을 때 난 21살의 대학교 2학년, 남편은 26살의 대학교 1학년생이었다.

남편은 어려서 어머님이 일찍 돌아가셨다. 누나가 둘, 남동생이 한 명 있었고 가정 형편 때문에 학교 공부를 제대로 못 하고 초등학교만 졸업했다. 외삼촌이 스님이셨는데 남편만 외삼촌이 계시는 절에서 초등학교에 다니며 지냈다. 부모님과 동생들과 함께 화목하고 단란한 어린 시절을 보낸 나는 가정을 모르는 남편 옆에 있어 주고 싶었다. 어느 순간 그 사람에 대한 측은함, 동정심이 생겨났었나 보다. 동정심, 모성애……. 결혼할 남자를 고를 때 가장 조심해야 하는 감정이라고 하는데 난 그 이미 그 덫에 걸려 버렸던 걸까. 그 사람에게서 가끔 풍기는 외로움이 내 마음을 짠하게 만들었다. 혼자였을 남편에게 함께하는 행복을 주고 싶었다. 남편은 나보다 나이가 5살이나 많은 것이 한편으로는 내가 의지할 수도 있고, 보호 받을 수도 있을 것 같아 듬직하기도 했다.

한참 후에 남편은 검정고시로 중학교, 고등학교를 마치고 남들보다 늦은 나이에 대학생이 되었다. 남편은 법학과를 다녔고, 법학과 학생답게 사법고시를 마음에 두고 있었다. 3학년이 되면서부터는 방학 때마다 서울 고시원에서 지내다 왔다.

내가 누군가를 만나고 있다는 걸 알게 된 부모님은 남편과의 만남을 탐탁지 않게 생각하셨다. 부모님도 안 계시고, 나이도 많고, 게다가 고시 공부를 하게 될 이 남자가 좋아 보이지 않았다. 내 딸을 편하게 살도록 해줄 사람이기보다

고생길이 더 열릴 거라는 걸 아셨나 보다. 남편은 졸업 후에도 계속 고시원 생활을 했었고, 그러는 중에 결혼 이야기가 나오게 되었다. 나도 엄마도 본격적으로 결혼 이야기가 나오면서부터 서로 얼굴 대하는 것이 불편해졌다. 마음은 더 편할 수가 없었다.

엄마는 결혼 날짜를 잡기 위해 궁합을 보고 오셨는데 몇 군데를 다녀 봐도 너희 둘은 안 좋은 것만 서로 가지고 있으니, 헤어지는 게 어떻겠냐고 하셨다. 난 교회에 다니기 때문에 그런 거 필요 없다고 말하면서도 그렇게 말하는 엄마 때문에 속상해서 몇 날 며칠을 화가 나 있기도 했다. 아무것도 없이 단칸방에서 시작해도 둘이서 마음을 합하여 열심히 살면 된다고 생각했다. 작은 단칸방이라도 난 열심히 살아낼 자신이 있었다. 남편도 분명 같은 마음일 거라 믿었다. 함께 한다는 것이 중요하다고 생각했으니까.

내 생일 날짜를 하루 바꿔서 겨우 결혼 날짜를 받아 오셨다. 엄마는 내가 결혼 날짜를 잡고부터 매일 우셨다. 어려서 아팠던 까닭에 결혼 생활도 특별히 고생 안 시키고 편한 곳으로 보내고 싶어 하셨다. 그런데 제 발로 고생길로 걸어 들어선다고, 엄마는 속상해하셨고, 억울해하셨다. 나한테 달래보기도 하고, 화도 내보고 욕을 하기도 하셨다. 그래도 견딜 수가 없으셨던지 어느 날은 욕실에 수도꼭지를 틀어 놓고 꺽 꺽 목 놓아 실컷 우셨다고 한다. 결혼식 날은 아버지가 또 얼마나 우시던지 손수건이 아니라 수건으로 아예 얼굴을 감싸고 계셨다.

결혼 준비를 시작하면서부터 남편과 엄마 사이에서 난 마음이 더 힘들어졌다.

"그래도 이 정도는 남자 집에서 해야……."라며 말씀하시는 부모님과 "그래도 남자한테 이 정도는 해줘야……."라는 남편의 생각 사이에서 난 마음이 애가 타고 오그라들어서 이러지도 저러지도 못하고 마음만 동동거리고 있었다. 좋은 마음으로 허락해 주신 것이 아니라 되도록 쉽게, 수월하게 진행되기를 바랐는데 아무리 간단하게 한다 해도 결혼 준비라는 게 만만치가 않았다. 부모님 기분도 언짢게 하고 싶지 않았고, 남편 자존심도 상하게 하고 싶지 않았다. 1996년 결혼할 당시 아버지 사업이 한창 힘들었을 때였고 돌아오는 어음을 돌려막기를 하느라 혼자 밤잠을 못 주무시고 고민과 걱정이 쉴 없는 날들이었다.

왜 난 이 사람이 아니면 안 된다고 떼를 써서 부모님 마음을 아프게 하면서까지 그 사람과 결혼을 했던 것일까. 그때의 내 사랑이 진짜가 맞았을까. 그러나 그 당시에는 누가 봐도 난 사랑에 빠진 사람이었고 사랑을 하는 행복한 여자였다. 그리고 그 사랑은 내 또 다른 인생의 시작이 되고 있었다.

남편을 향한 사랑

결혼을 하자마자 남편은 서울로 갔다. 사법고시 공부를 한다고 고시원에 가있을 때 난 차비로 쓸 10만 원만 남겨 두고는 학원에서 받는 내 월급 모두를 고시원에 있는 남편에게 다 보냈다. 남편은 한 달에 한 번 꼴로 집에 왔는데 그렇게 집에 오면 온종일 TV를 보고 누워 있었다. 난 그런 남편의 모습이 못마땅했지만, 공부하느라 힘들 남편을 편히 해 줘야 한다고 생각했다. 그런 것으로 트집 잡아 싸우면 재수 없는 여자가 될지도 몰랐다. 가끔 집에 오는 남편의 마음을 불편하게 하고 싶지 않았다. 남편이 무언가를 할 때는 그만한 이유가 있을 거라고 믿었다.

남편은 몇 번 시험에 떨어졌고, 우리에게 아들이 태어났다. 남편의 고시원 생활은 계속되고 있었기에 이제 공부를 그만하고 가장의 역할을 해달라고 했다. 내가 볼 때 남편은 공부를 열심히 하기보다는 공부를 핑계로 책 속으로 도

피하고 있는 것처럼 보였다. 책을 펼치면 현실을 마주하지 않아도 되는 좋은 핑계 삼는 것으로 보였다. 돈을 많이 벌어 오라는 게 아니라 가장으로 최선을 다하는 모습, 가정을 책임지는 모습을 보여 달라고 했던 거다. 꼭 공부 하고 싶으면 신문을 돌리든지, 음식점에서 배달을 하든지 일을 하면서 공부를 하라고 했다. 그러나 남편은 힘들어서, 체력이 딸려서 못한다고 했다.

아들을 낳으면서 난 학원을 그만뒀었고, 친정도 결국은 아버지 사업이 잘못되어 아들을 맡기고 내가 직장을 나갈 수 있는 상황이 못 되었다. 그리고 남편은 다시 공부한다고 서울로 가버렸고 난 잠시 붕어빵 장사를 하게 되었다. 내가 붕어빵 장사 하는 것을 남편에게 일부러 말하지는 않았지만, 남편은 알았다. 그래도 남편은 끝까지 아는 척해주지 않았다. 어떤 한마디도 내게 해주지 않았다. 아마…… 내게 미안해서였겠지…….

이상했다. 결혼 후 지금까지 난 너무 힘들었는데 내가 힘들 때 남편은 항상 내 옆에 없었고 나만 힘들어했다. 난 남편을 위해서 많은 걸 참고 견디어 왔는데 남편은 나의 힘듦을 아무렇지 않게, 당연하게 받아들이는 것 같았다. 부부니까 그 정도는 해 줄 수 있어야 하는 거 아니냐고 하면서.

그래도 난 남편에게 따뜻한 말 한마디가 필요했을 뿐인데 그 한마디가 참 인색했다. 남편에 대한 내 마음이 점점 굳어져 갔다. 나를 몰라준다는 섭섭함과 남편의 표현의 인색함이 내 마음에 단단한 돌멩이가 되어 가더니 나중에는 큰 바위가 되어 내 가슴을 짓누르고 있었다.

어느 날부터 내 마음은 병들기 시작했고 무기력해지면서 우울증이 찾아왔다. 어떻게 하면 죽을까, 죽고 싶다는 생각뿐이었고, 멍해질 때가 많았다. 아무것도 내게 의미가 없었다.

출근하는 길에 아들을 어린이집 차를 태워 보냈는데 그때마다 마음속으로

아들과 작별인사를 했다. '오늘 저녁은 엄마가 널 볼 수 있을까?'

그렇게 하루하루를 죽고 싶다는 생각으로 살다가 우리는 별거를 시작했다. 난 아들을 데리고 친정 옆으로 10만 원 월세방으로 이사를 했다.

우리가 결혼 한 날짜는 10월 27일, 우리가 별거를 시작한 날도 10월 27일이었다. 둘이 하나가 되어 님이 되기로 한 날짜에 우리는 다시 남이 되었다. 그렇게 몇 년이 지나서 우리는 정식으로 이혼했다. 남편은 친권도, 양육권도 다 포기했다. 내가 다 가져가라고 했다. 그리고 법정에 들어서 우리 순서를 기다리는 동안 한마디 더 했다. 20만 원씩 보내던 양육비도 이젠 보내지 않을 거고, 아들도 이젠 보지 않겠다고.

그런데 참 우습게도 우린 이혼을 했다가 몇 년 후 다시 살림을 합치게 되었다. 남편도 다시 가정을 꾸리길 원하고 있었고, 하는 일에도 성실한 듯 보였다. 서류상의 재결합은 없었다. 남편이 원하지 않았다. 그런데 다시 잘 해보자고 시작한 새살림이었지만 난 남편의 모습 때문에 점점 더 심한 우울증과 함께 히스테리를 부리고 있었다. 오히려 이런 내 상황은 이 전보다 더 나를 힘들게 했으나 아무에게도 말할 수가 없었다. 엄마한테 가도 아무 말도 못 하고 혼자 뾰로통하게 있다가 왔다. 엄마는 내가 말하지 않아도 뭔가 사는 게 편치 않다는 걸 아시고 내 표정만 살피면서 눈치를 보고 있었다.

남편은 부동산 사무실을 하고 있어서 정해진 출퇴근 시간이 없다. 밤새도록 술 마시고 다음 날 아침에 들어왔고 무얼 하는지 밤마다 카드 현금 서비스를 받았다. 집에 일이 있어서 전화하면 받지 않았다. 밖에 나가면 일단 남편은 내 전화를 잘 받지 않았다. 우린 한 집에 살면서 결국은 나와 아들 둘이서 사는 거나 마찬가지였다. 더 외로웠고, 무서웠고, 아들과 내가 불쌍했다. 오히려 창살 없는 감옥 같았다.

우린 다시 하나로 합쳤지만, 남편은 형식적인 가정의 모습만 만들어 놓은 채 마음은 딴 곳에 있었다. 이렇게 살 거면 왜 우리가 함께 살겠다고 결정을 한 건지 남편이 이해가 가지 않았다. 다시 한 번 어리석은 결정을 한 내가 미워서 견딜 수가 없었다.

어느 날부터인가 난 남편이 출근하고 나면 옷장 문을 열어서 남편의 옷들을 다 끄집어내어 방바닥에 집어 던져 놓고는 지근지근 밟아댔다. 그래도 분이 풀리지 않으면 이번엔 신발장에 있는 남편 구두를 다 꺼내서는 푹푹 밟아 버렸다. 한참을 그렇게 울고 나서 진정이 되면 아무 일 없었다는 듯이 옷도 정리해서 다시 걸어 놓고 신발도 신발장에 가지런히 다시 넣어 두었다. 그런 모습이 반복될수록 나 자신이 참 초라하고 슬펐다.

늘 가시 돋친 듯이 예민해져 있는 내게 친구들은 말 붙이기도 어려워하고 가까이 오길 꺼렸고, 나 또한 누구에게도 마음을 열지 않고 있었다. 조금만 실수를 하거나 내 마음에 안 들면 난 쉴 새 없이 공격해댔다. 그런 내가 싫은데 나도 모르게 그렇게 공격적으로 되어 갔다. 친구에게도 그러했지만 내게 가장 쉬운 공격 대상, 분풀이 대상은 아들이었다. 아들에게서 남편을 닮은 모습이 나오면 더 싫었다. 아들이 마치 남편인 양 아직 어린 아들을 앞에 두고 온갖 성질을 다 부리고 있는 내가 너무 마음에 안 들었지만 나도 나를 어쩌지 못하고 있었다.

그러던 어느 날, 그 날도 응석을 부리는 아들에게 짜증을 내다가 문득 아들을 다시 바라보았다. 이 아이가 지금은 아직 어려서 아무 힘도 없지만, 사춘기를 겪고 어른이 되어 갈 텐데 혹시 이런 나 때문에 아들도 성격적으로 이상해지면 어떻게 하지? 나 때문에 아들도 나와 같은 마음의 병을 앓게 된다면 어쩌지? 나 때문에 받은 상처가 아들을 불행하게 한다면 어쩌지? 하고 생각하니 무서워졌다. 그런 일은 아들에게 없어야 한다. 마음의 병이 와서도 안 되고, 불행해서도 안 된다.

아들 인생이 그렇게 불행해지면 안 된다는 생각에 정신이 번쩍 들었다. 그리고 난 알았다. "내가 병들었구나, 심각한 병이 들었구나, 정상이 아니구나." 엄마인 내가 건강해야 아들도 건강하게 자랄 수 있을 거라는 생각이 들었다. 그렇다. 남편은 미웠지만, 아들 때문에 나는 반드시 건강해져야 했다.

"고쳐야지. 다시 건강해져야지……." 정신과 치료를 받아서라도 고쳐야 한다고 다짐을 했다. 그러나 막상 정신과 병원을 찾아 갈려니 겁이 났다. 고민하다가 나는 다시 하나님을 찾기로 했다. 마지막으로 하나님께 매달려보고 그래도 안 되면 그때는 꼭 병원에라도 가겠다고 결심을 했다. 그만큼 내겐 무언가가 간절했다.

그렇게 난 다시 하나님을 만나러 갔다. 다니던 교회를 남편과 결혼하면서는 몇 년 동안 나가지 않고 있었는데 내 안의 문제 때문에 난 하나님 앞에 다시 갈 수밖에 없었다. 하나님을 만나러 간 첫 예배시간부터 난 눈물을 멈출 수가 없었다. 내 모든 서러움과 아픔을 다 알고 기다리고 계셨던 것 같았다. 매일 매일 새벽 기도를 시작으로 하나님과의 관계가 새로 시작되었다. 예배 때마다, 새벽 기도 때마다 난 그저 엉엉 울고 왔다. 그런데 언제부터인가 기도할 때마다 내 안에서 들려오는 소리가 있었다.

남편에게 순종하라, 남편을 사랑하라.

난 듣고 싶지 않았다. 오히려 하나님께 따지고 싶었다. -다른 건 다해도 그건 못해요. 억울해요. 내가 잘못한 게 뭐 있나요? 여태 남편을 위해서 열심히 살아온 거 아시잖아요. 그러고도 나한테 저렇게 하는 남편한테 어떻게 순종하나요? 내가 옳은데, 내가 맞는데…….

난 싫은데 내 안에서 자꾸 들려오는 하나님의 음성을 모른 척하기가 힘들었다. 다른 사람들 앞에서는 그렇게 활짝 웃는 모습이 이제 자연스러워졌는데 남편 앞에서는 나는 아직도 뻣뻣했다. 마음속에 냉기가 가득했다. 가만있어도 미운 남편한테 순종하고 사랑하라고 하시다니 정말 못마땅했다. 버스를 타고 가면서도 눈물을 곧잘 흘리며 울기도 했다.

내가 왜요? 싫은데요. 내가 왜요?

난 친정 부모님이 가까이 계셔서 속상하고 힘들 때 언제든지 찾아갈 수도 있었고, 하나님을 부르며 기도할 수도 있었다. 그런데 남편도 분명 힘들 때가 있을 텐데 남편은 그때 누구를 찾을까 하는 생각이 들었다. 남편 옆에는 아무도 없었다. 힘들 때 아무렇게나 찾아갈 수 있는 부모님도 옆에 없었다. 힘들면 그저 깊은 한숨만을 토해내고 있었다. 갑자기 이런 남편이 참 불쌍하다는 생각이 들었다. 남편 사랑할 수 없다고, 용서할 수 없다고 하나님 앞에서 계속 그렇게 뻗대다가 내 마음이 지쳤다. 나뭇가지가 뚝 부러지듯이 기운이 빠져버렸다. 화가 났지만 할 수 없이 받아들였다.

- 알겠어요. 내가 저 사람 편이 될게요. 이제부터는 절대 남편 허물을 말하지 않고, 무조건 남편의 편이 될게요. 무조건 남편의 편.

그리고 나는 남편 사랑하기 훈련을 시작했었다.

남편과 화해하기

남편과 화해하기 1_남편 이름 바꿔주기

남편과 나는 5년 연애를 하고 결혼을 했다. 이제 안 만나야지 했던 사람과 결혼해서 지금까지 살고 있으니 그리고 보면 처음 만나서부터 지금까지의 시간으로 26년쯤 되었다. 아무리 연애를 오래 했어도 결혼해서 사는 건 또 달랐다. 사랑했던 만큼 살아가면서 마음에 실망과 상처도 많아서 미움도 더 커졌다. 그래서 나는 남편과 화해하기 위해 내가 실천한 몇 가지 방법들이 있었는데 첫 번째는 "이름 바꾸기"였다. 남편이 너무 미워질 때, 화풀이할 곳은 없고 핸드폰에 저장해 둔 남편의 이름을 수시로 바꾸는 것으로 분풀이를 했다.

어느 날은 나쁜 X, 그 X, 어느 날은 그냥 남인 것처럼 이름 석 자만, ㅇㅇㅇ 내 기분에 따라 수시로 이름을 바꿔 놓았다. 참 소심한 투쟁이었다.

그런데 이상하게 아무런 나쁜 감정이 없는데도 전화벨이 울리고 나쁜 X 라고 전화기에 이름이 뜨면 그때부터 정말 남편이 나쁜 사람처럼 갑자기 막 더 미워지는 거였다. 끊고 나서도 기분이 나빴다.

그래서 이름을 바꿔보기로 했다. 그렇게 부르기 정말 싫었지만 유치한 거 정말 잘 알지만 '내 사랑'이라고 저장해 두었다. 그런 다음부터는 전화벨이 울리고 '내 사랑'이라고 뜰 때마다 갑자기 이 남자가 아주 사랑스러운 사람으로 뿅 하트를 날리면서 내게 오는 듯했다. 전화를 끊고 나서도 혼자 피식 웃음이 났다.

남편을 미워하던 마음을 스스로 치유하고자 했던 첫 번째 치유법은 이렇게 남편의 이름을 바꾸는 것이었다. 지금 내가 저장해둔 남편의 이름은 '귀한 분'이다. 그랬더니 내게 얼마나 귀한 존재가 되어 버렸는지 전화 오면 너무 귀하신 분 같아서 허리라도 굽히고 급 공손해져야 할 것 같았다.

불러주는 이름이 얼마나 중요한지 이렇게 나는 깨달았다. 앞으로 더 좋은 이름, 불러주고 싶은 이름이 생기면 또다시 바꿔 주기로 했다. 그래도 한 번씩 얄미울 때는 당연히 있다.

남편은 날 보고 '오도리'라고 한다. 내가 영화배우 오드리 헵번을 좋아한다고 했더니 그때부터 나를 '오도리 햇반'이라고 부른다.

오도리(보리새우) 햇반(햇반) = 밥과 반찬?

오도리 안녕!

아저씨 안녕!

아침에 일어나면 우리 부부의 첫인사이다. 지금까지 20년째 부부이지만 우린 여태 한 번도 '여보'라는 말을 하지 않았다. 왠지 아직도 쑥스러워서 입이 안 떨어지고 오글거린다.

남편과 화해하기 2_배꼽 인사하기

두 번째로 내가 남편과 화해하기 위해 시도했던 방법은 출근하는 남편 앞에서 배꼽 인사하는 것이었다. 처음엔 남편도 약간 당황하는 듯이 보였다. 내가 별로 애교가 있거나 귀여운 스타일이 아니었기에 얘가 왜 이러나? 이런 눈치였다. 그것도 잠시. 며칠 후에는 자연스럽게 "오도리~ 오빠야 간다."하면서 현관에 서서 인사 받을 준비를 하고 서 있었다.

정말 그때 남편이 좋아서 허리 굽혀 인사한 거 아니라 조금이라도 다시 좋아져 보려고 인사 시작한 거였다. 엄청 독한 마음먹고 일부러 아이처럼 과장 연기를 해보기도 했다. 허리가 뻣뻣이 잘 안 굽혀졌다. 표정도 뭐 썩 좋은 것도 아니었고. 그래도 계속했다. "잘 다녀오십시오. 돈 많~이 벌어 오십시오."라고 크게 말하면서.

내가 시도한 방법은 이렇게 모두 유치한 방법들이었다. 서로 좋을 때는 하나도 어렵지 않은데 좋지 않은 관계일 때는 이런 것들이 엄청 힘들다는 걸 알았다.

그리고 어느 날은 하얀 봉투에 이만 원을 넣어서는 오늘 점심 맛난 거 사드세요~ 라며 줬더니 "다음 번엔 더 많이 줘~"하면서 엄청 좋아했다.

우리 부부가 알콩달콩 재미나게 살면서 사랑싸움 정도나 하는 사이좋은 부부로 비칠지도 모르겠지만, 결코 그렇지 않았다. 나는 정말 그때 심각한 상태였고, 최악이었다. 그리고 남편과 화해하기 실행은 지금도 계속 현재진행형이다. 방법이 자꾸 바뀌어 갈 뿐이다.

너무 유치하게 살고 있다고? 친구들도 이런 날 보고 항상 연구대상이라고 했다. 내가 남편과 결혼하기로 결정 한 때에도, 아니 연애 할 때부터 친구들에게 난 특이한 존재가 되어 있었다.

남편과 화해하기 3_ 남편을 위한 기도하기

남편과 화해하는 방법 3번째는 남편을 위한 기도하기였다. 어쩌면 가장 중요한 방법이고 앞의 1, 2번의 방법을 할 수 있도록 지혜를 가르쳐 준 방법이기도 했다.

어느 날부터인가 하루에 30분씩 남편만을 위한 축복기도를 하기로 작정을 했다. 그렇지만 변함없이 남편이 날 또 불편하게 하거나 뭔가 미운 짓을 할 때면 축복이 아니라 정말 저주라도 퍼붓고 싶은 못된 마음이 든 때도 솔직히 많았다. 내 안에 남편을 향한 상한 마음과 상처들이 남아 있었기에 매일 남편을 위해 기도한다는 것은 힘든 일이었다. 수시로 그 상처들이 분노가 되어 올라오곤 했으니까. 그렇게 억지로라도 남편을 위한 기도시간을 정해놓고 기도하는 중에 남편이 아니라 나의 모습을 보게 되었다. 내가 얼마나 교만한 자인지, 내가 얼마나 부족한 자인지, 내가 얼마나 이기적인지.

남편은 내가 다 이쁘기만 했을까? 남편 앞에서 나는 다 잘하기만 했겠는가?

남편은 입맛이 까다로운 편이라 식당에 가면 따지는 게 많다. 그렇지만 난 그렇게 요리 실력이 뛰어나지 않다. 내가 어설프게 차려 놓는 밥상을 앞에 두고, 내 요리에 대해 내게 핀잔을 줘도 난 아무 할 말이 없지만 내가 차려주는 대로 아무거나 잘 먹어준다. 다림질도 열심히 해보지만, 마음만큼 제대로 잘 안 된다. 내가 다림질하는 걸 보다 못한 남편이 앉아서 쓱쓱 미니까 요술처럼 쫙쫙 펴진다. 이렇게 기본적인 살림도 사실 난 어설픈 것이 많다. 못하는 게 더 많고 남편도 내가 마음에 안 드는 부분이 더 많았을 텐데 나는 내 모습은 안 보고 남편의 부족한 모습만을 보고 있었다. 좋을 때는 몰라도 힘들어지니까 더 흠만 찾게 되었다. "나는 당연히 용납해주고 당신은 당연히 나한테 잘하라." 라는 못된 이기심으로 남편을 바라보고 있음을 깨달았다.

그러면서 지혜를 주시는 대로 어느 날은 이름 바꿔 부르기 방법도 해 보고, 어떤 날은 하기 싫지만, 배꼽 인사도 시작하게 되었다. 그냥 하나님 말씀에 순종한다는 마음으로.

남편 또한 마음에 상처가 많았을 거다. 그것을 내게 말하지 않고 표현하지 않아서 그렇지 지금까지 나와 함께 있으면서 못마땅한 것도, 가슴 아픈 것도 많았을 거다. 하고자 하는 대로 공부가 잘 안되어서 실망감과 패배감에 힘들었을 테고, 남들처럼 내게 더 잘해주지 못해서도 마음이 아팠을 거다. 궁지에 몰리면 어떤 식으로든 살 궁리를 찾고 변하듯이 우린 서로 궁지에 몰린 쥐처럼 각자의 살 궁리를 찾았던 건지도 모른다.

나는 교회를 다니지만, 남편은 하나님을 믿지 않는다. 그래서 하나님은 사랑이라고 하시지만, 남편과는 상관없는 사랑, 남편에게는 주시지 않는, 내게만 주시는 하나님 사랑이라고 못된 착각을 하고 있었다.

하나님은 계속해서 남편에게 순종하라는 마음을 주셨지만 나는 그것만은 못하겠다고 계속 뻗대고 있었다. 하나님은 나만 사랑해주시면 될 텐데 왜 하나님을 믿지 않는 남편까지 생각하는지 이해가 안 되었다. 하나님을 믿으면서도 내가 손해 보는 것 같았다. 하나님은 내 편이 아니라 남편의 편 같았다.

매일 기도하러 갔지만 내가 내 의지를 꺾기까지 그저 나를 안타깝게 바라보시기만 할 뿐 하나님은 아무 일도 하지 않으시는 듯했다. 그렇지만 "하나님, 잘 안되지만, 남편 사랑해 보도록 하겠습니다. 남편 사랑할 수 있도록 도와주세요. 하나님 사랑을 제 안에 부어주세요."라며 기도하고, 내가 변하기 시작하자 그때부터 우리 가정도 변하기 시작했다.

하루도 빠지지 않고 술을 마시고 들어오는 남편은 술을 잔뜩 마시고 들어오는 날도 맥주 한 병씩은 꼭 사 들고 들어왔다. 어떤 날은 머리맡에 그대로 두고 잠이 들면 난 그 술을 싱크대에 다 부어 버렸다. 남편은 자기가 사 온 술을 마시고 잤는지 마시지 않고 잤는지도 기억을 못 했다. 아침마다 남편이 마시다가 잠든 술병을 치우던 나는 제발 이렇게 살고 싶지 않았다.

그러던 어느 날 남편이 술 마시지 않겠다고 아들과 약속을 하더니 정말 술을 입에도 안 대고 아주 좋은 상태로 퇴근하고 집으로 왔다. 집에서도 술은 입에도 대지 않았다. 아들과 아침마다 운동하러 다녔고, 가끔은 우리 셋 아침 일찍 해운대 바다에 가서 뛰어다니다가 오기도 했다. 남편과 아들은 2박 3일로 지리산 등반을 하고도 왔다. 아들은 아무것도 모르고 얼떨결에 따라갔다가 무지하게 힘들었던 지리산 등반의 경험을 잊지 못할 것이다. 지리산 정상까지 올라갔다가 집으로 돌아온 날, 며칠 제대로 씻지 않아서 꼬질꼬질 하고 냄새나는 채로 아들은 진심으로 내게 안겨서 너무 보고 싶었다면서 집으로 돌아 온 것에 안심을 하는 듯 했다. 우리는 밥 먹으면서 서로를 칭찬해주는 시간도 가졌었다. 많은 것이 좋은 방향으로 자리를 찾아가고 있었다.

아들에게 좋은 엄마, 건강한 엄마가 되어 줘야겠다는 생각에 남편과 화해하기로 마음을 바꾸게 된 거였는데 지금 생각해보니 남편이 아니라 내 마음과 화해를 한 것 같았다.

하나님을 믿는 마음

어릴 때 시골 할머니 댁 마을회관에서 노래를 불렀다. 마을 노래자랑에 나갔었다.

"긴 머리 짧은 치마~~~" 토요일 밤에 노래를 부를 줄 아는 똑똑이였다. 훌라후프도 곧잘 해서 허리는 물론이고 목에 걸고도 돌리고, 무릎으로도, 발목으로도 아주 잘 돌릴 줄 아는 재주 많은 아이였다.

그러다가 내가 5살 때쯤 어느 날 엄마와 시장가는 길이었다. 엄마 손을 잡고 걷고 있는데 엄마가 내게 물었다. "니 걷는 게 와 그렇노?" 내가 다리를 저는 것을 발견하고는 이상하게 여긴 엄마는 나를 데리고 바로 병원으로 갔다. 그리고 엑스레이를 찍었다. 척추에 결핵이 왔다고 큰 병원으로 가라고 했다. 바로 수술하지 않으면 평생 곱추로 살아가야 한다고 했다. 그래서 송도에 있는 복음병원으로 가서 검사를 다시 하고 수술을 하게 되었다. 수술대 위에 누워서 수술실로 들어갈 때 날 바라보시며 많이 우시던 엄마 모습이 아직도 기억난다. 한참을 자고 일어난 것 같았을 때 수술은 끝나 있었다. 등이 자꾸 가려워서 손을 데려고 하니 엄마가 손을 못 데게 했다. 수술한 곳이 이상했었나 보다. 제법 큰 수술이었으니 수술부위도 컸다. 5살밖에 안 된 어린 나를 수술실로 보낼 때 엄마의 마음이 어떠했을지 엄마가 되어 본 나는 이제 물어보지 않아도 안다.

그러나 어린 나이에 척추 수술을 하게 되었지만 안타깝게도 수술은 잘못되었다. 수술 후 오히려 전신마비가 왔다. 말하는 거 외에는 아무것도 할 수 없었고 난 그냥 누워만 있게 되었다. 그때부터 엄마는 더 힘들어졌다. 동생은 시골 할머니 댁에 맡겨지게 되었고, 매일 나를 업고는 이 병원, 저 병원 유명하다는 곳을 찾아다녔다. 허리까지 길렀던 긴 머리를 늘 누워 있어야 했기에 엄마가 직접 댕강 잘라 버렸다. 날 눕혀 놓고 굿을 하기도 했고 다른 사람들이 알려주는 유명하다는 점쟁이는 다 찾아다녔다. 그러다가 용하다는 어느 점쟁이가 날 보고 한 해를 못 넘기고 죽을 아이라고 했단다.

엄마는 일어나면 아침마다 내 허벅지를, 손등을 꼬집어 보셨다. 혹시 조금이라도 감각이 돌아왔나 기대하는 마음으로. 그리곤 아무 감각이 없어 반응이 없는 날 붙들고는 "제발 아프다고 해봐라"고 하시며 매일 우시곤 했다. 그리고 내게 같이 죽자고, 어차피 사람답게 못 살 건데 죽어버리자고 하셨단다. "엄마, 나 안 죽을 거다." 글쎄 그 꼬맹이가 안 죽겠다고 했단다.

순천에 있는 어느 병원에 미국에서 오신 선교사님이 계시는데 유명하다고 해서 엄마는 날 데리고 가셨다. 거의 온종일을 병원에서 기다리고 겨우 내 순서가 되었는데 내가 화장실을 가고 싶다고 하니 엄마는 역정을 내셨다. 수술하면서 오줌 줄을 꽂아 뒀던 것이 안 좋았는지 소변이 급해서 화장실을 가면 난 소변이 안 나와 힘들어했었다. 항상 급해서 화장실을 가지만 볼일을 끝내는데, 한참 걸렸다. 내가 화장실 가면 시간이 오래 걸린다는 것을 아시니까 겨우 내 순서가 되었는데 화장실을 가고 싶다고 하니 엄마로서는 역정도 나셨을 거다.

어쨌든 그때 날 진료하신 미국 선생님은 그곳에서는 치료할 수 없다고 하시면서 마산에 있는 다른 병원을 소개해주셨다. 그리고 우여곡절 끝에 나는 마산

합포구 가포에 있는 아동 결핵 요양원으로 다시 가게 되었다.

엄마와 할아버지와 함께 그곳을 갔다. 영국 선교사님 배도선 원장님이 계셨
는데 그곳에서도 내가 다른 병원에서 수술을 받고 온데다가 가능성이 없으니
데려가라고 하셨다. 엄마는 "이제 어디 가 볼 곳도 없다. 어차피 죽을 아이니까
(점쟁이가 한해를 못 넘긴다고 했으니) 여기서 죽이든지 살리든지 알아서 하
라"라며 모든 걸 포기하는 심정으로 나를 병원에 그냥 두고 가셨다. 난 그 날 그
병원에 버려지게 된 거였다. 어차피 죽을 아이라니까.

자갈이 넓게 깔린 병원 마당이었다. 그 넓은 자갈 마당에 햇볕이 따뜻하게
비추고 있었다. 한참 엄마를 많이 찾는 나이에 난 2년 정도를 엄마와 떨어져 병
원 생활을 했다. 그때의 모습들이 정확하게 기억나는 건 많이 없지만, 소아마
비 아동들이 모여 있는 곳이라 나를 제외한 그곳의 아이들은 다리에 무거운 자
갈 주머니를 달고 있었다. 모두 나보다 나이가 몇 살 정도 많은 아이들이라 난
병원에 있는 동안 그들에게서 한글도 배우고 구구단도 배울 수 있었다. 간호사
언니들이 링거 줄로 내게 장미꽃 반지를 만들어줬던 기억도 난다.

매일 아침 시래깃국이 나왔는데 지금도 시래깃국 냄새를 맡으면 병원 냄새
가 같이 난다. 내 팔에는 늘 링거가 꽂혀 있었고 잘생긴 영국 선생님이 회진을
오시면 날 보고 환하게 웃어주셨다.

그곳에서는 일체의 병원비도 약값도 없었다. 그분은 의료 선교사로 오셨던
분이었고 모든 것을 무료로 치료해 주고 계셨다. 밤이면 특히 엄마 생각이 많
이 났다. 병원에 남겨진 나는 울어봤자 어쩔 수 없다는 걸 알고 그냥 그 무서움
과 외로움을 참아냈다. 체념이었을까. 어렸지만 어떻게 할 수 없다는 걸 알았
던 것 같다. 지금 생각해보면 그 외로움은 곧 두려움이었다. 어린 나는 얼마나
무서웠을까, 홀로 남겨진 그 시간이.

병원에서 한 달에 한 번씩 집으로 내 회복 상태를 엽서로 보내 주곤 했는데, 얼마의 시간이 흐른 후부터는 "오늘은 손가락을 움직였어요." "오늘은 발가락이 움직였어요."라며 기적 같은 소식을 집으로 전해주고 있었다. "이제 다시 걷게 되었어요."라는 소식을 받으시고는 엄마는 하얀 실내화를 사 가지고 처음으로 병원을 찾아오셨다.

병원에서 보내는 그 엽서를 받는 엄마 아빠의 마음은 어땠을까. 이번에는 내 딸에 대한 어떤 소식을 담아 보내올까, 지금쯤은 내 딸이 어떻게 좋아지고 있을까 기다리고 기대하게 만든 분명 희망의 엽서였다고 생각한다. 그 엽서를 받을 때마다, 딸의 회복되는 소식을 들을 때 마다 우리 엄마 아빠도 다시 살아나는 기쁨을 맞이했을 것이다.

다시 걸음을 뗄 수 있게 되었을 때 내 발바닥의 느낌을 난 기억한다. 걷는 연습을 엄청 많이 했다. 침대를 붙잡고 한 걸음 한 걸음 걷기 하면서 발바닥이 아주 아팠지만 걷는 것이 좋았다. 다시 걸을 수 있다는 것이 좋아서 침대에서 내려와 멈추지 않고 매일 걷는 연습을 했다. 아마 내가 시작한 첫 도전이 아니었나 싶다. 나 자신과 싸움이었다.

마비된 상태로 내 의지로 아무 것도 할 수 없을 때는 어쩔 수 없었지만, 뭐라도 움직일 수 있을 때는 어떻게라도 해야 했다. 그것이 내가 할 수 있는 나의 최선이었고 난 그 최선을 다했다. 그리고 나는 나의 첫 도전에 실패가 아니라 성공을 이룬 자였다. 무엇보다도 생명을 지켜낸 성공이었다.

마비가 온전히 풀리고 정상 생활이 가능해진 기적을 체험하면서 엄마 등에 업혀 갔던 요양원을 두 발로 걸어서 퇴원하게 되었다. 내가 퇴원하고 집으로 돌아오자 죽었던 애가 살아왔다고 하면서 많은 동네 분들이 나를 기특해하셨다.

엄마는 "너 죽는다고 한 그 점쟁이 만나면 가만두지 않겠다."고 하시며 그때부터 점을 보는 것에 대해 그렇게 마음을 두지 않으셨다. 걷기는 했지만 아직 아주 서툴렀다. 우리가 살던 곳은 큰 마당이 있고 여러 가구가 함께 어울려 사는 곳이었는데, 난 서로 연결된 마루 끝을 잡고 천천히 걷곤 했지만 곧잘 발목을 삐었다.

초등학교를 입학하게 되었고 아무래도 내가 염려스러웠던 아버지는 내가 다닐 학교 바로 앞으로 이사하게 된다. 다행하게도 내가 아파서 병원에 있는 동안 아버지 사업은 잘되는 편이었고 아픈 딸이 병원에 있다는 걸 아시는 거래처 사장님은 특별히 아버지 사업을 많이 도와주시기도 했다. 아버지는 그때 사업까지 잘 안 되었으면 네 병도 못 고쳤을 거라고 하시면서 내가 퇴원하고 학교에 다니게 되자 어느 사장님 댁으로 함께 인사를 갔었다.

퇴원을 하고도 1년에 한 번씩 부산의료원으로 마산에 있는 원장선생님과 간호사분들이 오셔서 퇴원환자들이 재발은 하지 않았는지 정기검진을 해주러 오셨다. 그리고 내가 초등학교 5학년쯤 되었을 때 원장님이 영국으로 돌아가신다고 송별회를 하는 자리에 퇴원 환자들을 모두 초대해 주셨다. 난 그때 학교생활을 잘하고 있었고 배구선수도 하고 릴레이 선수도 하고 피아노 대회도 나가면서 정말 다행히도 건강하게 잘 지내고 있었다. 마지막으로 만났던 원장님께 나의 피아노 대회에서 찍은 사진과 편지를 써서 선물로 드렸고 원장님은 내 머리를 쓰다듬으시며 잘 지내라고 해 주셨다. 그리고 원장님은 영국으로 돌아가셨다.

내가 퇴원을 하고 난 후 엄마는 "네 병은 예수님이 낫게 하신 거"라고 늘 말씀하셨다. 그때 누군가가 엄마한테 교회 가자고 전도했더라면 아무 말 없이 온 가족이 교회를 다녔을 텐데 아무도 교회 가자고 한 사람이 없었단다.

난 고등학교를 이사벨여고로 배정을 받았는데, 기독교 학교였다. 그러나 크게 달갑지 않았다. 사람 마음이 참 간사했다. 그렇게 은혜를 입은 자였으면서, 그렇게 늘 예수님 때문에 네가 사는 것이라고 말을 하셨으면서도 우리 모녀는 함께 그 은혜를 잊어버리기도 잘했다.

목요일마다 1교시에 학교 강당에서 예배를 드렸다. 입학하고 첫 예배를 드리는 시간이었다. 성가대 찬송가를 들으면서 기도를 한다고 눈을 감았을 때 난 갑자기 어릴 때 병원 생활이 내 머릿속에서 번쩍 스쳐 지나가더니 뭐라고 생각할 겨를도 없이 뜨거운 눈물이 쉴 새 없이 쏟아지기 시작했다.

내 마음은 뭔지 모르게 혼란스러워졌다. 한 가지만 생각났다. '그래, 나는 다시 사는 거였지.' 그 곳에서, 첫 예배시간에 잊어버렸던 나의 하나님을 다시 만나게 되었다.

하나님은 나의 목발이 아니라 튼튼한 나의 두 다리라고 남편에게 말한 적이 있다. 그리고 지금도 그렇게 고백할 수 있는 것도 이런 나의 아픔이 있었기 때문이었다. 하나님이 우리에게 주신 가장 귀한 선물은 생명이고 우리가 하나님께 드릴 수 있는 가장 귀한 선물은 그 생명을 아름답게 사는 것이라고 했다. 다시 사는 삶, 다시 주신 생명, 난 그 생명을 아름답게 살아드리기 위해 늘 최선을 다하고 있다. 그냥 살면 안 된다는 생각이 늘 나를 붙잡고 있다.

아직도 내 등에는 그때의 수술 자국이 크게 남아있다. 크면 성형해서 흉터자국을 없애 주겠다고 엄마는 말씀하셨지만 살다 보니 부모님께는 딸의 보이지 않는 곳의 성형까지 해 줄 마음의 여유와 형편이 안 되었다. 나도 성형을 꼭 해야겠다는 생각이 없었다.

난 하나님의 은혜로 사는 자라는 것을, 그리고 덤으로 살고 있다는 것을 늘 기억하고 싶었기 때문이다.

충분히 사랑받지 못한 병

남동생네는 아이가 셋이다. 올케가 둘째가 심하게 아파서 병원에 입원을 시키고 함께 병원에 머물러야 한 날이 있었다. 그 날, 큰 아이를 우리 집에 맡겼다. 그때는 아무도 조카를 돌봐줄 상황이 못 되어 우리 집에서 하룻밤을 보내려고 데려왔다. 울지 말라고 엄마 아빠한테 당부를 잘 듣고 온 듯했다.

그때 조카 나이 5살쯤 되었다. 낮에는 잘 놀다가, 어두워지고 밤이 되자 조카는 점점 불안해하는 것이 눈빛에 보였다. 자려고 누워서는 급기야 이불자락을 잡고는 울먹였다. 울음을 참아보려고 애쓰는 모습이 다 보여 마음이 짠했다. 결국은 울음을 터트렸다. 엄마 보고 싶다고, 그리고 아빠 보고 싶다고. 이왕 터진 울음에 토를 하면서까지 울던 조카는 아무리 달래도 울음을 멈추지 않았다. 결국 남동생이 새벽 2시에 와서 데려갔다. 엄마와 하룻밤 떨어져 자야 하는 5살짜리 조카의 불안함과 두려움을 보면서 나도 저렇게 무서웠겠지 하는 생각이 들었다. 포기하고 버려지다시피 병원에 남겨져서 거의 2년을 엄마와 떨어저 혼자 병원 생활을 했으니 어린아이였던 나는 분명 무서웠을 거다. 불안했을 거다. 아마 난 그때 버림받음에 대한 감정을 나도 모르게 알게 되었는지도 모른다. 그렇지만 난 울어도 어쩔 수 없다는 걸 어린 나이에도 감지했는지 엄마 보고 싶다고 울지 않은 것 같다. 떼쓰지 않은 것 같다. 힘들어도 참아야 하는 거라고 몸에 익혀졌는지도 몰랐다. 대신 엄마와 분리되는 너무 큰 불안감을 어린 가슴에 안게 되었다. 그래서인지 난 누군가에게 거절감을 느끼는 걸 아주 싫어한다. 아니 두려워한다. 아주 극도로 예민해진다. 그래서 누군가에게 다가가다가, 마음을 주다가 멈추어 버릴 때가 있다.

몇 년 전 교회에서 내적 치유 수양회를 하였는데 난 5살 꼬마로 돌아가서 엄청 울고 있었다. 어릴 때 엄마가 보고 싶어도 울지 못하고 참고 있었던 그 울음을 어른이 되어서야 엉엉 소리 내어 얼마나 울었는지 모른다. 가끔 나도 모르게 울컥 눈물이 나고 어린 아이처럼 울고 싶었던 건 그때 울지 못한 까닭인지도 모른다. 울어야 할 땐 마음껏 울 수 있어야 한다. 그래야 눈물이 쌓이지 않는다. 아무렇지 않은 척 그냥 지내 왔었지만 분명 내게는 큰 상처였었다. 엄마와 떨어져 분리되는 그 순간은 아마 공포였을 거다. 그 때 난 내 안에 이렇게 울고 있는 아이가 있었구나 하는 걸 알게 되었다.

그걸 생각하면 나도 내 아들에게 그런 공포를 느끼게 했었던 나쁜 엄마이다. 그래서 아들을 보면 항상 미안하고 마음이 아프다. 우는 5살짜리 조카를 보면서 내가 그때 요만한 꼬마였었구나. 이렇게 작은 아이였었구나. 울고 싶어도 울지 못하고, 울음을 꾹꾹 참아냈던 꼬마였던 내가 생각났었다. '그래, 은서야, 울어. 울어도 돼. 엄마가 보고 싶을 땐 울어야 하는 거야. 안 참아도 돼.' 엄마 보고 싶다고 울 수 있는 조카가 부러웠다. 그 꼬마를 업고 다니던 엄마의 허리와 다리가 얼마나 아팠을까? 그보다도 나를 두고 가야 했던 엄마의 마음은 얼마나 더 아팠을까? 내가 엄마 앞에서 그렇게 소리 내어 울었더라면 엄마는 나를 집으로 데려갔을까? 나를 살리기 위한 어쩔 수 없는 내려놓음이었는데, 내겐 아이로서 당연한 상처와 아픔이 남아 있었다. 엄마의 아픔과 울지 못했던 나의 아픔도 함께 전해져왔다.

온갖 찌꺼기가 가라앉아 있는 하수구 안을 가만히 두면 아무렇지 않다가 한 번 휘 저으면 가라앉아 있어 보이지 않던 온갖 더러운 찌꺼기들이 다 올라온다. 음식물 찌꺼기, 쓰레기들……. 우리 사람 마음도 이런 하수구 안이나 마찬가지였다. 살아오면서 내 안에 쌓인 분노, 슬픔, 상한 마음, 우울함, 쓴 뿌리들이 평소에는 아무렇지 않게 보이지 않다가 어느 누가 날 살짝 건드리면 나도 모르게 내 안에 있는 더러운 감정들이 다 올라오는 것을 본다. 이렇게 사람 마음에는 온갖 상처들이 숨어 있다.

교회에서 수련회를 하면 나눔 시간을 통하여 자기 상처를 내놓기도 한다. 그런데 많은 사람이 거절에 대한 두려움을 가지고 있었다. 어린 시절 부모님으로부터 받았던 애정 결핍의 문제나, 거절을 겪었던 상처들이 결혼하면서 남편이 주는 사랑을 통하여 많이 치유 받았다고 한다. 물론 살아가면서 크고 작은 갈등은 있겠지만 무조건 자기편이 되어주는 남편이 있어서 자신감도 얻고 자기가 새롭게 살게 되었다는 이야기를 한다. 그러면서 남편에게 고마워했다. 물론 결혼해서 남편 때문에 더 상처가 깊어지는 경우도 많다. 시댁과의 관계가 안 좋아서, 남편과의 관계가 안 좋아져서…….

나 또한 거절에 대한 두려움이 크다. 나의 이러저러한 모습 때문에 다른 사람들이 싫어하면 어쩌나, 내 마음을 거부하면 어쩌나 쓸데없는 상상을 하면서 마음을 졸일 때가 많다. 나와 상관없는 사람이 아니라 나와 관계가 있는 사람들, 어느 정도 서로 알아가고 내가 마음을 주는 사람들에게 어김없이 나타나는 나의 두려움이다. 그래서 가까이 가다가 멈춰 버릴 때도 잦고, 무심코 던지는 한마디에 혼자 상처받아서 마음을 닫아 버리고 슬퍼 할 때도 잦았다.

내가 정말 원하는 건 바로 내가 누군가로부터 충분히 사랑받고 있다는 확신이었다. 아니 충분한 사랑이었다. 물론 남편으로부터 난 충분한 사랑과 안정감을 받기를 원했다. 난 남편에게서 하나 됨을 늘 원했고 남편의 사랑과 보호를 확신할 수 있길 바랐다.

어쩌면 남편은 내게 보여줬을 거다. 남편의 사랑과 보호를 나름대로 표현했을 거다. 그런데 내가 원하는 것과 달라 내가 몰랐을지도 모른다. 때로는 남편은 자기식대로 애정표현을 한다. 그런데 그 표현이 어쩔 땐 내 화만 돋우고 날 무시하는 것처럼 느껴질 때가 있다. 그렇다면 남편도 마찬가지겠지. 내가 남편의 그런 애정 표현을 거부하면 자기를 사랑하지 않는다고 투정을 부리곤 했다. 남편도 내가 당신을 사랑하지 않는다고, 내게서 사랑을 받지 못한다고 생각하겠지. 남편은 내게 사랑한다, 당신이 최고다, 예쁘다는 말도 해주긴 했는데, 난 이상하게 그 말이 진심으로 들리지 않았다. 연애할 때 남편은 내가 묻는 말에 곧잘 이렇게 되물었다. (특히 대답하기 곤란할 때는)

"사실대로 말할까, 듣기 좋게 말할까?"

난 이 말이 참 듣기 싫었다. 사실을 듣기 좋게 말할 수도 있는 거지만 왠지 남편이 말하려는 사실과, 듣기 좋은 말은 서로 다른 말 일 거라는 생각에 차라리 아무 대답도 듣고 싶지 않았다. 듣기 좋은 말은 사실이 아닌 것 같았고 사실대로 말하는 것은 왠지 내게 상처가 되고 좋은 말은 아닐 것 같아서 오히려 어떤 대답도 듣기를 피했다. 그래서인지 남편이 내게 하는 칭찬은 사실이 아니라 그저 나 듣기 좋으라고 하는 말로 받아들이게 되니, 남편의 칭찬이 사랑이라고 다가오지 않았다.

결혼하고 신혼 시절에 신고 나갈 마땅한 구두가 없다고 내가 투덜거린 적이 있었다. 남편은 공부하는 중이었기에 자기 돈으로 내게 신발 한 켤레 사 줄 수 있는 형편이 못되었었다. 남편은 아무 말 없이 신발장으로 가더니 내가 신던 구두를 꺼내 깨끗하고 광이 나도록 닦아 주었다. 내가 함부로 신었던 헌 구두가 남편 손에서 새 구두가 되어 반짝반짝 빛나고 있었다. 남편한테 미안했다. 괜히 구두 핑계로 남편한테 힘든 걸 투덜거린 것 같아 미안하고 부끄러웠다. 난 아무 말 하지 않았지만, 남편의 마음을 읽을 수 있었다. 남편의 사랑을 받고 있다는 감동이 왔었다.

어떤 목사님은 충분히 사랑받지 못한 병, 사랑의 결핍은 중병이라고도 했다. 나이 들어서 웬 사랑 타령이냐 할지 몰라도 요즘 더욱 그 마음이 생긴다. 더욱 그 사랑을 갈구하게 된다. 그 사랑의 결핍 때문에 자존감 결핍도 오고, 자신감 부족도 오고 거절에 대한 두려움도 더 커진다고 했다. 그런 거 없어도 상관없다고 털어 버릴 수도 있겠지만 난 그 사랑이 너무 받고 싶은가 보다. 부러운가 보다. 부모님 사랑은 충분히 받은 것 같은데 아무래도 내게 남편 사랑은 턱없이 부족한 게 아닌가도 생각되었다. 난 끊임없이 남편의 사랑과 관심을 받고 싶은가보다.

용호동 김 이모

2015년 9월 10일에 용호시장에서 구이 김 장사를 시작했다. 동생이 화장품 가게를 하는데 손구이 김 장사를 하면 잘 될 거라고 귀 뜀을 주면서 앞에 빈자리를 줄 테니 와서 김 장사를 한 번 해보라고 했다. 일자리를 찾고 있긴 했지만 내가 무슨 시장에서 장사하겠냐며 그냥 흘려들었다. 처음엔 할 마음이 없었는데 장난삼아 친구에게 이야기했더니 같이 하면 재미있겠다며 친구까지 발 벗고 나서서 거들고 졸라서 일이 진행되었다.

장사를 시작하려면 추석을 맞이해서 빨리해야 한다고 했다. 이것저것 준비를 급하게 하기 시작했는데, 시작하기 이틀 전에 친구가 갑자기 못하겠단다. 친구 사정을 봐서 기다렸다가 같이 해야 하나, 아니면 혼자 시작을 해야 하나 고민을 했는데 사실은 친구가 할 마음이 없는 듯 보였다. 일은 저질러진 것이고 어쩔 수 없이 혼자 장사를 시작하게 되었다.

친구랑 같이한다고 생각할 땐 재밌겠다 싶었는데 막상 시장에 홀로 서 있다

보니 얼마나 부끄럽던지, 처음 해보는 구이 김 장사라 손에 익숙지도 않았다. 오시는 손님들 얼굴도 못 쳐다보고 김 굽기 바빴고 동생은 화장품 손님 맞으랴 같이 김 팔아주랴 바빴다.

양손에 집게를 잡고 했지만, 많이 서툴렀다. 답답하고, 마음만 급하다 보니 양손 손가락이 모두 뜨거운 철판에 데어서 물집이 생겨 터졌다. 얼마나 따갑고 아프던지, 일을 마치면 양손에 화상 연고를 바르고는 집으로 돌아왔다.

동생은 그런 나를 보고 괜히 미안해하면서 마음 아파서 어쩔 줄 몰라 했다. 그래도 동생이 옆에서 도와줘서 힘이 많이 되었다. 시장 사람들은 텃세가 많으니까 누가 와서 뭐라 하면 자기가 알아서 다해줄 테니 언니는 신경 쓰지 말라고 말해주는 동생이 얼마나 멋져 보였는지 모른다. 역시 우리 동생은 카리스마가 최고였다.

처음엔 가스 연결하고 철판만 갖다 놓고 아주 어설프게 장사를 시작했다. 워낙 급하게 갑자기 시작된 일이라 모든 것이 어설프고 허술했다. 장사를 시작하면서 하나씩 만들고 형체를 갖추어 갔다. 붕어빵 장사할 때 생긴 가스 불 트라우마가 있었는데 김 장사하면서 이겨 낸 건 당연하다. 가스 연결해주시는 분이 내가 가스 불 켜는 것을 겁을 내자 원래 머리도 몇 번 태워 먹고 그렇게 하는 거란다.

일주일 만에 이래저래 준비되었었는데 신기하게도 일을 준비하는 짧은 시간 동안 도와주는 이들이 참 많았다. 전혀 모르는 사람인데도 이미 구이 김 장사를 몇 년 동안 해오고 있는 어떤 분이 김에 대해서 알려주기도 하고, 좋은 김을 구할 수 있도록 소개도 해 주었다. 내가 있는 시장에서는 어떤 식으로 장사하면 좋을지 자주 전화해서 고민도 같이해 주었다. 본인이 장사하면서 실패했었던 부분, 필요한 것들을 많이 가르쳐줬다. 물품들도 보내주곤 하면서 도움을 많이 받았다. 어디서든 참 고마운 이들을 많이 만나는 것 같았다.

그렇게 시작은 해놓고 "김 사 가세요." 이 한마디 하는 것도 쑥스러워 입이 안 열렸다. 그래도 한 번 다녀가신 손님들이 맛있다고 다시 찾아주시고, 직장 마치고 늦게 오면 김이 없다고 미리 전화 주문해 놓고 찾으러 오시는 분도 계셨다. 택배 주문을 받기 시작했더니 그것도 반응이 좋았다. 내가 굽는 김의 이름은 〈예쁜 손 맛김〉이었다.

시장에서 내 이름은 '김 이모'였다. 시장 사람들은 부르기 쉽고 편하게 이름을 불렀다. 옆에 묵 집은 "묵~~"하고 불렀고, 닭집 언니는 "닭~~"하고 불렀다. 시장에서의 부르는 이름들이 재미있었다. 물론 내 이름은 "김~~~~" 손님들은 날 보고 김 이모라고 불렀다.

일을 마치고 집에 갈 때쯤엔 내 몸에서 기름 냄새가 진동하고 얼굴 여기저기에 김 가루가 묻어 있지만 그래도 김 이모라 불리는 것도 기분 나쁘지 않은 나의 새 이름이 되었다.

아침 9시에 집을 나서면 시장까지 1시간이 넘는 거리라 도착하자마자 10시 30분쯤에 가스 불 올려서 김 구울 준비를 했다. 어쩔 땐 미리 와서 기다리고 있는 손님도 계시고 더 일찍 나오라고 재촉하시는 분들도 계셨다. 찾아주시는 손님들이 너무 감사해서 김 한 장 한 장 구울 때마다 진심으로 기도했다.

"하나님, 이 김을 먹는 사람마다 가정이 화목하게 해주시고, 잃어버린 입맛도 다시 찾아 건강을 찾게 해주시며 무너지고 삐뚤어진 관계들이 있다면 회복시키는 도구가 되게 해 주세요. 절대 눅눅해지지 않는 바삭하고 맛있는 김으로 구워지게 해 주세요. 무엇보다도 어떤 방법으로든지 하나님을 아는 복을 모든 이에게 주시옵소서."

추수감사절에는 내가 직접 구운 김을 예물로 드렸다. 이런 걸 하나님 앞에

드려도 되나 부끄럽기도 했는데, 옛날엔 모두 직접 농사지은 것으로 예물로 드렸으니 내가 할 수 있는 것으로 내어 드리는 것도 귀한 것으로 생각되었다. 도움이 필요한 여러 이웃에게 작은 것이지만 맛있게 전해지길 바랐다.

우리 교회는 헌금 봉투에 이름을 쓰지 않는다. 무기명으로 헌금한다. 연말정산이 필요한 성도들은 주민등록번호를 헌금 봉투에 적어서 헌금한다. 난 이런 것이 좋았다. 내가 그렇게 많은 헌금이나 십일조를 할 수 없는 형편이었으므로 내 이름을 밝히지 않고 헌금을 내는 것이 다행이라 생각했었다.

김 장사를 하면서 매일 버는 수입의 십일조를 따로 떼놓았다. 한 달이 되어서 매일 떼 놓은 십일조를 세어보니 꽤 많은 돈이 되었다. 내가 여태 해본 중에 가장 많은 금액이었다. 십일조 헌금 봉투에 넣으면서 '감사합니다.'라는 마음과 함께 나도 모르게 봉투에 내 이름을 쓰려고 했다. 헌금 봉투에 이름 쓰는 칸이 있으면 좋겠다는 생각이 들었다. 당당하게 쓸 수 있을 것 같았다. 그러면서 마음에 아차 하는 생각이 들었다.

사람 마음이 이렇다. 언제라도 기회가 된다면 이렇게 나를 드러내고 싶은 것이 사람 마음인가보다. 내가 거룩해서가 아니라, 믿음이 좋아서가 아니라 그만큼의 형편이 안 되니까 못 할 뿐이었는데 난 내가 거룩한 척하고 있었다는 걸 알았다.

세상에 세 가지 병이 있는데, 이름 병, 재물 병, 여자 병이 있다고 한다. 그중에 가장 고치기 힘들고 어려운 것이 이름 병이라고 한다. 그만큼 사람은 나를 드러내고 싶어 하고, 인정받고 싶어 하고, 명예를 갖기 원한다. 내 안에도 충분히 그 병이 있다는 것을 알게 되었다.

다음 해 3월까지 6개월 동안 시장장사를 하고 건강상의 문제로 또 급하게 정리하게 되었지만 시장에서 김 이모로 있는 동안 새로운 경험을 많이 했던 것 같다. 시장정리 하고 난 후에도 한참이나 전화가 왔었다. 택배 김 주문한다고.

　엄마는 동생도 보고, 나도 보느라고 시장에 한 번 다녀가셨는데 그저 안타까운 눈빛만을 보내셨다. 자꾸만 더 고생하는 길을 걷고 있는 큰 딸을 보는 것이 마음 아프셨을 거다. 엄마 마음을 알지만 그렇게 안쓰럽게 바라보는 게 싫었다. 딸이 어떤 일을 시작했든지 씩씩하게 부딪혀 낼 수 있도록 힘을 줬으면 싶었다. 엄마 마음은 이해하면서도 안타까운 눈빛은 받고 싶지 않았다. 내겐 도움이 안 되는 거였다. 걱정의 한숨보다는 용기를 주는 한 마디가 더 필요했다. 난 비난이나 책망보다는 용기를 줄 때 더 펄쩍 뛰어 오를 수 있었다. 엄마가 날 불쌍하게 바라보면 난 정말 불쌍한 사람이 되는 거였다.

　내가 맨 처음 시작했던 일은 학원에서 아이들을 가르치는 일이었는데, 재미있었고 아이들과 함께 시간을 보내는 것이 좋았다. 결혼 후 아이를 낳기 한 달 전까지 학원 출근을 했었다.

　아이들과 함께 있는 것이 좋기는 했지만 뭔가 다른 것을 해보고도 싶었다. 내가 생각할 때 내가 아는 세상은 너무 좁았고 빈약했다. 내 생각의 틀도 아주 답답했다. 많은 것을 부딪쳐보는 것이 필요했다.

　결혼하고도 가정의 경제를 내가 책임져야 했기에 여러 가지 일을 하게 되었었지만, 난 이 모든 것이 내게 필요한 일이라 생각했다. 모든 순간은 나를 키우기 위한 인생의 훈련이라고 생각했다. 그러면 무엇이든지 받아들이기가 훨씬 수월했다. 부끄럽고 쑥스러운 것도 이겨 낼 수 있었다. 바로 그것 때문에 내가 지금 이 자리에 있는 것으로 생각하면 오히려 더 용기가 생겼다.

　그 전에 보험회사에서 설계사로 일한 적이 있었다. 낯선 사람을 만나 영업을 한다는 것이 정말 힘들었다. 그렇지만 한번 해보고 싶었다. 실제로 해보니 정말 힘들었다. 사람들의 냉대와 거절을 받아내기가 만만치가 않았다. 시장 사람들의 텃세를 자기가 다 막아주겠다던 동생은 미리 내게 단호하게 거절을 했다. 자기한테 전화도 하지 말고 회사도 찾아올 생각하지 말라고 매정하게 말했다. 가르치는 선생님의 자리에 있을 때 나를 바라보는 사람들의 시선과 보험 영업을 할 때 나를 바라보던 시선은 확실히 달랐다. 그 시선을 이겨내는 것이 내겐 필요했다. 1년 6개월쯤 하고 그만뒀는데 일을 그만두고는 아무도 만나고 싶지 않았다. 누구하고도 어떤 말도 하고 싶지가 않았다. 내겐 스트레스가 아주 컸나 보다.

내가 처음 보험회사를 가려고 결정했을 때 초등학생이던 아들이 걱정스럽게 내게 물었다.

"엄마, 왜 보험회사를 가려고 해요? 사람들이 다 싫어하는 직업인데, 그래서 힘들어서 자살하는 사람도 있다는데 엄마는 왜 보험회사를 다니려고 해요? 엄마도 그런 사람 전화 오면 끊어버리잖아요."

그러나 그 후로 내가 정장을 입고 보험회사에 출근하기 시작하면서 아들은 항상 우리엄마는 FSR이에요 라며 말하고 다녔다.

가끔 내가 정장 차림의 옷을 입으면 아들이 쳐다보며 말한다.

"엄마는 정장이 잘 어울려요. 그런데 정장 안 입었으면 좋겠어요. 엄마가 정장 입으면 보험회사 다닐 때 생각이 나요."

그 말을 듣고 참 마음이 아팠다. 정장을 입고 내가 보험 일을 성공적으로 해냈으면 정장 입은 엄마의 모습이 아들에게 자랑스럽고 멋져 보였을 텐데 나의 실패가, 나의 포기가 오히려 아들에게도 아픔을 주는 것 같았다.

그래도 그곳에서의 경험은 내게 많은 것을 보게 해 주었다. 시장에서 김 장사를 했던 시간도 내게는 특별한 시간이었다.

그해 겨울 붕어빵

1999년, 내 나이 29세의 겨울. 그해 10월 즈음에 난 붕어빵 장사를 시작했다.
그 당시에 IMF로 아버지 사업은 잘못되었고 그 때문에 친정집은 여러 가지 복
잡한 문제들이 생겼었다. 살고 있던 집은 압류를 당해 집을 비워줘야 했는데,
아버지는 어디로 가셨는지 집을 나간 상태였고 아무것도 모르던 엄마는 갑자
기 닥친 상황에 어이없이 울기만 하셨다. 그러다가 학교 앞에서 문방구를 하시
는 반장 아저씨께서 점포가 달린 방을 싼값에 살게 해주셔서 엄마와 동생들은
밤에 손수레에 짐을 싣고 도둑 이사를 했다. 이사라 해 봤자 우리가 살던 집에
서 채 몇 발자국 떨어지지 않은 곳이었다.

　차라리 멀리 이사를 가자고 했지만 엄마는 도망가는 듯 한 이사를 하고 싶어
하지 않으셨다. 우린 잘 못한 것이 없다고, 다시 잘사는 모습 여기서 보이고 싶
다고 하셨다. 엄마도 그 시간을 견뎌 내기가 힘드셨을 거다. 그래도 집을 나서
면 다 알아주고 인사해 주던 엄마의 터였는데 그곳에서 쫓겨나는 듯한 것이 싫

었을 거다. 그러나 견디는 것은 어쩌면 더 힘들었을 지도 모른다. 지금 생각해 보면 우린 모두 잘 견뎌줬다. 동생들도 어린 우리 아들도……

몇 발자국 떨어지지 않은 곳으로 이사를 했기에 아들은 원래 우리가 살던 집으로 가자고 늘 손짓을 했다. 할머니 손을 잡아끌었다. 새로 이사를 한 집의 골목만 들어서면 할머니 등에 엎여 있던 아들은 소리를 지르고 울기도 했다. 좁고 어두운 새로운 집엘 들어가지 않으려고 했다.

그때 남동생은 군에 가 있었는데 제대를 하고 집으로 돌아오자 점포에 침대를 놓고 추운 데서 자게 되었고 작은 방에서 엄마와 여동생들, 나와 우리 아들이 함께 비좁게 잠을 자곤 했다. 난 결혼해서 우리 집이 있었는데도 늘 친정에서 살다시피 했다. 남편도 공부하느라 서울로 가버린 상황이라 우리 집은 비어 있는 상태였다. 그렇다고 우리 집에서 함께 살 정도는 아니었다. 엄마는 밖에 나가려고도 하지 않고 사람 만나기를 피하셨다. 가끔 밖으로 나가실 땐 손자인 우리 아들을 업고는 마치 손자 등에 피하는 기분으로 아들을 앞세워 나가곤 하셨다.

나 또한 남편은 공부하겠다고 다시 서울로 가고 없는 터이고 그렇다고 집에서 살림만 할 수 있는 형편도 아니었다. 게다가 아들을 어디 맡기고 일하러 나갈 수도 없는 상황이었다. 엄마가 너무 불안해하셔서 엄마에게 아들을 맡겨 두고 어디 나갈 수도 없었다. 동생들도 퇴근하면 자기들의 대부분 약속을 포기하고 엄마와 함께 시간을 보내 주기 위해 일찍 집으로 들어왔다. 아버지가 안 계시는 상황에서 우린 더 하나가 되어야 한다는 생각으로 살았다. 집에서라도 나도 뭐라도 해보자는 생각에 벼룩시장을 뒤졌고 붕어빵 기계를 대여했다. 젊어서 고생은 사서도 한다는데 싶어 차라리 좋은 기회라고 생각했다. 그때는 뭐든 좋게 생각하는 게 필요했다.

기계를 대여해 주시고 반죽과 팥을 제공해 주시는 분께 붕어빵 굽는 방법을 배우고 가스 불 붙이는 것도 전날 미리 다 배웠었다. 그리고 장사 잘하라고 용기를 주고 가셨다. 우리가 사는 바로 점포 앞에서 장사를 시작했다.

첫 장사를 시작하는 날, 갓 돌 지난 아들을 등에 업고 가스에 첫 불을 붙였다. 두근거리는 마음으로. 그리고 한편으로는 조금 부끄러운 마음도 있었다. 얼굴을 가스 쪽에 들이밀고 보면서 불을 붙였는데 내가 가스 구멍을 너무 많이 열어 놓았었나 보다. 갑자기 가스 불이 크게 확 일어나 내 눈썹과 머리가 순식간에 온통 거슬러 버렸다. 순간 깜짝 놀라 움찔 뒤로 물렀다가 그냥 머리만 쓱쓱 털고는 집으로 들어가 모자와 마스크를 쓰고 나왔다. 그리고 첫 붕어빵을 굽기 시작했다. 그냥 무덤덤하게 아무 일 없었다는 듯이.

처음 하는 거라 익숙하지가 않아서 아주 어설프고 불쌍하게 생긴 붕어빵들이 나왔다. 그날 나는 얼마나 팔았는지 어떻게 장사를 했는지도 모르게 하루가 지나갔다.

하루를 마무리하고 밤에 잠자려고 누웠는데 낮에 일이 그때야 차근차근 다시 생각났다. 그 당시엔 당황해서 잘 몰랐는데 밤에 그 상황을 떠올리니까 아찔했다. 깊은 한숨이 나왔다. 등에 업힌 우리 아들도 엄마가 뭘 하는지 궁금해서 고개를 쑥 내밀고 같이 쳐다보고 있었다. 아들에게도 나에게도 얼굴에 작은 화상 하나 입지 않고 아무 일 없었다는 것이 얼마나 감사하고 다행이던지 하나님의 보호하심이었다고 난 지금도 굳게 믿는다.

난 장사엔 소질이 없는지 붕어빵을 사러 오면 내게 와 준 게 그렇게 고마울 수가 없었다. 내가 초등학교 다닐 때부터 살아왔던 곳이고, 아버지는 사업하시면서도 20년 이상 동안 통장 일을 해 오셨었기 때문에 오시는 분들은 거의 다 우리 집 사정을 아시는 분들이었다. 그래서 오가며 일부러 붕어빵을 사러 오시는 분들이 많았다. 난 한두 개씩 빵을 더 넣어줬고, 크리스마스를 맞이해서는 주위의 가게 하시는 분들께 선물로 붕어빵을 2천원치씩 싹 돌리기도 했다. 뭔가 돈을 받고 판다는 것이 영 마음이 불편했다. 내게 있는 것으로 그저 넉넉히 주는 게 마음이 더 편했다. 추운 날 고생은 했으면서 돈은 제대로 못 벌었다.

그러다가 시댁에 큰 시누이가 내가 붕어빵 장사를 한다는 소식을 듣고는 연락이 왔다. 온천장에서 녹즙 가게를 새로 시작하는데 와서 도와달라고 같이 일하자고 날 불렀다. 그래서 얼마 후 붕어빵 장사를 마무리하고 녹즙 가게로 출근하게 되었다. 물론 그때도 마무리하는 기념으로 붕어빵을 주위 분들과 나눔했다.

나의 이십 대 마지막 겨울, 아들과 나는 그해 겨울을 그렇게 잠시 보냈는데, 찬바람 불기 시작하고, 거리마다 붕어빵 장사하시는 분들이 보일 때마다 나의 그때의 겨울이 생각난다. 엄마는 지금도 그때 내가 구웠던 붕어빵이 제일 맛있다고 하신다. 가장 추웠기도 하고 가장 따뜻하기도 했던 나의 마지막 20대의 겨울이었다.

내가 붕어빵 장사를 시작한 첫날, 내 머리와 눈썹을 홀라당 태워버렸던 그날, 일을 마치고 대학 친구의 결혼하고 나서 집들이가 있었다. 오랜만에 친구들을 보는 마음에 아들을 업고 버스를 타고 해운대로 갔다. 친구 중에 내가 맨 먼저 결혼을 했었고 우리 아들이 첫 아이였다. 붕어빵을 굽다가 갔으니 내 행색이 좋았을 리는 없다. 친구들은 어디서 자꾸 탄 냄새가 난다고 해서 내가 솔직하게 고백을 할 수밖에 없었다.

부끄러웠다. 그렇지만 난 주눅 들거나 기죽지 않으려고 내게 자꾸 되뇌었다. 살아가면서 내가 지금 아주 소중한 경험을 하는 거라고. 내가 나를 그렇게 위로하고 스스로 용기를 줄 수밖에 없었다. 그래야 덜 창피했으니까. 이런 내 모습조차도 친구들에겐 안타까움과 함께 용기 있는 자로, 특별한 삶을 살아내는 것처럼 보였나보다. 그리고 난 진짜 용기 있는 것처럼, 더 씩씩한 척 할 수밖에 없었다. 그때 내 머릿속에는 그저 내일은 어떻게 하면 붕어빵을 태우지 않고, 덜 익히지 않고 잘 구워 낼 수 있을까 그 생각으로 가득 차 있었다.

동생들은 붕어빵을 굽는 내 모습이 너무 진지하고, 심각하다고 놀리기도 했었다. 아마 난 그때 붕어빵을 구워서 판 것이 아니라 내가 구워내는 붕어빵들에게 수많은 이야기들을 하고 있었는지도 모른다. 끊임없이 나를 위로하는 말들, 용기 주는 말들, 괜찮다고, 잘하고 있는 거라고, 잘 될 거라고, 네가 살아내는 인생 누구보다 멋 질 거라고, 겉모습은 붕어빵을 팔고 있지만 넌 보석을 다듬고 있는 중이라고, 붕어빵을 보면서 스스로에게 끊임없이 이야기 해 주고 있었는지도 모른다.

지금 다시 하라면 자신이 없다. 그때 길거리에서 나를 지켜줬던 그 자신감은 젊음이 아니었나 싶다. "난 아직 20대야, 뭘 해도 부끄럽지 않을, 많이 부딪혀 보는 것이 오히려 내겐 득이 되는 거야"라며 젊다는 이유로 모든 걸 받아들이고 싶었던 때였다.

난 그 시절 틈만 나면 노트에 내 인생 그래프를 자주 그려 보곤 했었다. 20세까지는 부모님의 품 안에서 그분들의 뜻대로 주로 살았다면 그 이후는 내가 살아가야 하는 인생이었다. 그때 당시 내 나이 서른을 곧 앞두고 있던 터라 난 인생의 3분의 1을 살아왔으니 3분의 2 정도 남은 날들을 어떻게 어떤 모습으로 살아갈지를 직선의 그래프를 그려 놓고 자주 바라보았었다. 지금 내 나이 47세. 그때 이후로 거의 20년의 세월이 지나간다. 뭔가를 시작하기에 늦지 않았을까, 자신감이 떨어지려고 할 때마다 난 다시 용기를 내고 되뇐다.

"난 아직 오십도 안 되었는데, 뭔가 시작하기에 늦지 않았어. 충분해. 지금부터 시작해도 돼."

그렇다. 다행히도 난 아직 오십이 안 되었다는 것이 그래도 큰 위로가 되었다. 오십이 되기 까지 뭔가 더 준비할 수 있는 시간이 있다는 것이 다행이었다. 무엇이든 지금부터라도 하면 되는 거였다.

제2장
아내, 그리고 여자

중년의 위기

남편은 요즘 어떤 생각을 하고 살까? 남편은 요즘 내가 어떤 생각을 하고 사는지 알까? 궁금할까? 난 요즘 그것이 궁금하다.

"엄마는 아빠랑 왜 결혼했어요? 아빠랑 연애할 때도 별로 재미없었을 것 같은데. 내가 볼 때 엄마랑 아빠는 너무 대화가 없어요."

아들이 정확하게 봤다. 모르는 것 같아도 아들이 다 아는구나.

난 책을 읽다가도 남편이 가까이 오면 덮어서 안 보이는 곳으로 슬쩍 밀어버린다. 예전부터 난 자기계발서를 즐겨 읽었는데 어느 날 남편은 내가 읽고 있는 책을 보더니 쓸데없는 책을 읽고 있다며 한 마디 툭 던진 이후부터 난 내가 읽고 있는 책을 남편에게 보여주지 않게 되었다. 책뿐만 아니라 뭐든지 숨기게 되었다. 내가 무엇을 하고 싶어 했는지, 내가 무엇을 하고 싶어 하는지도 아무 것도 말하지 않게 되었다. 남편 앞에서 내가 하는 모든 것은, 내가 선택한 모든 것은 잘한 것이 하나도 없이 핀잔거리일 뿐이라는 생각을 하게 되었다. 그래서 점점 보여주기 싫었다. 보여서 내 마음을 다치게 하느니, 자존심이 상하느니 숨기는 게, 보여 주지 않는 게 낫다고 생각하게 되었다. 우리 부부 속마음을 꺼내 놓는다는 거, 어쩔 땐 대화를 한다는 것조차도 많이 어색하다.

　남편과 말을 하지 않은지가 이 주째이다. 처음엔 이런 상태가 마음이 많이 불편했는데 이것도 적응이 되어 가는지 서로가 보고도 없는 사람 취급하며 사는 우리……. 다만 그 중간에 아들이 있을 뿐이었다. 몇 번을 남편과 대화를 해보려고 마음을 먹어봤다. 그렇지만 말을 꺼내려고 할 때마다 무슨 말부터 해야 할지를 몰랐다. 어떤 일로 마음이 상했을 때도 여태 한 번도 남편이 먼저 손 내밀고 다가온 적이 없었다. 내가 이렇게 남편을 길들여 놨나 싶기도 했다.

　항상 내가 먼저 다가가서 화해를 시도하면 결국은 내가 잘못해서 사과하는 것으로 남편은 받아들였다. 본인은 불편한 것도 없었고, 잘못한 것도 없었으니 나만 마음을 고쳐먹으면 되는 거였다. 그렇게 되풀이되는 것이 이젠 싫었다.

　요즘 따라 잠이 더 많아진 남편이다. 남자도 갱년기가 오면 무기력해지고, 피곤을 많이 느낀다고 하는데 어쩌면 남편도 갱년기를 거치고 있는지도 모르겠다. 갱년기 우울증이라고 말하기도 부끄럽지만, 이런 걸 남편 앞에서 부끄러워해야 한다는 것이 속상했다. 작년부터 여기저기 몸도 아주 아프고 이상하게 모든 것에 자신도 없고, 두려워졌다. 이제 내가 세상에 아무 쓸모가 없어진 듯하고, 할 수 있는 일도 하나도 없는 것 같아 슬펐다. 무기력하고 아무것에도 의욕이 안 생겼다. 감정도 메말라버리고, 내가 살아있는 건지, 죽어가는 건지도 모르겠고. 가만있다가도 눈물만 쏟아지고…….

　더 큰 문제는 남편이 나의 울타리가 되어 준다는 안정감을 느껴 본 적이 없다는 것이다. 지금껏 그저 내가 알아서 살아가야 한다는 생각으로 열심히 살아왔을 뿐이었다. 그런데 이제 나도 나이가 들고 약해지는 건지 내가 의지해도 되는, 나를 지켜줄 남편이 있다는, 내게도 보호자가 있다는 마음의 안정감을 느끼고 싶었다.

너무너무 외로웠다. 누군가로부터 지극한 사랑을 받고 싶었다. 가만히 있다가도 곧잘 눈물이 나서 혼자 밥 먹다가도 울고, 머리 감으면서도 울고, 책 읽다가도 울었다. 그때마다 남편은 방에서 자고 있었다. 무서웠다. 내 존재가 사라져버린 것 같았다. 뭘 해야 할지도 몰랐다. 어디에도 나는 필요 없는 자가 된 것 같았고, 내가 있어야 할 자리가 없는 것 같았다. 그럴 때 난 남편의 위로가 듣고 싶었다.

"그동안 수고했어. 괜찮아. 내가 있잖아." 나도 남편한테 위로받고 싶었고, 남편 있는 여자니까 따뜻한 남편 사랑을 더 받고 싶었다. 지금까지 잘 살아온 거라고, 수고했다고 한마디쯤 듣고 싶었다. 그러면서 내 존재감을 확인받고, "내가 있으니 당신 걱정하지 마, 내가 당신 지켜줄게." 이런 보호도 받고 싶었다. 남편에게 소중한 사람이라는 걸 느끼고 싶었다. 끊임없이 날 응원해주는 사람이길 바랐다.

남편은 연애 때부터도 나한테 "우리, 함께, 같이, ~하자" 라는 말을 해 본적이 없었다. 항상 뭐든지 남편은 혼자 할 생각을 하고, 나는 내가 알아서 하라는 식이었다.

"난 산에 들어가 살 거다, 아들이랑 잘살아라."

그렇게 나 혼자 살아야 함을 자꾸 세뇌해놓으니 어느 순간부터 난 힘들고 외로울 때 의지할 사람 하나 없는 것 같아 더 마음이 불안해졌다. 내가 집에 있으면 남편 밥이나 차려 주는 사람 같았다. 내가 어떤 상태이든지, 무슨 생각을 하고 살든지 상관없고 밥만 차려주면 남편은 아무 불편한 게 없는 사람 같았다.

나 힘들다고, 나 좀 봐달라고, 나 이상하지 않으냐고, 나한테 관심 좀 가져달라고, 그렇게 표현을 하는데도 알려고도 하지 않는 남편이 너무 얄밉고 야속했다. 가끔 영화 보러 가자, 우리도 가족 여행 한번 가자고 이야기도 해 보았지만,

피곤하다고 이래저래 미루고 피하기만 했다.

남편은 신림동 다람쥐라고 할 만큼 산을 다니는 것도 좋아했던 사람이고, 산도 잘 탔던 사람이다. 남편도 지금은 너무 지쳐 있는 듯하다. 아무 의욕도 없고 열정도 없어 보였다. 밤에 술을 많이 마시고 들어온 날은 가끔 술주정하기도 했다. 어느 날은 술주정이 좀 심하다 싶어 듣고 있다가 화가 나서 자리에서 벌떡 일어났다. 내가 당신한테 뭘 그렇게 잘못했냐고. 내가 왜 당신 인생을 망친 거냐고. 술 취한 사람 상대해봤자 돌아오는 답은 없었다.

내가 왜 그런 말을 들어야 하지? 난 정말 이 세상에 아무에게도 쓸모없는 자라는 생각으로 자존감이 완전 바닥을 치게 했다. 난 남편을 위해 참아온 것이 더 많은데, 왜 이제 그런 말을 들어야 하지? 내가 지금까지 살아온 건 다 뭐지?

다음날 남편은 나한테 무슨 말을 했는지 기억도 안 난다고 했다. 내가 왜 당신한테 그런 말을 하겠냐고. 남편이 나쁜 사람이 아니라는 걸 안다. 내게 정말 나쁜 마음으로 그런 말을 할 사람이 아니라는 것도 안다. 그러나 난 잊히지가 않았다. 귓가에서 뱅글뱅글 돌면서 큰소리로는 아니었지만 자주 들려왔다. 남편이 꼭 나쁜 마음을 가지고 한 말이 아니라도 난 이런 말들에 내가 점점 죽어가는 것 같았다. 자신감도 서서히 더 무너져 내리고 있었다. 어쩌면 나에 대한 남편의 진짜 속마음이 아닐까 하는 생각이 드니까 점점 더 남편에 대한 마음이 굳어져 갔다.

경주에 사는 동생이 아침마다 전화해서 묻는다. 아직도 형부랑 말 안 하고 지내냐고, 불편하지 않으냐고, 이왕 같이 살 거라면 사이좋게 살아라, 그렇지 않으면 언니만 손해 아니냐.

왜 나만 손해가 되어야 하지? 이것도 나는 화가 났다.

직장을 구하고 있던 친구에게도 전화가 왔다.

"우리 나이에 할 수 있는 게 너무 없어. 남편한테 잘하고 주는 돈 감사하게 받으며 사는 수밖에 없어"하는 말에 난 다시 좌절이 몰려왔다.

정말 이제 내가 할 수 있는 일이 없을까. 남편은 내 답이 되어 줄 생각이 없는데 정말 남편밖에 답이 없는 걸까. 절대 인정하고 싶지 않았다. 부부가 한 집에서 말을 안 하고 살면 같이 불편하고 같이 손해를 봐야지, 왜 나만 불편하고 나만 손해인 것이 어디 있냐고!

부부는 등 돌리면 남이라 했지만 아무렇게나 내 마음대로 쉽게 등 돌려지지 않는 것이 또 부부였다. 너 왜 그렇게 사냐고 남 이야기는 쉽게 할 수 있어도 칼로 무 자르듯이 단번에 자를 수 없는 것이 인간관계이고 특히나 부부관계가 아닐까. 자식이 있으면 더하겠지.

그리고 보면 세상의 모든 부부가 다 좋기만 하겠는가. 말하지 않아서 그렇지, 내보이지 않아서 그렇지, 모두 문제가 있고 아픔이 있는데 내가 그들이 아니기에 그들만큼 모르는 것뿐일 텐데, 자식 때문에 혹은 경제력 때문에라도 어쩔 수 없이 많은 사람이 남처럼 되어 살아도 차마 완전히 등은 돌리지 못하고 사는 이들도 많을 것이다.

나는 사람들의 소리도 들리고, 내 안에서 내가 하는 소리도 들리고, 하나님의 음성도 들리는데 어떨 때는 사람들의 소리가 더 크게 들렸다가 또 어떨 때는 하나님의 소리가 더 크게 들렸다가 또 어떨 땐 내 소리가 너무 크게 들려 억울해하기도 한다.

한때는 남편과 좋아져 보려고 그렇게 애쓰기도 했는데 왜 다시 이렇게 나빠지고 있는 걸까.

우리 부부의 문제 어떻게 풀어야 하는 걸까? 남편에게는 아무 문제가 아닌데 나만 문제로 여기고 있는 걸까.

갱년기

작년 봄쯤부터 내게도 갱년기가 찾아왔다. 지금껏 열심히 살아왔는데 갑자기 아무것도 하기 싫어지고 아무 의미도 없어졌다. 아침마다 눈뜨기가 싫었다. 난 보통 아침 5시에 일어나 하루를 시작했고 누워서 뒤척거리는 걸 아주 싫어한다. 그런데 아침마다 일어나기가 싫었다.

눈뜨자마자 아 싫다~ 이 마음부터 들었다. 뭐가 싫은지 몰라도 그냥 싫었다.

요즘 아이들이 가지고 노는 액체 괴물처럼 벽에 철퍼덕 들러붙어서 떨어지고 싶지 않았다. 더욱더 더 격렬하게 철퍼덕 벽을 끌어안고 싶었다. 벽을 뚫고 들어가고 싶은 심정이었다. 그러면서 내가 이상하다고 생각했다. 그러고 보니 남편도 잠자는 시간이 늘었다. 요즘 따라 부쩍 내 눈엔 온종일 자는 것처럼 보인다.

몸도 여기저기 많이 아팠다. 자꾸 눕고 싶었다. 양쪽 어깨가 너무 아파 팔을 움직이는 것도, 뭔가를 붙잡는 것도 찌릿찌릿 통증이 왔다. 잠을 자는 것도 불편했다. 이쪽저쪽 돌아눕는 것도 힘들어서 자다가 신음이 났다. 어딘가 내 몸이 아파지면 괜한 짜증이 난다.

마트에서 장을 보다가 땀이 후두두 또 쏟아지기도 했다. 갑자기 내 땀구멍들이 동시에 열리기 시작한 듯했다. 그러면 난 냉장 코너로 찾아가서 냉장고 옆에 얼굴을 바싹 붙이고 한참을 서 있다. 아무것도 못 하고 땀을 닦아내고 땀이 식고 다시 땀구멍들이 닫히기를 기다릴 뿐이었다. 가만히 있다가도 얼굴이 화끈거리고 온몸이 뜨거워졌다. 그리고는 또 땀이 쏟아진다. 다른 사람들과 같이 있을 때면 참 당황스럽다.

그리고 보니 한 달에 한 번씩 하던 생리도 몇 달째 소식이 없었다. 벌써 폐경인가? 기분이 이상했다. 아직 50도 안 되었는데 너무 빠른 거 아닌가 싶었다.

남편이 다가와도 귀찮았고 아무런 느낌도 일지 않았다. 손길이 와도 내 몸에서 아무런 반응이 오지 않는 것에 내가 실망스러웠고 또 짜증이 났다.

정형외과를 다니면서 어깨 물리치료를 한참 받았다. 치료를 받을 땐 좀 낫는 것 같다가 치료를 멈추면 여전히 다시 아파졌다.

산부인과 가서 자궁 검사를 받았다. 혹시 폐경이 온 건지도 물었다. 6개월 동안 생리가 없으면 완전히 폐경이 온 것이니 지켜보라고 한다. 아직 여성 호르몬이나 자궁 상태도 좋단다. 희한하게도 4~5개월마다 한 번씩 생리가 나온다. 그럼 완전히 폐경은 아니라는 건데 서서히 작별인사를 준비하라는 거겠지.

난 항상 내 기억력이 참 좋다고 자신 있어 했다. 특히 사람에 관계된 것은. 난 사람에게 관심이 많은 가 보다. 중 고등학교 때는 같은 반 친구들을 1번부터 끝번까지 번호순대로 외웠던 이름을 학교 졸업 후 한참까지도 외우고 있었다. 녹즙 가게에서 일할 때는 오시는 손님들의 웬만한 차 번호를 다 외우고 있었다. 그래서 손님들이 가게에 들어서지 않아도 멀리서 오는 차만 보고도 누군지 알고 녹즙을 미리 갈아서 준비해 두었다. 오시는 손님마다 녹즙 드시는 취향이 모두 다르다. 어떤 분은 케일만, 또 어떤 분은 케일에 사과를 넣어서, 어떤 분은 신선초를 많이 넣어 달라는 분도 계신다. 그래서 손님들 이름을 다 모르니까 케일 언니, 신선초 할아버지 등 내 맘대로 손님 이름을 만들어 부르기도 했다. 마즙, 알로에즙, 인삼즙, 과일즙……. 메뉴는 간단해도 모두 요구사항들이 다 달랐다. 그럼에도 가게에 들어서자마자 내가 미리 맞춰서 준비한 녹즙 잔을 내밀면 손님들은 자기를 기억해 준다는 것에 아주 기분 좋아했다. 그리고 처음 온 손님이라도 한 번 다녀간 손님은 꼭 기억했고 나와 무슨 이야기를 나누었는지 기억하고 있어서 다음에 왔을 때 아는 척을 해주면 그렇게들 좋아하셨다.

그런데 요즘은 싱크대에서 냉장고까지 네 발자국 걸어오는 동안 내가 왜 냉장고 앞에 와있는지 잊어버려서 냉장고 문을 붙들고 괴로워하고 있다. 고개 숙여 머리 감을 땐 생각나던 것이 고개 드는 순간 머릿속에서 확 사라져버리는 기이한 현상들이 나타난다. 내가 금방 샴푸 칠을 했는지 린스 칠을 했는지 모르겠다. 메모하려고 펜을 드는 순간 뭘 적어야 할지 모르고 낙서만 끄적이고 있다. 분명 누군가와 이러저러한 이야기들을 했는데 누굴 만났는지 기억나지 않는다. 헤어 에센스를 얼굴에 토닥토닥 두드리고 있다. 엄마가 내 말을 잘 못 알아들으시고 자꾸 물어보시곤 할 땐 은근 짜증 날 때도 있었는데, 내가 요즘 아들 말을 잘 못 알아들어 자꾸 물어보고 있다.그렇지만 그 무엇보다도 나를 힘들게 하고 우울하게 하는 건 무기력함이었다. 지금껏 열심히 살아왔지만 지금 보니 아무런 의미도 찾을 수 없고 의욕마저 땅에 떨어져 아무런 자신감도 가질 수가 없었다. 쓸모없는 자라는 생각만 자꾸 들었다. 이제 어떤 것도 내가 할 수 있는 일이 없을 것 같았다. 그것이 너무 두렵고, 조급해지고, 나를 더 못 살게 몰고 갔다. 모든 게 내 탓이라는 쓸데없는 생각이 날 괴롭히곤 했다. 하루

하루가 무의미하고 지루하면서 알 수 없는 두려움과 조급함이 나를 조여 왔다.

내 옆에 아무도 없는 것 같았다. 항상 남의 편이라고 말하는 남편은 정말 남인 듯했고, 아들도 이젠 직장 생활로 친구와 보내는 시간이 많아져서 나와 얼굴 보는 시간은 아침 시간뿐이었다. 아빠를 닮아 가는지 점점 더 무뚝뚝해진다. 어릴 땐 아들이 오히려 나를 알뜰히 챙겨주곤 했었다. 비 오는 날이면 엄마가 우산을 들고 나갔는지, 산성비를 맞으면 몸에 안 좋다고 꼭 우산을 챙겨 다니라고 걱정해주던 아들, 교회 구역 모임을 가면 소심한 엄마가 찬송가를 열심히 부르는지 확인하고 있는 아들, 그러면서 자꾸 큰 소리로 부르라고 눈짓을 주던 아들이었는데 요즘은 도통 내게 관심도 없다. 불러도 건성으로 대답하고, 톡을 보내도 '네' 이 한마디로 끝난다. 아들과의 톡 내용을 보면 온통 '네' '네' '네' 이 대답뿐이다. 아들이 여행을 가고 집을 며칠 비울 때 잘 다녀오라고, 보고 싶을 거라고 메모 남겨서 책상 위에 붙여두면 다녀온 후 몇 날 며칠이 지나도 그대로 붙어 있어서 무안하게 내 손으로 그 메모지를 뗄 때도 잦았다. 아들에게도 내 마음이 외면당하는 듯했다. 요즘은 결혼시키면 아들 뺏기는 거라는데 저 놈도 결혼하면 남이 되겠지 싶었다.

난 혼자 살 준비를 해야 한다는 쓸쓸함이 가득했다. 이렇게 집에 있으면 진짜 내가 아무런 쓸모없는 존재가 되어 버릴 것 같아 어디로든 나갔다. 안 그러면 예전처럼 또 우울증에 시달릴 것 같았다. 결국은 내가 이겨내야 하는 거고 내가 살아내야 하는 내 인생이었다.

아침밥을 먹고 설거지를 끝내 놓고는 어디로든지 집을 나섰다. 도서관을 가기도 했고, 해운대, 광안리, 송정 바다를 찾기도 했다. 친구를 찾지는 않았다. 혼자 다녔다. 마음이 너무 지쳐 있으니 누군가 옆에 있는 것보다 혼자 조용히 시간을 채우고 싶었다.

어쩔 땐 책 한 권 들고 집 앞 맥도날드에서 온종일 시간을 보내기도 했다. 집에 있으면 답답했다. 그렇게 여기저기 찾아다니다가 만난 내 마음에 쏙 드는 서점이 있었다. 자주 그곳에 나가 오랫동안 책을 읽고 돌아오곤 했다. 그리고 가까운 곳으로 여행을 다니기 시작했다. 혼자 영화를 보는 재미도 알게 되었다.

블로그를 배워서 글을 하나씩 올렸다. 이웃들이 생기고 나의 글에 댓글을 달아주고 '좋아요'를 누르고 공감을 해주면서 반응해주는 것이 좋았다. 얼굴도 모르고 아무것도 모르는 사람들끼리 서로 소통이 된다는 것이 신기했다.

난 나도 모르게 나의 이야기들을 하나씩 풀어 놓기 시작했다. 차라리 나에 대해 아무것도 모르는 사람이었기에 더 편하게 이야기할 수 있었다. 남편과의 문제들, 지금 나의 심정들, 어릴 적 추억들, 생각나는 대로 글을 적어 올렸다. 글을 쓰면서 나 혼자 웃었고, 울었고, 행복했고, 그리워했다. 그리고 다시 열심히 살고 싶다는 생각이 불쑥 솟아오르기도 했다.

이웃들은 내 글을 재미있어했고 좋아해 줬다. 특히 남편과의 문제를 하나씩 풀어가는 글들을 올릴 때는 많은 사람이 비밀 댓글로 자신들의 이야기를 함께 해줬다. 이웃이 아닌데도 내 글을 통해서 위로받고 힘 받고 간다고 고맙다고 글을 남겨 줬다.

난 그것이 참 고마웠고 내가 한발 먼저 겪은 나의 고통과 힘든 시간이 그래도 쓸모가 있구나 싶어 뿌듯했다. 내가 잘살아 온 것 같았다. 그러면서, 사람들은 말을 안 하고 표현을 안 해서 그렇지 각자의 문제들을 다 가지고 살아가는구나, 나만 힘든 게 아니구나, 라는 걸 생각하게 되었다.

매일 하루 두 개씩의 글을 올렸고 애정 이웃들도 많이 생겼다. 그러다가 블로그에도 권태기가 있다는 걸 알았다. 그걸 블태기라고 했다. 나만 그런 게 아니라 많은 사람이 3개월쯤 열심히 하다가는 그 시기를 겪으면서 사라지는 이웃들이 많았다. 정든 이웃들이 안 보일 때는 또 아주 섭섭했다. 얼굴도 모르는 이웃은 블태기가 오면 사라질 수도 있지만, 부부의 권태기, 갱년기는 슬그머니 사라지지도 못하고 서로 잘 풀어가야 할 숙제로 남아 있었다.

사랑받고 싶은 마음

난 드라마를 잘 안 본다. 연예인에게 빠져서 그렇게 마음을 주지도 않는다. 중학교 때 용필 오빠를 한참 좋아한 이후로 다른 사람한테는 마음 주기를 안 한다. 그런데 이제야 내 마음을 심쿵하게 만든 한 남자가 있었으니 드라마 닥터스에 나오는 김래원 씨였다. 드라마에 나오는 남자 연예인을 보고 내 마음이 이렇게 심쿵하고 좋다니, 그런 내가 이해할 수가 없었다. 요일마다, 시간마다 드라마를 챙겨보는 것도 신기했다. 마치 여중생으로 돌아간 듯했다. 용필 오빠만 나오면 좋아서 꺄~~ 소리 지르던 그때의 나로 잠시 돌아가는 듯했다.

내가 특별히 김래원 씨가 좋았던 건 제자였던 박신혜 씨와 연인이 되어 가면서 그녀에게 보내는 눈빛 연기가 너무나 내 가슴을 설레게 했다. 극 중 박신혜 씨가 부러웠다.

누군가가 나도 저렇게 바라봐 주면 좋겠다고, 내게도 저런 사람이 있으면 좋겠다고 가슴앓이가 시작되었다. 괜히 질투가 나기도 했다. 드라마가 마지막 방송될 때는 좋은 결말이라 나도 행복했지만, 다시 그의 눈빛을 볼 수 없다는 것이 섭섭했다.

TV를 보면서 계속 마음에서 소리가 들려왔다. '나도…… 나도…… 사랑받고 싶어.'

동서의 카톡 프로필 사진을 우연히 보게 되었다. 아이들이랑 함께 드레스를 입고 리마인드 웨딩 촬영을 했나 보다. 환하게 웃고 있는 동서 얼굴이 좋아 보였고 부러웠다. 그러면서 그 사진 보는 순간 눈물이 나고 가슴이 쿵 했다. 동서는 화목하게 남편 사랑받고 사는데 나는 왜 이렇게밖에 못사는지, 갑자기 자존심이 상하고 창피해서 얼굴이 화끈거렸다. 앞으로 동서 얼굴 볼 자신도 없고, 형님들 얼굴 볼 자신이 없었다.

동서는 나보다 3살이 많다. 동서는 시동생과 동갑이고 난 우리 남편과 5살의 나이 차이가 있다. 그래서인지 아랫동서이지만 오히려 날 동생처럼 생각해주고 사실상 시댁에서 맏며느리 역할을 다해주고 있다.

사춘기를 끝낸 아들이 중3 때, 공부하고 싶다고 본인도 학원을 보내 달라고 했지만, 남편은 학원가는 것을 반대하고 혼자 공부하는 것이 진짜 공부라며 학원을 보내주지 않았다. 솔직히 말하면 학원 보낼 형편이 안 되었다. 아들은 하고 싶은 것을 이야기해도 들어주지 못하는 것에 대한 불만이 있었겠지만, 그저 단념하는 것으로 마음을 돌리고 있었다. 난 이러지도 저러지도 못하고 있을 때 그저 기도하는 수밖에 없었다. 아들 학원가고 싶어 하는데 학원비가 없다고, 창피해서 누구한테 말도 못 하겠다고, 아들을 어떻게 하면 좋겠냐고……. 한참을 기도하고 털어놓으니 그래도 마음이 홀가분했다. 그냥 마음이 평안했다.

며칠 뒤 제사 음식을 하러 동서네 작은집으로 갔다. 내가 맏며느리이고 우리가 큰집이지만 시댁의 모든 큰일은 작은집에서 치른다. 제사 음식을 준비하다가 아이들 이야기가 나왔다. 동서는 갑자기 우리 아들이 중학교 졸업할 때까지 학원비를 대 줄 테니 영어 수학 학원을 알아보고 보내라고 했다. 작은집의 아이들이 부족함 없이 많은 것을 누리는 것에 비해 우리 아들의 부족한 부분을 읽어 준 것 같았다. 남편에게 비밀로 하고 아들에게도 비밀로 하고 나와 동서만 아는 것으로 해서 동서는 아들 중학교 졸업할 때까지 1년 동안 매월 50만 원씩의 학원비를 보내줬었다. 동서한테 너무 고마웠다. 자존심 상하는 것이 아니라 하나님의 공급하심이라 생각하고 감사히 받았다.

잠깐 내 어린 시절을 돌아보니 언제부터인가 외모 콤플렉스로 위축된 때가 있었다. 초등학교 때 피아노학원에 다니면서 학원에서 선생님이 친구들 별명을 재미로 지어서 부르곤 했다. 재미있으라고, 일부러 못난 별명, 우스운 별명들을 만들어서 서로 놀리고 웃고 떠들고 했었다. 그때 나의 별명은 '메주'라고 지어졌고 선생님의 별명은 '썩은 호박'이었다. 그런데 난 그 별명이 붙여지고 나서부터 내가 정말 못생겼나, 어쩜 진짜 메주같이 못생겼는지도 몰라~ 하는 우울한 마음에 나도 모르게 위축되고 자신감도 없어졌다. 누가 나를 쳐다보면 내가 못생겨서 쳐다보나? 내 별명이 메주인 걸 아나? 하는 생각에 얼굴을 들고 누군가를 쳐다볼 수가 없었다.

우리는 딸 셋에 아들 하나, 1남 3녀의 형제였다. 얼굴도 안보고 데려간다는 셋째 딸, 우리 집 셋째 딸이었던 동생은 어렸을 때 너무 못생겨서 엄마가 등에 업고 나갈 때는 겉싸개로 폭 싸서 동생 얼굴을 안보이게 하고 다녔다고 한다. 딸 못난 집이라고 하면 다 알 정도여서 너무 창피했다고 한다. 그래서 부모님은 동생을 모개라고 부르셨다. 모개야~하고 부르면 어린 동생은 그 소리가 들기 싫은지 주먹을 꼭 쥐고 눈을 부릅뜨고, 이를 앙 다물고는 바르르 떨었다. 그 모습이 귀여워서 자꾸만 더 모개야 하고 부르기도 했다. 그런데 얼굴과 달리 하는 짓이 예뻐서였던지, 아니면 너무 못생겨서 좀 예뻐지라는 의미에서인지는 몰라도 어느 날 부터인가 동생을 이쁜이라고 부르기 시작했다. 이쁜아~ 이쁜아~

결혼을 하고 중학생 아들을 둔 40대 중년인데도 친정에 오면 아직도 이쁜이로 불리운다. 동생은 아가씨때 우리 동네 새마을 금고에 다녔었는데 우리 아들과 함께 마을금고에 볼일을 보러 가면 이쁜 이모~라며 쪼르르 달려가곤 했었다. 이름 탓인지 동생은 정말 점점 더 예뻐져 갔고, 지금도 역시 이쁘다. 어릴 때 모개 얼굴이 아닌 이쁜이 이름값을 한다.

어렸을 땐 재미있는 이름이 아니라, 무조건 예쁜 이름을 불러 줘야 하나보다. 불리어지는 이름 속에 내 아이의 자존감도 함께 자라고 있다는 걸 기억하면서…….

아들이 어릴 때 너무 별나게 구니까 가까운 친척분이 아들만 보면 '꼴통'이라고 불렀다. 아들은 어렸지만, 그 소리가 싫었나 보다. 고모부가 자기를 보고 꼴통이라 한다고 가까이 가지 않으려 했다.

변기에 앉아서 변을 보고 나면 뒤처리를 해달라고 아들은 날 불렀다. 어릴 땐 한동안은 다 그런 과정이 있는 거니까 당연하였다. 어느 날은 남편에게 아들 뒤처리를 부탁했다. 남편은 아들 엉덩이를 닦아 주면서 "더러운 놈"이라고 했다. 물론 아들이 사랑스럽고 이뻐서 했던 표현이다. 그러나 그날 이후로 아들은 절대 변을 본 후에 아빠 앞에서 엉덩이를 내밀지 않았고 곁에 오지도 못하게 하고 나를 불렀다. 어렸지만, 또 아빠였지만 수치스럽고 부끄러웠나 보다.

어른들이 아무렇지도 않게 장난스럽게 던지는 한마디에도 아이들의 마음은 다칠 수 있다. 아이가 아니라 어른이라도 다칠 수 있다. 그래서 나도 아이들에게 함부로 말하지 않으려고 조심한다. 어른들도 듣기 싫은 말이 있듯이 아이들에게도 분명 싫은 말, 듣고 싶지 않은 말, 아프게 하는 말들이 있을 것이고, 듣고 싶어 하는 말, 들으면 기분 좋은 말도 있을 것이다. 꼭 나쁜 마음이 있어서가 아니라도 우리는 아무렇지 않게 하는 말이 상대방을 힘들게 하고 속상하게 할 때가 있다. 나이가 들어가면서 더욱 내 처지가 아니라 상대방 처지에서 해야 할 말과 하지 말아야 할 말을 분별해 낼 수 있는 지혜도 필요할 것 같다.

어쩌면 나도 아들에게 엄마라는 이유로, 충고라는 이름으로 아들에게 해서는 안 되는 말들을, 안 하는 게 더 좋을 말들을, 어쩌면 애써 피하고 싶어 하는 말들을, 그냥 조금만 믿고 더 기다려 주면 될 것을 내 기분대로 쉽게 한 건 없는지 돌아보게 되었다.

사랑받는다는 것은 어쩌면 한마디 말부터 시작되는 것이 아닐까? 나도 결국은 한마디 말을 통하여 사랑받기를 원했던 거니까.

사람은 누구나, 누구에게나 사랑받고 인정받고 싶어 한다. 그러나 자기가 받고 싶어 하는 애정 표현, 사랑의 언어대로 표현되지 않으면 서로가 불편하고 힘들어한다.

내가 아는 어떤 사람의 남편은 알코올 중독이었다. 그전에는 부부가 함께 맥주도 마시고, 소주도 마시고 하면서 전혀 문제가 될 것이 없었는데 어느 날 갑자기 남편이 알코올 중독이라는 걸 알게 되었다고 한다. 전혀 술 마시는 것이 문제가 안 되다가 알코올 중독이라는 것을 알게 된 얼마 전부터는 남편이 술 한 모금이라도 마시는 것 때문에 부부싸움이 계속되고 있었다. 부인은 남편에게 절대 술을 마시지 말라고, 또 한 번만 더 술을 마시면 당신과 이혼하겠다고 협박을 하다시피 했다. 꼭 고쳐야 한다고 윽박질렀다고 한다. 그럼 남편은 미안해서, 말이라도 술을 마시지 않겠다고 할 줄 알았단다. 그런데 그렇게 협박을 하고 잔소리를 하고 나면 오히려 술을 더 많이 마시고 자기 몸을 자해한다는 거였다. 남편의 행동이 하나부터 열까지 다 마음에 안 들고 보기 싫다고 했다. 이혼하고 싶다고 하면서도 마음대로 되지 않는 부부관계 때문에 더 힘들어했다.

서로의 남편들 이야기하다가 나의 성향이 자신의 남편과 너무 비슷하다고 했다. 그래서 내 말을 통하여 남편의 마음을 대신 읽어 가려는 듯 보였다. 그런데 나와 이렇게 이야기를 하고 함께 있는 것은 행복하고 너무 좋다는데 남편과는 말도 하기 싫다는 거였다. 참 이상하지 않은가. 같은 성향의 사람인데 부부로 함께 할 때는 모든 것이 거슬리는 것이다.

남편이 나와 성향이 비슷하다고 하니 문득 그런 생각이 들었다. 남편이 알코올 중독이 된 것, 어쩌면 그 또한 부인의 애정이 너무 필요한 것이 아니었을까. 부인의 애정과 관심이 필요했는데 그것이 채워지지 않으니, 한때 내게 우울증으로 찾아온 것처럼, 그 남편에게는 알코올 중독으로 온 게 아니었을까.

내가 누군가의 애정을 필요로 하는데 내 마음만큼 채워지지 않을 때, 나는 더 거친 말과 투정을 쏟아냈듯이, 그 남편도 더 불쌍한 모습으로, 부인의 동정심을 자극하는 방법으로, 자신을 좀 봐달라는 신호로, 술을 더 마시고, 몸에 자해하면서 부인의 사랑을 갈구하는 것이 아니었을까 싶었다. 자신이 방치되고 있다는 좌절감을 이기기 힘들지 않았을까.

난 그 남편의 마음이 조금 이해가 되는 듯했다. 어떤 조처를 하기 전에 먼저 남편의 마음을 한번 이해해주고 따뜻하게 보듬어 줘보라고 했다. 진심을 한번 전해줘 보라고 했다. 어쩌면 병원 치료보다 앞서 남편 마음의 치료가 먼저 필요한지도 모르니까, 그래야 병원 치료도 효과가 있지 않을까 싶었다. 나 또한 원하고 있던 바였기 때문에 그렇게 말 할 수 있었다.

사람들은 모두 사랑을 갈구한다. 이것이 충족되지 않을 때 자신만의 방법으로 이렇게 표현하고 시위하게 된다. 내 몸에 여러 가지 아픈 증세들이 숨어 있다가 이제야 마구 나타나는 것처럼, 사랑받고자 하는 그 마음이 채워지지 않을 때 언젠가는 반드시 그 증세들이 나타날 것이다.

무엇을 위해 걸어 온 걸까

나는 원래 일찍 일어나면 씻고 화장부터 하고 앉아서 책도 보고, 청소도 했다. 일을 나가지 않고 쉬는 때도 나의 시작은 항상 준비된 상태였다. 일어나자마자 씻고 준비를 하고 있으면 뭐든지 할 수 있었고, 언제라도 나갈 수 있는 준비가 되어 있었기 때문에 누가 만나자고 갑자기 연락이 와도 못 만날 이유가 없었다. 날 보고 항상 부지런하다는 말이 따라 다녔다.

화장까지 다해서 준비가 되어 있으니 치장한 것이 아까워서라도 난 어디라도 나갔고, 무어라도 하고 다녔다. 그런데 요즘은 갱년기 증세로 몸이 아프다보니 모든 것이 다 귀찮아서 나를 챙기고 가꾸는 것도 힘들었다. 아프다는 핑계로 집에서 쉬면서 잠시 나를 방치해 두는 날이 많아지니 그것도 금방 습관이되어 자꾸 게을러졌다.

씻는 것을 제일 먼저 하고 나를 제일 먼저 바라보던 것을 지금은 제일 나중으로 미루고 있다.

　설거지 하고 청소하고, 큐티 하고, 글 쓰고, 책보고, 그러다가 오후가 되면서 마지못해 느지막하게 씻을 때도 있다. 마트를 나가는 것도, 잠시 산책을 나가는 것도 자꾸 미루게 되고 안하게 되었다. 마트 장을 보러 가야 할 때도 오늘 꼭 사야 할 것이 있는지 보고, 그게 아니면 내일 가야지 라며 미루게 된다. 결국은 오늘 하기로 한 것을 내일 하기로 미루게 되고, 오늘 하고 싶었던 것도 슬쩍 다음으로 미루게 된다. 나의 게으름 때문에 많은 것이 다음에 하는 걸로 타협하고 있었다. 이것이 자꾸 반복된 결과 내게는 날마다의 작은 성취감이 쌓이는 것이 아니라 다음날로 미뤄진 일과들과 나를 향한 책망이 하나씩 쌓여가고 있었다. 내일부터는 일어나면 세수부터 해야겠다.

　사람 관계라는 게 참 알 수가 없다. 그저 좋아서 죽고 못 살 것 같아서 내 이야기들 막 풀어 놓았다가 오히려 모르는 이보다 못하게 멀어지는 경우가 있다. 줬던 마음이야 가져간다는데 어쩌겠느냐 만은 내가 쏟아 놓은 말들은 내가 다시 주섬주섬 싸가지고 올수도 없었으니 그게 제일 후회 되었다. 너무 많은 이야기들을, 안 해도 될 말들까지 너무 많이 풀어 놓은 듯해서 그게 제일 마음이 쓰였다.

　자주 연락이 되던 친구들도 각자 살기 바빠서, 아니면 이제 내가 별 도움이 안 되는 까닭인지 불러주는 이도 없었다. 내가 참 인간관계를 잘못 해 온 건가 싶기도 했다. 모두들 자기가 처한 형편에 따라 새 사람들을 만나고, 거기에 익숙해지곤 한다. 나도 언제부터인가 새로 만나는 관계들에, 인연들에 더 많은 시간을 들이고, 더 많은 소식을 전하고 있다.

　지금까지 나는 무엇을 위해서, 무엇을 바라보면서 살아왔는지, 무엇이 남아있는 건지 내 옆의 사람들을 보면서, 자꾸 찾아보게 된다.

예배 후 전도사님과 식사를 하고 커피를 마셨다. 요즘 내 근황을 물으셨다. 한참이나 전도사님과 이야기를 나눈 지가 오래된 것 같았고, 연락을 한번 해보고도 싶었는데, 마침 같이 식사 자리를 갖게 되었다. "전도사님, 아무래도 전여태 잘못 살아온 게 아닐까요? 난 정말 최선을 다해 열심히 살아왔는데 요즘 자꾸 그런 생각이 들어서 우울해지고 낙심이 돼요. 점점 자신감도 없어지고, 내가 여태 뭐하며 살았나, 잘 산 게 맞나 싶어요." 전도사님은 왜 그런 생각을 하느냐고, 절대 그렇지 않다고 하셨다. 열심히 제대로 살아온 거 맞다고 힘주어 말씀하셨다. 먼저, 힘든 중에도 아들을 잘 키워냈고, 벌써 죽었을 수도 있는 생명을 지금껏 잘살아내고 있는 것도, 무엇보다 어떤 순간에도 하나님을 놓지 않으려고 몸부림치고 발버둥 치며 살아온 거, 절대 잘못 살아온 거 아니라고 하셨다. 그렇게 살아온 것이 그때 내가 할 수 있었던 최선이었다고 하셨다. 최선을 다한 거 맞다고, 잘살아온 것 맞다고 해주셨다. 갑자기 눈이 아파왔다. 머리까지 그 통증이 순식간에 전해지는 듯 했다. 난 어쩌면 그 말을 남편한테 가장 듣고 싶었는지도 모른다. 남편이 날 그렇게 봐줬으면 싶었다. 그러나 이젠 누구라도 상관없었다. 누구라도 내게 "너 잘못 산 거 아니야, 틀린 거 아니야." 라고 말 좀 해 줬으면 싶었는데 막상 그 말을 듣고 나니 눈물이 멈추지 않았다. 그렇지. 그땐 그게 내겐 최선이었지. 내 최선의 삶이었지만 가끔은 넌 왜 그렇게 사냐며 이해 못 하겠다는 핀잔도 들어야 했다.

아버지랑 전화 통화하다가 넌 왜 한 가지 일을 오래 못하고 자꾸 그만두느냐고, 네 나이가 몇인데 아직도 네가 무슨 일을 해야 할지 몰라서 찾는 중이냐고 하는 말씀에 부끄러우면서도 화가 났다. 나에게 화가 나는 건지, 아버지께 화가 나는 건지 몰랐다.

앞으로 이제 내가 무엇을 할 수 있겠냐며 자신감도, 자존감도 떨어지고 있어서 스스로도 불안해하고 한심해하고 있었다. 특히 내가 예민하게 생각하고 있던 부분이라 누구라도 이 이야기는 안 해주기를 바랐다. 일을 안 하고 있던 그 상황에서는 더욱 마음이 위축되었다. 안정적인 직장을 가진 것도 아니고, 경제적으로 부족함 없이 잘살고 있는 것도 아니고, 아등바등 일은 많이 했으면서 남아있는 건 아무것도 없었다. 내세울 만한 게 아무것도 없었다.

나를 더 바보라고, 한심한 자라고, 여태 왜 그렇게 살았느냐고 손가락질하는 것 같아 피하고 싶었는데 아버지께 정면으로 찔리고 나니 내 마음은 더욱 어쩔 줄을 몰라 했다. 무안하고 속상한 마음에 언짢게 전화를 끊었다.

일하러 나가라고 누가 등 떠미는 사람도 없었지만 난 돈을 벌어야 했다. 내가 쓸 용돈은 내가 벌어서 써야 한다. 물론 요즘은 내가 일을 하지 않으니 가끔은 남편 카드로 미장원도 가고, 밥도 사 먹고, 친구 만나서 차도 마신다. 그런데 마음이 편치가 않다. 그때마다 내가 당신 돈을 썼으니 뭔가 변명을 해야 할 것 같다.

언젠가 동생이 한 말이 생각난다.- 난 세상에서 남편 돈 쓰기가 제일 쉽고, 제일 내 마음대로 다루기 쉬운 이가 남편인데 언니는 세상에서 남편을 제일 어려워하는 거 같다 - 고 했다.

맞는 말이다. 난 세상에서 남편이 제일 어렵고, 남편 돈 쓰는 게 제일 불편하다. 내가 하고 싶은 말을 남편에게 제일 못한다.

난 그러고 보면 직업이 많았다. 남편의 공부 때문에 결혼 생활이 남들처럼 평범하게 시작되지는 않았다.

처음엔 학원 강사로 일을 시작했었지만, 붕어빵 장사도 했었고, 녹즙 가게에서 일하면서 내가 몰랐던 새로운 세상을 알아가기 시작했다. 그 뒤에 내가 직접 쌍화차를 달여서 파는 찻집을 하기도 했다. 집에서 쌍화차를 수없이 달여 보았는데 누군가에게 시식하고 평가를 받아야 했다. 마침 동생의 직장이 집과 가까운 곳에 새마을 금고를 다니고 있어서 아침마다 쌍화차 배달을 했다. 전무님, 실장님, 과장님들께 내가 달인 쌍화차를 보온병에 담아 동생을 통해 전해졌고, 장사해도 되겠다 싶을 때 난 자그마한 가게를 인수하여서 다락방 찻집을 하게 되었다. 원래는 길 커피를 하던 자리인데 내가 그곳에서 쌍화차 냄새를 풍기기 시작했다. 주위의 사무실에서는 손님이 오시면 우리 쌍화차를 많이 시켜주셨는데, 다기 주전자와 찻잔을 준비해서 차를 배달하곤 했다. 그러다가 어느 다방에서 신고해서 경찰서에 다녀온 적도 있었다.

그렇게 찻집을 하면서 난 피아노가 너무 치고 싶었다. 원래 피아노를 전공하고 싶었지만 못했던 나는 피아노를 멈춘 것이 많이 후회되었고, 마음속에 아쉬움이 많았다. 사는 것에 바빴지만 한 번도 피아노 생각을 멈춘 날은 없었다. 그래서 하루에 몇 시간은 가까이 사는 고모에게 가게를 맡겨놓고 매일 피아노를 치러 다녔다. 집 근처에 있는 피아노 학원에 가서 하루 2시간씩 연습을 했다. 난 아무 생각 안 하고 피아노만 칠 수 있는 그 시간이 좋았다. 그때는 남편과 별거가 시작되기 전이었는데 한창 서로 감정이 격해 있을 때라 이렇게라도 내 감정을 풀어야 했다. 그래야 내가 숨을 쉴 수가 있었다.

그러다가 피아노 학원에 강사로 일하게 되었다. 하던 가게는 고모가 맡아서 하게 되었고 난 피아노 선생님이 된 거였다. 그리고 1년의 강사 생활 후에 작은 피아노 교습소를 인수했는데 그때 이름이 하늘마음이었다. 그곳을 하나님의 마음이 머무는 곳으로 만들고 싶었다. 하나님의 마음이 그곳에 머문다고 믿었다. 하늘마음에서 아이들과 행복한 시간을 많이 보냈다. 남편과 헤어져서 아들과 둘이 살면서 몇 년 동안 그곳에서 일하다가 남편과 재결합을 하게 되면서 교습소를 정리했다.

그 후로도 보험회사에서 설계사로 일하고, 모니터 일을 하러 다니면서 마트와 화장품 조사를 하러 부산 시내뿐만 아니라 울산, 마산, 창원, 진주, 밀양까지 경남지역을 다니게 되었다.

교회에서 1년간 교회 일도 했다. 하나님 앞에 1년의 시간을 드리면서 전도사님과 함께 다니면서 전도와 심방을 다니고, 교회 식구들을 챙기고 모임을 하러 다녔다.

그리고 영어 가맹점 지사에서 몇 년을 근무했었고, 시장에서 구이 김 장사를 하고, 또다시 학원으로 출근하게 되고……

한 가지 일을 오래 못하고 직업이 자꾸 바뀌게 되니 나도 부끄럽긴 했다. 내가 잠시 일을 쉬게 되면 가족들은 물론이고 친구들도 다음엔 내가 또 무슨 일을 시작할까 많이 궁금해 했다. 그냥 집에서 쉬고 있지는 않을 테고 뭐라도 시작할 텐데 하는 일마다 그들이 볼 땐 내가 좀 엉뚱하다 싶었나 보다.

한 살이라도 젊었을 때는 이것저것 도전하고 시도해 본다는 것이 스스로 뿌듯했다. 그런데 어느 날부터 갑자기 부끄러워졌다. 왜 이럴까, 난 분명 매 순간 최선을 다했는데, 그때는 그게 최선이 맞았는데 지나고 보니 난 여태 무얼 위해서 그렇게 살았나, 남는 것이 하나도 없었다. 그때부터 뭔가 잘못된 게 아닌가 하는 생각이 들기 시작했다.

하나님, 그래서 어쩌라구요

내가 성내어 죽기까지 할지라도 옳으니이다!악랄한 원수 니느웨를 향한 하나님의 자비가 부당하다고, 불공평하다고 요나는 성내어 죽기까지 할지라도 자기 생각이 옳다고 하면서 하나님께 대들고 있다. (요나서 4장 9절)요나는 하나님이 어떤 분인지도 알고 하나님에 대한 고백도 온전히 잘한다. 그러나 하나님을 아는 것과 신앙고백을 할 수 있는 것과는 다르다. 하나님을 알아도 사람들 앞에서 내 입으로 고백하지 못할 수도 있다. 그리고 온전한 신앙 고백을 하는 것과 순종함은 또 다르다.

요나는 폭풍우 가운데 선원들 앞에서 신앙고백을 한다.

"나는 히브리사람이요 바다와 육지를 지으신 하늘의 하나님 여호와를 경외하는 자로라."

(요나서 1장 9절)

"주께서는 은혜로우시며 자비로우시며 노하기를 더디 하시며 인애가 크시사 뜻을 돌이켜 재앙을 내리지 아니하시는 하나님인 줄 내가 알았음이니 이다."(요나서 4장 2절)

하나님이 어떠한 분인지 그리고 본인은 어떠한 사람인지도 밝힌다. 그러나 하나님의 성품은 알지만, 하나님의 심정은 모르는 것 같다. 자기의 신념 안에 하나님을 가두려고 하고 자기 생각에 하나님을 맞춰 넣으려고 한다. 그래서 말씀 앞에서도 내게 좋은 것만, 내가 하고 싶은 것만 행하려는 불순종을 본다. 요나는 하나님 말씀 앞에서 자꾸 자기 생각으로 따지고 있다. 나도 말씀 앞에서 내가 순종하려기보다 그 말씀으로 남을 판단하고 정죄하려는 잣대로 더 많이 사용할 때가 많다. 서로 사랑해야 한다, 용서해야 한다고 남에게는 잘 충고하고 권면하면서도 막상 내 문제가 되면 말씀보다 내 고집과 감정이 우선 되어서 사랑도 안 되고 용서도 안 된다. 사람들 앞에서 신앙 고백을 잘하는 자보다 말씀 앞에 작은 것이라도 순종하고 행할 수 있는 자를 하나님 기뻐하실 거다. 알면서도 내 안에서는 자꾸 한 소리가 들린다. "내가 성내어 죽기까지 할지라도 옳으니이다." 이건 내가 내는 소리이다. 나도 이렇게 고집을 꺾지 않고 하나님 앞에서 대들고 있다. 내가 죽어도 옳다고. 내가 성내어 죽기까지 할지라도 옳으니이다. 그리고 하나님도 말씀하신다. "내가 어찌 아끼지 아니하겠느냐."

볼일을 일찍 마쳤는데도 집 밖에서 어슬렁거렸다. 남편이 집에서 하루 종일 자고 있을 걸 생각하니 집에 가기가 싫었다. 가슴이 답답했다. 어딘가로 가고 싶었다. 내 몸이 쉴 곳도 없었고 마음이 쉴 곳도 없었다. 내게 너무 무관심한 남편이 미웠다. 한마디 말로도 나를 자꾸 주눅 들게 하는 것 같아서 남편과 헤어지고 싶다는 생각이 가득했다. 왜 나만 져야 하고, 왜 나만 더 낮아져야 합니까,

남편은 그대로인데 왜 나만요? 남편은 한 번도 먼저 손 내밀어 주지 않는데 왜 나만요?

주일날 설교 말씀을 듣는 중에 마음에 자꾸 찔림을 주었다. 그래서 나는 또 슬그머니 작은 소리로 대들었다.

하나님, 그래서 어쩌라구요…….남편과 며칠 각방을 쓰고 있었다. 그러다가 어제는 다시 안방으로 들어갔다. 남편의 어떤 몸짓이 있어서가 아니었다. 말씀에 순종하고자 하는 나의 표현이었다. 왜 나만 자꾸 져 줘야 합니까. 억울해요 하면서도 난 남편에게 져 줄 수밖에 없었다.

예수님 때문에. 정말일까? 난 예수님 때문에 남편에게 져주는 게 맞을까?

난 며칠 전부터 남편에게 줄 편지를 준비했었고, 곧 전해줄 작정이었다. 이제 우리 그만하자고, 이렇게 서로 무관심하게 사는 것 무슨 의미가 있냐고, 이건 부부도 아니고, 가족도 아니라고…….

그러나 주일 예배드리고 와서 들고 다니던 편지를 꺼내서 찢어버렸다. 하나님은 아마 내가 기도하기를 원하셨을 거다. 그러나 난 이 상황을 내 힘으로, 내방법으로, 내가 원하는 대로 해결해 보고 싶었다. 그래서 기도하고 싶지 않았다. 하나님이 내게 원하시는 게 무엇인지 안다고 생각했기 때문에, 하나님께 내 뜻을 굽히기 싫었다. 그래서 더 기도하기 싫었다. 그런데 자꾸 말씀하신다. 지금은 기도할 때라고……. 기도하라고……. 어떤 방향으로든 해결은 하나님이 한다고…….

다시 요나서를 묵상하게 되었다. 이번엔 또 다른 깨달음을 주신다.

가는 중에 큰 폭풍을 만난 사공들은 각자의 신을 부르며 무언가를 하고 있지만, 요나는 배 밑층에서 깊이 잠이 든 상태이다. 그리고 선장이 요나를 "자는 자여"라고 부르면서 이 재앙이 어디서 온 건지 그리고 요나에 관해 물어 볼 때, 요나 자신은 바다와 육지를 지으신 하늘의 하나님 여호와를 경외하는 자라고 말하면서 이 재앙은 자기 때문임을 밝힌다. 하나님의 명령을 피하여 도망하고 있으면서 자기는 여호와를 경외하는 자라고 소개하고 있으니 부끄러웠을 것이다.

요나의 모습이, 요나의 고집이 나와 같은 모습, 나와 같은 고집이 있음을 알았다. 하나님의 얼굴을 피하여 도망하다가 풍랑을 만났을 때도 하나님께 기도하기 보다는 배에서 바다로 던지라 한 것은 차라리 죽겠다는 고집이 아니었을까? 하나님의 예비하심을 믿고 바다로 던지라 한 것이 아니라 차라리 죽겠다는 불순종의 선택이 아니었을까.

그리고 물고기 뱃속에 있으면서 그 고통 가운데 하나님께 부르짖는다. 그 모습마저도 하나님은 용서하셨고 물고기에서 토해 내셨을 때도 니느웨에 가서 선포하라고 다시 한 번 말씀하신다. 그렇게 하기 싫다고 죽기까지 각오하고 도망가는 요나를 포기하지 않으시고 끝까지 사명을 주시는 하나님, 그러나 요나는 억지로 니느웨에 들어가서 하나님 말씀을 선포하지만 성실히 사역에 임한 것도 아니었다. 사흘 길을 걸어가서는 단 하루만 선포했다. 아마 그것도 마지 못해 억지로 하는 모습, 그저 하는 시늉만 보였던 것이다.

그래도 하나님은 그 초라한 한 마디 말 가운데서도 역사하셔서 왕의 마음을 만지시고 온 백성이 회개에 이르게 하신다. 그리고 하나님은 니느웨 백성들도 사랑하시지만 요나의 마음도 만지신다. 사명을 맡은 요나에게 끝까지 하나님의 마음을 깨닫게 하시고자 한다.

하나님의 역사는 내가 말 잘하고 못하고에 달려있지 않다.

여호와의 말씀을 피하고 얼굴을 피하게 될 때 나는 영적으로 둔감해지고 잠이 들게 된다. 다른 사람들은 깨어서 무어라도 하고 있을 때 나는 잠이 들어 무기력해져서 아무것도 하지 않는다. 그래서 다른 사람들은 나를 잠만 자는 자라고 부를 것이다. 이것은 믿는 자로서 정말 부끄러운 일이다.

"자는 자여 어찌함이냐 일어나서 네 하나님께 구하라"

내가 무기력함을 이겨 낼 수 있는 길은 말씀을 회복하고 여호와의 얼굴을 바라볼 때이다. 한동안 무기력 상태에 빠져 있을 때 난 다른 방법을 찾으려 했다. 사람을 통한 위로와 어떤 방법을 찾고 싶었다. 그러나 말씀을 회복하고 여호와의 얼굴을 구할 때 비로소 나는 무기력함에서 깨어날 수 있으며 사명을 발견하게 될 때 나는 다시 일어날 수 있다. 나는 종종 요나처럼 이렇게 멋진 신앙고백을 할 때도 있다. 그러나 여호와를 경외하는 자라고 하면서 실제로는 잠들어 있을 때가 많고 말씀을 피할 때가 많고 영적으로 둔감해져 있을 때가 많다. 신앙고백과 삶이 늘 일치하는 것은 아니다. 믿지 않는 사람들은 나의 잘하는 것보다 믿는 자로서 잘하지 못하는 것을 더 잘 찾아내고 잘 보게 된다. 나의 이런 모습을 가장 잘 보고 찾아내는 사람이 바로 남편일 것이다. 남편을 지극히 미워하고 있으면서 아침마다 성경을 펼쳐서 읽고 있는 나를 보면서 남편은 어떤 생각을 할까.

부끄러워진다.

외로움 덩어리

작은 불안함이 점점 커져서 두려움이 되더니 그 두려움을 이기고 싶어 누군가를 찾다가 외로움 덩어리가 하나 더 생겼다. 이제는 가슴속에 덩어리가 두 개다.

두려움 덩어리, 외로움 덩어리.

어느 날 생각했다. 이제 욕심을 내려놓아야지. 내가 먼저가 되고 싶은 마음, 내가 최고가 되고 싶은 마음, 내가 모든 것이 되고 싶은 마음, 이것들이 욕심이라면 내려놓아야지. 이젠 내가 충분히 사랑을 줘야 할 나이인데 자꾸만 내가 더 받으려고 하고 있다. 이것도 내 욕심 때문일까?

무언가에 집착하게 되면 내 안에 두려움이 생긴다. 놓칠까 두려워지고, 뺏길까 두려워지고, 버려질까 두려워지고, 사라질까 두려워진다. 내 안의 두려움들을 꺼내보면 내가 무엇을 붙잡고 집착하고 있는지 보인다. 간혹 그 두려움을 마주하기가 싫을 때도 있다. 때로는 그 집착조차 놓기 싫을 때도 있다. 그러나

이 세상에 어차피 내 것은 없으니 결국은 내려놓아야 함을 안다.

어떤 분이 그러셨다. 자기는 사람을 대할 때 누구에게나 치우침 없이, 또 누구를 특별히 더 좋아해 주는 거 없이 똑같이 좋아해 주고 대해주려는 원칙을 가지고 있다고. 그래도 살다 보니 특별히 마음이 더 가는 사람이 있더라고. 그분 말을 들으면서 친해지고 싶은 누군가가 생각났다. 어쩌면 그 친구도 그런 원칙으로 사람을 대하고 있고, 내게 잘해주는지도 모르겠구나 싶었다. 그래도 혹시나 특별히 마음이 더 가는 사람이 있다면 그게 바로 "나"라면 좋겠다고 나도 모르게 또 욕심을 부리고 있었다.

지금까지의 내가 살아온 길을 돌아보면 어느 시기마다 내게 필요한 사람들을 만났다.

아팠을 때는 선교사님을 만났고, 피아노 선생님은 내게 피아노를 알게 해 주시고 꿈을 갖게 해주셨다. 고등학교 때는 좋은 담임선생님을 만나 사랑을 받았다. 내가 다시 신앙생활을 시작했을 때는 은영이라는 친구가 하나부터 열까지 나에 대한 모든 것을 함께 이야기 하면서 하나님에 대한 이야기를 해줬고, 대학가서는 교회의 여러 언니, 오빠가 내 신앙의 멘토 역할을 해주었다. 십대, 이십대뿐만 아니라 결혼 후 삼십대, 사십대 지금 이 순간도 내게 필요한 이들을 만나게 됨으로서 중요한 시기를 잘 넘길 수 있었다.

어떤 만남도 헛된 만남은 없었다. 누구나가 나의 친구도 되고, 선생님도 되면서 내가 가야 할 길에 화살표가 되어 줬다. 내가 가는 길에 함께 동행하는 자가 되어 줬다.

우리 마음에는 길이 있다. 여러 길이 있음에도, 내 마음이 유난히 잘 다니는 길이 있음을 알았다. 나도 모르게 들어서는 길이었다. 한때 내가 자주 들어서는 길은 두려움과 우울함이었다.

하고자 하는 일이 뜻대로 되지 않을 때, 세상에 나 혼자 인 것 같은 외로움이 나를 감쌀 때면 마음이 참 무겁고 불안하여 내 마음은 어느새 아침마다 두려움과 우울함의 길을 걷고 있었다.

생각도 마찬가지였다. 내가 아침에 일어나서 첫 생각을 어떻게 하느냐에 따라, 첫 말을 어떻게 하느냐에 따라 하루가 달라지기도 한다.

어떤 사람을 만나면 그 사람은 행복과 희망의 길만을 걷고 있는 듯이 내게도 그 길을 소개하고 안내 해 줄 때가 있다. 그 사람의 생각을 엿보고, 그 사람의 말을 되뇌이기도 하면서 나도 그 새로운 길을 걸어보려고 한다.

내가 좀 더 용기를 얻고 위로를 얻고, 행복 하고 싶을 때, 난 행복한 말을 할 줄 알고, 행복을 전해줄 줄 아는 사람을 만나기를 좋아한다. 그 사람은 많은 말을 하지 않아도, 한마디 말로도 위로를 줄줄 알고, 따뜻한 손 길 만으로도 열심히 살고 싶도록 힘을 주는 사람이다.

내게도 변함없이 꿈을 꾸라고 이야기 해주는 분이 계신다. 내가 어떤 모습을 보여도 너 왜 그랬니 꾸짖지 않으시고, 넌 어쩔 수 없어 라며 날 포기하지 않으시는 분이다. 어떤 경우도 날 칭찬해주신다. 넌 뭐든 잘 할 수 있는 사람이라고, 잘할 수밖에 없는 사람이니 용기를 가지라고 항상 날 일으켜 주신다. 그래서 그 분 앞에서는 난 뭐든 잘할 수 있는 사람이라는 큰 용기를 가지고, 세상을 향해 다시 뛰어 들어가 보기도 한다.

나는 한마디의 말 속에서 나를 향한 애정을 발견하기도 하고, 또 이젠 식어버린 그저 형식적인 대답을 발견할 때도 있다. 생각 못했는데 그들의 말 속에 나에 대한 애정을 발견하게 될 때는 더 없이 기쁘고 감사하지만, 변함없는 애정을 기대했던 이에게서 냉랭하고 짧은 한마디의 말투는 나를 참 섭섭하게 할 때도 있다. 그 사람의 말투를 보면 그 사람의 마음이 보인다. "너랑 말하기 싫어."라고 직접 말하지는 않아도 성의 없는 짧은 대답 속에서 나랑 말하는 게 귀찮은가 보구나, 나와 말하기 싫은가 보구나, 억지 대답을 겨우 하고 있구나 하는 걸 느낄 때는 참으로 비참한 기분마저 들었다. 누군가의 관심을 구걸하고 있는 것 같았다. 이때가 나의 마지막 순간이라면 난 얼마나 불쌍한 모습으로 생을 마감하는 걸까 싶기도 했다. 한마디 말투 속에서도 난 참 외로울 때가 많았다.

학교에서 수업하다가 2, 3교시쯤 되면 가끔 집 생각이 났다. 지금 우리 집에는 누가 와 있을까, 엄마는 지금 이 시각 뭘 하고 있을까 궁금했다. 우리 집은 아버지 사업으로 공장을 같이 하고 있었고, 20년 이상 동안 통장 일을 하셨다. 그래서 집에는 거래처든지 동네 분이시든지 늘 누구든지 와 계셨다.

중학교 때 처음 생리를 시작하면서 생리통이 엄청 심했다. 한 달에 한 번씩 조퇴하고 집으로 오곤 했는데 어쩔 땐 집에 가는 것 마저 힘이 들어 길거리에서 울면서 날 데리러 와달라고 집으로 공중전화를 하기도 했다. 조퇴하고 집에 가면 동생들이 없는 조용한 방에 누워 쉴 수 있는 것이 좋았다. 동생이 세 명이었기에 우리 집은 한시도 조용할 날이 없었다. 그렇지만 생리통으로 조퇴하고 집에 가면 엄마를 보면서도 엄마가 너무 보고 싶었다. 다시 모태로 돌아가고 싶은 느낌, 내 몸을 한껏 구부려서 엄마의 자궁으로 들어가고 싶은 기분이었다. 동생들이 오기 전에 엄마가 옆에서 내 손을 잡고 오래 같이 있어 주기를 바랬다. 그런데 엄마는 내가 조퇴를 하고 집에 가도 "생리통은 어쩔 수가 없는 거다."라며 날 혼자 남겨놓고 엄마의 아지터로 나가셨다. 엄마의 아지터는 동네 아줌마들이 모여서 10원짜리 고스톱을 치는 놀이터였다. 아픈 그 날에는 엄마를 보고 있어도 계속 보고 싶었는데, 엄마 뱃속으로 다시 들어가고 싶을 정도였는데 내 옆에 누워 같이 있어 준 날이 한 번도 없었다. 나의 외로움 덩어리는 그때 또 한 번 만들어졌는지도 모른다.

요즘은 잠에서 깨면 항상 내 마음부터 들여다본다. 잠이 깬다고 자리에서 벌떡 일어나는 게 아니라 오늘 내 마음이 어떤 상태인지, 울고 있는지, 우울해하는지, 화가 났는지, 아파하는 건 아닌지 살피게 된다. 그렇게 내 마음을 잠시 달래주고는 하루를 시작한다.

이젠 그 외로움 덩어리, 내가 잘 만져주기로 했다.

예뻐질 거야

오늘은 모처럼 정성 들여 외출 준비를 했다. 어느 책에서 본 것처럼 여자의 외모는 자존심이고, 자존감이라고 나에게 자꾸 말을 해 줬다. 누구 때문이 아니라 나의 자존심을 지키고, 나의 자존감을 지키기 위해서 내가 나를 더 가꾸고 공들이는 것이 필요하다는 생각이 들었다. 마음이 풀어져서 아무렇게나 살고 싶지 않았다. 그렇게 나를 세워주고 하루를 보냈더니 기분도 좋았다. 다이어트 때문에 스트레스를 받지 않고 기분 좋게 나를 사랑했던 하루였다.

요즘 거울을 잘 안 보게 된다. 화장한다고 잠깐 볼 때 말고는 안 본다. 매일 늙어가고 변해가는 모습이 눈으로 확인되니 거울 속의 내가 미워졌다. 볼 살은 자꾸 처지고, 팔자 주름도 더 깊어지고, 쌍꺼풀은 풀어져 눈두덩을 덮어 답답해 보였다. 화장품을 살 때도 커버력을 아주 중요시하게 되었다. 거울을 볼 때마다 손가락 끝으로 볼을 살짝 위로 당겨 본다. 조금만 살짝 당겼는데도 훨씬 어려 보이고 팽팽해 보이고 인상도 달라져 보인다.

이래서 여자들이 시술을 받는가 보다. 처음으로 나도 시술을 받아 보고 싶다는 생각이 들었다. 나이 들어가는 건 고상하게 받아들일 수 있겠는데 늙어가는 건 싫었다. 사진을 찍어도 선글라스로 얼굴을 가리고, 모자를 써서 가릴 수 있는 건 다 가리고 찍는다.

얼마 전 카톡 프로필 사진에 내 사진을 올렸더니 동생이 톡이 왔다.

"언니야. 정면 사진은 좀……." 난 아무 말 하지 않고 바로 사진을 내렸다.

눈도 침침하다. 갈수록 시력이 더 안 좋아지고 있다. 노안이라고 다초점 렌즈를 했는데 불편해서 잘 안 쓰게 된다. 책 읽을 때도, 성경 읽을 때도 눈이 침침해서 할머니처럼 안경을 들어 올리고 글을 보다가 차라리 안경을 벗어 버린다. 온몸으로 나이 들어가는 것을 확인하게 된다. 운동화를 신을 때랑 구두를 신을 때랑 마음가짐도 달라진다. 그리고 높은 굽의 힐을 신을 땐 마음가짐이 더 달라진다. 힐을 신으면 오늘 나는 맘껏 당당해져도 좋을 것 같다. 어떤 이는 여자들이 높은 굽의 힐을 신는 것이 자존감의 문제라고도 했다. 굽이 높을수록 자존감이 높아지는 효과가 있다나? 정말 그런지는 모르겠지만, 굽 높은 힐을 신으면 내 기분도 업되는 느낌이 든다. 하이힐 굽 높이가 자존감과 관계가 있다면 요즘 내 자존감은 완전 바닥이라는 거다. 나이 들수록 구두보다는 운동화를 찾아 신고 나설 때가 많고 예쁜 것보다는 편한 것을 더 찾게 된다. 그러다가 문득 나도 이제 편한 것보다 예쁜 걸 골라 봐야겠다 싶었다. 여자들은 엄마가 되어도, 할머니가 되어도 예뻐지고자 하는 마음은 늘 있다.

며칠 전 시내 나갔다가 여름옷을 몇 개 샀다. 요즘 유행하는 스즈키 바지인데 편하고 이뻐 보였다. 하나를 집어서 가격을 물었는데 아가씨가 대답은 안 하고 나를 한 번 힐끗 쳐다보더니 옷을 한번 쳐다보고 내 몸을 다시 한 번 쓱 훑어본다. 그냥 느낌으로 난 알았다. 그 옷이 내게 맞지 않는다는 것을……. 그래서 얼른 다른 옷을 집어 들었다. 통이 넓은 옷이라 이 정도면 아무나 입어도 되는, 나도 충분히 입을 수 있는 옷이라 생각하고 기분 좋게 사 들고 집으로 왔다. 그리고 옷을 입어보기 시작했는데……. 내 몸이 언제 이렇게 변한 거지?

정말 드럼통을 하나 덮어쓰고 있는 듯해 그 예뻤던 옷은 순식간에 볼품없이 이상한 옷이 되어버렸다. 거울에 비친 내 모습은 정말 못 봐 줬다. 혼자 보고도 창피해서 얼른 벗어버렸다.

괜히 성질이 난다. 저 옷을 어떡하지? 교환이 될지도 모르겠고 교환을 하러 나가기도 귀찮다. 교환하러 가는 것이 더 창피했다. 수선해서 입을까? 입을만 한 다른 사람한테 줄까? 순간 여러 가지 생각이 들었다. 그러면서 정말 다이어트를 좀 해야 한다는 심각성을 확인하게 되었다.

아이 낳은 후로도 체중이 안 빠져서 정말 한참을 무거운 몸으로 지냈다. 내가 큰형님과 녹즙 가게에서 일을 했을 때가 아들 낳고 2년쯤 되었는데도 살은 안 빠지고 있었다. 그때 큰형님(큰 시누이)이 42세 나는 30세. 그런데 가게 오시는 손님들은 12살이나 차이가 나는데도 형님보다 나를 더 언니로 보는 거였다. 이게 말이나 되느냐고! 게다가 난 이제 겨우 30세였는데…….

큰형님은 하루도 안 빠지고 사우나를 다니고 운동을 하고 등산도 자주 가신다. 목욕을 가실 때는 꼭 오이를 하나 들고 가신다. 마사지용이다. 먹지 않고 정말 피부에 투자하신다. 그래서 그때 결심했다. 나도 살이라는 걸 제대로 빼야겠다고. 그렇지만 살 빼는데 비싼 돈 들이기는 싫고 해서 아주 간단한 나만의 방법으로 시작했다.

첫째, 아침 출근 전 훌라후프 1000번 돌리기

옷을 걸어 올리고 맨살에 그 퉁퉁한 훌라후프를 마구 돌렸는데 배에 멍도 들고 한동안 아팠다. 훌라후프 돌리기가 정말 효과가 있었는지는 잘 모르겠다. 할 줄 아는 운동도 없고 쉽게 할 수 있는 걸 그냥 찾았다.

별로 운동 효과 없다는 이야기도 들은 것 같은데 그래도 훌라후프 10분 돌리고 나면 바로 화장실로 가라는 신호가 왔다.

둘째, 도시락 먹기

점심은 가게에서 시켜 먹던 것을 점심값도 아끼고 도시락을 싸가지고 다녔다. 오후에 너무 허기지고 배가 고파지면 채소실 문을 열고 양배추, 당근을 마구 씹어 먹었다.

양배추를 제일 많이 뜯어 먹었다. 양배추가 이렇게 고소하고 달콤하니 맛있는 건 줄 몰랐다. 그리고 양배추가 포만감을 많이 줬다. 즉석에서 갈아주는 녹즙 가게였기 때문에 매일 들어오는 채소들이 정말 싱싱하고 좋았다. 그렇게 허기를 이겨냈다.

셋째, 녹찻물 마시기

커피는 하루에 한잔, 모닝커피 한 잔만 하고 녹차 물을 우려내어 마셨다. 점심 먹고 난 후 오후에 커피 믹스 한 잔 하고 싶은 유혹이 얼마나 견디기 힘들었는지 모른다.

넷째, 6시 이후 음식은 노!

이것이 제일 중요한 것 같다. 퇴근 전에 채소를 좀 더 챙겨 먹고는 6시 이후는 저녁을 안 먹었다. 3일 정도가 제일 힘들었는데, 3일쯤 지나니 적응이 되어서 견딜 만해지고 일주일 지나니까 뭘 먹어도 이젠 많은 양을 못 먹게 되었다.

이렇게 3달 정도 지나니까 체중이 조금씩 빠지더니 점점 더 살이 빠졌다. 6개월 정도 후에는 77치수 입던 몸이 55치수로 변하게 되어 아무 바지나 골라 입어도 쑥쑥 들어가는 그 쾌감이 얼마나 좋던지, 한동안 옷 사러 다니던 것이 정말 행복했다. 살이 쪄 있을 때는 옷 사러 가기가 싫다.

살이 많이 빠지고 어느 날, 가게에 오랜만에 오신 어떤 손님이 날 보고 갑자기

"아가씨, 옛날에 있던 아줌마는 이제 안 나옵니까?"라고 물었다.

"그 아줌마가 전데요." 하니까 깜짝 놀라 했다.

난 속으로 쾌재를 불렀다. 드디어 나도 아가씨 소리를 다시 들었다. 얼마나 뿌듯했겠는가.

그때 내 마음대로 해서 나름 성공했던 다이어트 경험이다.

이때가 나의 처음이자 마지막 내 마음대로 해 본 다이어트였다. 그 이후로 요요도 없이 잘 지내왔는데, 언제부터인가 내가 안일한 틈을 타고 내 옆구리와 엉덩이, 배에 붙은 살들은 나잇살이라는 핑계와 함께 떨어질 생각을 안 하고 있다.

그때의 그 방법이 지금도 성공할지는 모르겠다. 아줌마가 음식 앞에서 식탐은 커지는데 의지는 자꾸 약해지고 인내심도 점점 사라진다. 먹고 싶다는 생각과 이뻐지고 싶다는 소망이 내 안에서 이제 자주 싸우게 되겠지. 어느 생각이 더 간절하냐에 따라 점점 내 몸은 어떤 식으로든 변하게 될 것이다. 그렇지만 이번에도 나한테 맞는 내 마음대로 방법 찾아서 건강을 위해서라도 살도 빼고 예쁜 옷도 입고, 굽 높은 구두도 자신 있게 신는 아줌마가 되고 싶다.

아침마다 나에게 말해 줄 거다. 여자의 외모는 자신감이고 자존감이라고……. 그렇게라도 내 마음에 자극을 줘 보련다.

빛나던 나의 30대

난 30세가 되는 것이 싫었다. 내 나이 서른이 된다는 걸 절대 인정하고 싶지 않았다. 숫자 2가 3으로 바뀌면 뭔가 큰일이라도 날 것 같았다. 서른의 나이가 되면 왠지 진짜로 아줌마가 될 것 같았고, 팍 늙어 버릴 것도 같았다. 내 인생을 정리해야 할 나이 같았다. 어찌되었든 나의 30대는 다가왔고 또 지나갔다. 그런데 지나고 보니 난 30대가 제일 반짝반짝했다.

학교 졸업하고 결혼도 했었고 남편도 있고 아들도 있었다. 결혼 생활로 고생도 많이 했고, 엄청 우울하기도 했었다. 뭐든 시작도 많이 했었다. 힘든 시간이었지만 그 가운데 꿈도 많이 꿨고, 희망도 제일 컸다. 더 이상 엄마 아빠에게 착한 딸이 되려고 보다 내게 좋은 것을 선택해서 내게 최선을 다하면 되었다. 그렇게 살고 싶었다.

30대는 무언가를 도전하기에 가장 편한 나이였던 것 같았다. 20대의 파룻파룻 젊음도 좋겠지만 나의 20대는 별로 기억이 없다. 30대의 모든 순간이 지금

생각해보니 다 보석 같다. 하나하나 꺼내 펼쳐보는 추억마다 예쁜 내가 행복하
게 웃고 있었다. 그땐 분명 힘들 때였는데······.

　서른이 되기 싫어했듯이 이제 곧 쉰이 되는 게 또 싫은지 온몸으로 거부하고
싶어 한다. 내 나이 일흔이 되어가고 삶을 정리할 때쯤엔 얼마 후에 시작될 쉰
의 날들을 또 추억하게 되겠지. 그때를 위하여 다시 한 번 더 열심히 살고 싶다.

하늘마음에서의 추억 하나

　예전에 피아노 학원을 했었다. 정확하게는 교습소였다. 아이들은 서른 명 정
도 되는 나의 작은 꿈 터였다. 그때 학원 이름이 하늘마음이었다.

　어느 날 20대로 보이는 어떤 남자가 상담을 왔다. 그 당시에 탤런트 박신양
이 피아노 치면서 〈사랑해도 될까요?〉 노래 불러주는 드라마가 있었는데 여
자 친구가 그걸 원한다는 것이다. 그래서 여자 친구 생일에 맞춰 곡을 하나 완
성하고 싶다고 했는데 연습하고 싶다는 곡은 조규만의 '다 줄 거야' 였다. 두 달
정도의 시간이 있었다. 문제는 악보 계이름도 하나도 모르고 건반 자리도 모르
는 상태이니 코드를 모르는 것도 당연했다. 좀 힘들지 않겠냐고 하니깐 열심히
연습하겠다고 사정을 했다. 그 사람의 직업이 큰 덤프트럭 운전을 해서 시외로
장거리 운전을 다니는 사람이라 실제로 학원에서 피아노 앞에서 연습할 시간
조차 얼마 안 되었다. 그래도 무조건 열심히 하겠다 해서 어떻게 연습할 거냐
고 물었다. 그때는 종이로 된 피아노 건반이 있었는데 그걸 사서 차 안에서 매
일 연습하겠으니 가장 쉽게 연주하는 법을 가르쳐 달라고 했다. 너무 간곡해서
시작은 했지만 결국은 두 번 정도 레슨을 오더니 도저히 무리인 것 같다면서
포기했다. 여자 친구를 감동시키기 위해서 그렇게 열심을 내려고 했던 그 청년
의 마음에 내가 감동을 하기도 했었다. 그 청년은 여자 친구 생일날 피아노 연

주 대신 어떤 이벤트를 준비해 줬을지 궁금하다.

하늘마음에서의 추억 둘

어느 날은 근처 내과병원 원장님이 피아노를 배우러 오셨다. 비디오를 보고 혼자 코드 반주법을 익혀서 연습해 오셨던 분이라 웬만한 영화 음악 곡들은 다 외워서 칠 수 있었다. 그런데 피아노 악보를 볼 줄은 몰랐다.나이도 지긋하신 원장님이 병원 점심시간에 틈을 내어오셔서 피아노 연습하는 모습이 참 낭만적이었다. 피아노를 치려고 점심을 급하게 하다 보니 위장병이 생기셨다면서 잠시 쉬기도 하셨지만, 곧 다시 연습하러 오셨다. 내과 원장님이 피아노 치다가 위장병이라……우리 학생들도 자기들이 다니는 동네 병원의 원장님이라고 아주 잘 따랐다. 머리 희끗희끗하시고 나이 지긋하신 남자분의 피아노 연주 소리가 중후하면서도 참 달콤하고 좋았었다.

지금 생각해도 그 나이에도 배우고자 하는 열정이 남아있었음이 부럽다.그때의 사진을 남겨둔 건 잘한 거 같다. 틈날 때마다 아이들 사진을 찍어 앨범을 만들어뒀더니 애들도 곧잘 꺼내서 보고 우린 함께 웃곤 했었다.

하늘마음에서의 추억 셋

부동산업을 하는 40대 남자분이 배우러 왔는데 바이엘부터 시작하는 아주 초보였지만 피아노를 배우고자 하는 열심이 대단했다. 사무실에서 연습하겠다고 집에 있는 피아노를 부동산 사무실로 옮겨다 놓았다고 했다.우리들의 작은 연주회를 할 때 그 사무실을 연주회 장소로 빌려줘서 그곳에서 아이들과 함께 발표회를 했다. 웨딩숍에서 일하시는 학부모님이 그 날 우리의 발표회장을 꾸며 주시고 모든 사진 촬영을 해주셨고, 다른 어머니는 떡을 해주셨고, 또 어떤 어머니는 수육을, 과일을, 부탁도 하지 않았는데 그렇게 준비를 해 주셨다. 그야말로 연주회가 아니라 잔칫집 분위기였다.

　처음 발표회를 할 때는 우리 학원에서 했었는데 아이들이 직접 무대를 만들고 대기실을 만들었다. 학원이 좁아서 엄마들이 앉을만한 자리가 없어서 학원 문을 그냥 활짝 열어 놓고 했다. 지나가는 사람들도 한 번씩 들여다보곤 하셨다. 아이들은 함께 합창도 했고 장기자랑도 보여줬다. 아이들이 너무 예뻐서 엄마들한테 막 자랑하고 싶었다. 마치 그 엄마들의 아들, 딸이 아니라 내 아이들인 것처럼 자랑하고 싶었다. "우리 아이들 너무 예쁘지요." 라면서.

　하늘마음에서의 그때는 나도 참 열심히 살았던 때였고 그들도 모두 열심히 살았던 때였다. 나의 30대를 그렇게 그런 열정적인 사람들과 보냈었다. 그때의 나처럼, 또 그때의 그들처럼 나도 다시 열심히 꿈꾸고 살고 싶다.

　내가 피아노를 처음 배우기 시작한 건 초등학교 3학년 때였다. 요즘은 피아노는 기본으로 다니고 있는 아이들이지만 내가 어렸을 때는 피아노 학원 다니는 아이들이 많이 없었다. 피아노 의자에 처음 앉아서 피아노를 마주 대한 날, 하얀 피아노 건반을 처음 두드렸을 때의 그 느낌, 피아노에서 나는 나무 냄새, 피아노를 처음 만난 날을 난 아직도 생생하게 기억한다. 그리고 생각할 때마다 여전히 가슴이 뛴다. 나는 피아노 치는 것을 무척 좋아했다.

　혼자 병원 생활을 했던 내게 취미를 붙여 주시고자 엄마는 피아노 학원을 보내 주셨다. 집에 피아노도 바로 사주셨다. 난 처음으로 피아노 소리를 듣고 반해버렸다. 건반 소리 하나하나가 너무 좋았다. 그리고 거의 온종일 피아노 연습을 했다. 하루에 두 번씩도 레슨 받으러 갔다. 콩쿠르 곡을 연습할 때는 곡이 완성되었다 싶을 때쯤엔 혼자 밤에 불을 끄고 연습해 보기도 하고 틀리면 내가 내 손을 때려가면서 했다. 완벽하게 해내고 싶었다.

학원 선생님이 결혼하시고 다른 곳으로 이사를 하였는데도 토요일마다 엄마 몰래 피아노 책들을 챙겨서 버스 타고 레슨 받으러 다녔다. 피아노 학원 그만두라고 할 때마다 아버지 흰머리 뽑아드리면서 학원 보내달라고 애원을 했고 엄마 눈치 보면서 몰래 학원을 가기도 했다. 부모님은 점점 형편이 어렵다고 피아노를 그만두게 하셨는데 나 혼자 선생님을 찾아다녔을 때는 나의 피아노 사랑을 아시던 선생님이 레슨비 받지 않고 그냥 레슨을 해주셨다.

피아노 전공을 하고 싶었지만 못하게 되자 대학에 입학하고는 집에 있는 피아노를 팔아버렸다. 피아노가 내 눈에 보이면 아무것도 할 수 없을 것 같아서 연습하던 피아노 책들까지 다 내다 버렸다. 내 눈에서, 내 머릿속에서, 가슴 속에서 절대로 꺼내보지도, 생각도 하지 않겠다는 각오로 형체도 없이 사라지게 하고 싶었다. 일부러 클래식 음악도 안 들었다.그러다가 어느 날 서점에서 우연히 베토벤 피아노 책을 보게 되었는데 그 순간 음표들이 내 안에서 다시 살아나 나를 사정없이 두드리기 시작했고 내 가슴도 뛰기 시작했다. 어떻게 하고 싶었는데 어떻게 해야 할지 몰랐다. 눈물이 날 것 같았다. 그리고 전공이 아니라도 다시 피아노를 쳐야겠다는 마음이 생기면서 그때부터 신이 났다. 오랜 첫사랑과 재회한 기분이랄까.일을 다니면서도 연습실 빌려서 연습하러 다녔던 그 시간이 얼마나 좋았던지 모른다. 그리고 하늘마음 교습소를 갖게 되었을 때 난 부러운 것이 아무것도 없었다. 그리곤 혼자 소심한 꿈도 꾸었다. 내 나이 50이 되면 내 개인 독주회를 하고 싶다고, 단 한 명의 청중을 두고서라도. 그 소박한 꿈 하나를 다시 품으니 얼마나 힘이 났는지 모른다. 하루하루가 정말 행복했다. 그런데 어느새 그 꿈은 품기만 하고 다듬지 않고 키우지 않았더니 녹슬어서 내 나이는 어느덧 50을 얼마 남겨두지 않고 있다.

예전에 누가 내게 그랬었다. 절대 꿈을 잃으면 안 된다고, 꿈이 없다는 건 창문이 없는 방에 갇혀 사는 것과 마찬가지라고, 현실은 힘들어도 꿈을 잃어버리면 안 된다고, 그건 사는 게 아니라고, 내가 살아가는 것이 가장 힘들 그때 꿈을 잃지 말라고 말해주었었다.

어른이 된 나에게 꿈을 놓치면 안 된다고 그렇게 간절히 이야기해 주던 사람이 있어서 좋았던 때가 있었다. 나보다 훨씬 나이가 많은데도 어린아이 같은 모습으로 꿈을 쫓아 살아가는 그분을 보면서 참 아름다운 사람이라는 생각이 들었다. 세월이 아무리 흘렀어도 그분은 여전히 아름답고 멋있었다. 꿈을 품고 사는 사람은 그런가 보다. 항상 내게 꿈을 이야기해줬던 그분처럼 나도 꿈을 말할 줄 아는 아름다운 사람이 되고 싶다.

이 모든 아름다웠던 것이 나의 30대였다. 그리고 더 아름다울 나의 50대를 기대하게 된다.

일탈을 꿈꾼다

경주 동생이 다녀갔다. 2박 3일의 짧은 일정으로. 친정에 올 땐 항상 설렘으로 오지만 돌아갈 땐 늘 아쉽다. 돌아가는 이도 그렇겠지만 보내는 이도 같은 마음이다. 그리고 우린 각자 있는 자리에서 다시 자기 모습을 찾아간다. 나도 한 번씩은 일탈을 꿈꾼다. 늘 같지 않은 특별한 어떤 날을.

요즘 따라 종종 누군가로부터 충분한 사랑을 받고 싶다는, 나도 너무너무 소중한 존재라는, 깊은 사랑을 받고 싶다는 간절함이 가득할 때가 있다. 허전한 마음을 함께 나눌 누군가, 날 진심으로 응원해주고 내게 자신감을 불어 넣어줄 누군가가 있으면 좋겠다고 생각했었다.

하나님께 나 남자 친구 사귀고 싶다며 기도한 적도 있다. 안 들어 주실 거 뻔히 알지만, 말이라도 한번 내뱉고 싶었다. 나도 사랑받고 싶어요, 요즘 내 마음이 이래요~라며 말이라도 하고 싶었다. 내 진짜 속마음을 털어놓고 싶었다.

그러면서 드는 생각이 아 이러다가 내게도 바람이 바람처럼 올 수도 있겠구나 싶었다. 외도한다는 것, 남이 하면 불륜이고, 내가 하면 로맨스라고 하는 것, 특히 중년의 외도는 특별한 누군가에게만 찾아오는 것이 아닐 수도 있구나, 이 외로움을 이겨내지 못하면 누군가와 조심스럽게 관계가 시작될 수도 있겠구나, 이 시기가 위험할 수도 있는 시간이구나 하는 생각이 들었다.

친구를 만나면 내가 조심스럽게 슬쩍 물어보곤 했다.

"나 남자 친구 만들까? 요즘은 남자 친구 만들고 싶어."

나의 이런 말에 친구는 장난 반, 진심 반으로 대답한다.

"그럴래? 우리 사무실에 나이 많은 총각들 많아 소개해줄까? 언제든 말만 해"

친구가 말은 그렇게 해도 장난이고 농담이라는 것 안다. 친구 역시 내가 그냥 하는 말 일 거라 생각했을 거다.

다음번에 다시 만났을 때 나는 또 물었다.

"나 진짜 남자 친구 만들까?" 친구는 웃으면서 나를 달랜다.

"어쩌겠노, 우리가 그러면 되겠나."

내가 이렇게 다시 물으면서도 그러면 안 되지 하는 대답을 난 기대하고 있었다. 내 기대답게 친구는 대답을 해줬다.

친구는 오래전에 이혼했었고 9살 연하의 남자랑 2년 전에 결혼했다. 알콩달콩 신혼을 재미있게 보내겠지 했는데 친구도 젊은 남편을 두고도 나름 갱년기를 겪는 중이었다. 남편이 본인보다 어리니 마음으로 여러 가지 드는 생각들이 자기를 괴롭히고 있다고 했다.

"넌 혼자 있을 때 외로웠니? 외로워서 다시 재혼한 거니?"

"아니, 외롭지 않았어. 이 사람과는 사랑해서 결혼한 거야"

외롭지 않을 수 있구나. 그래. 외로워서 결혼했다면 위험할 수도 있겠지.

누군가에게 충분한 사랑을 받는다는 느낌, 내가 정말 소중하다는 인정을 받고 싶다는 생각이 간절할 때 난 솔직하게 남자친구가 있으면 좋겠다는 생각을 해 본 적이 있었다.

내가 아들을 이것저것 챙기고, 먹을 것을 챙기고 마음을 쓰는 것을 보고, 남편은 "난 다음에 당신 아들로 태어날래, 아들만 잘해 주고, 나는 관심도 없고……."라며 투정부리곤 했었다.

사람은 누구나 관심받고 싶고, 사랑받고 싶은 마음이 있는 것 같다.

경주 동생이 한 번씩 부산 와서 함께 쇼핑을 가면 본인 것을 사면서 꼭 시어머니 옷도 같이 샀다. 젊은 취향의 멋쟁이 어머니라면서 동생은 자기 입고 싶은 옷을 꼭 두벌 사서는 이건 내 것, 이건 우리 어무이꺼 그랬다. 항상 뭐든지 이쁜 걸 보면 우리 어무이꺼~ 그러면서 챙긴다. 신발을 사도 엄마와 딸처럼 커플로 사서 신었다.

언젠가 동생의 블로그에서 자기는 시어머니를 내 딸처럼 생각한다는 글을 읽었다. 어떻게 그런 생각을 하느냐고 물었더니 자식에게는 뭐든 다 해주고 싶은 게 엄마 마음인데 그 마음으로 어른을 모시면 같이 사는 자기 마음이 더 편하지 않겠느냐고 했다. 자식에게 모든 것을 맞추고 살듯이 시어머니를 딸처럼 생각하면서 맞추고 살겠다는 동생이 참 대견하고 기특했다. 물론 동생은 시어머니께도 딸처럼 대우받고 살고 있다. 어차피 시어머니와 함께 살아야 한다면 함께 잘 살 방법을 찾는 것이 현명했다. 불평하고 투덜거려 봤자, 나도 불행하고 함께 있는 모든 사람이 불행한 것이다.

어느 날은 남편 와이셔츠를 빨다가 만약 내 아들이 결혼했는데 부인과 사이가 안 좋다면, 미움을 받고 산다면 어떨까 생각하니 마음이 너무 아팠다. 나한테는 귀한 자식이고 아들인데 부인한테 대우 못 받고 미움 받고 산다는 건 내가 용납이 안 될 것 같았다. 그렇다면 나도 당연히 남편을 아들처럼 생각하고 살아야겠지.

방법은 세 가지이다. 남편을 변화시키는 것, 남편과 헤어지는 것, 남편과 잘 살 방법을 찾는 것. 난 남편을 변화시킬 자신이 없다. 우린 누구라도 변화시킬 수 없다. 남편과 헤어지기도 쉽지 않다. 우린 한번 헤어졌던 부부이므로 더 잘 살고 싶다. 그렇다면 남편과 잘 살 방법을 찾아야 한다. 마음 통하는 남자친구를 만드는 게 아니라 아들 한 명 더 키운다는 생각으로 방법을 다시 찾아야겠다. 마음을 다시 고쳐먹는다.

아무래도 나의 일탈의 방향을 다른 쪽으로 바꾸는 게 낫겠지?

남편과 연애 할 때가 생각난다. 어느 날은 밀양 표충사에 갔었다. 그날 비가 왔다. 친구에게 생일 선물로 받은 우산을 들고 갔다가 남편과 나는 한 우산을 쓰고 걷고 있었다. 평일이었던 것 같은데도 몇몇 아주머니들이 보였다. 어느 한 분의 아주머니께서 우리를 보고는 둘이 참 잘 어울린다고, 닮았다는 말씀을 하셨다. 난 그 말을 듣고는 역시 우리는 인연인가보다 라는 확신이 들어 기분이 좋아서 남편 손을 더 꼭 잡았던 기억이 난다. 연애를 할 때는 뭐든지 우리에게 좋은 쪽으로 해석을 하고 싶었다. 우리가 함께 해야 하는 이유를 뭐든지 찾으려고 했다. 그러나 그 사람이 마음에 들지 않아지면서부터 우리는 역시 어울리지 않다, 인연이 아닌가 보다 등 맞지 않는 이유들을 찾고 싶어 했다.

언제라도 남편과 함께 비 오는 날 그곳 표충사에 다시 가 보고 싶다. 가서 함께 우산을 쓰고 걸어 보고 싶다. 결혼 후 한참이 흐른 지금도 우린 잘 어울리는 모습으로 아직도 함께 걷고 있다는 것을 보여 주러 가고 싶다.

가을비가 엄청 쏟아진다. 한 여름의 더위를 한꺼번에 몰고 가버리는 듯한 집중호우다. 아침 일찍 출근 하는 아들의 출근길이 염려스럽기도 하다. 여기저기서 차가 정체되고, 도로가 침수되는 소식들이 들려온다. 난 집에서 쏟아지는 빗소리를 듣는 것이 통쾌하고 시원한 면이 있지만 일터로 나가느라 고생하는 이들에겐 고역의 시간일 것이다.

이렇게 비가 엄청 쏟아질 때면 뛰쳐나가서 비를 맞고 싶었던 때가 있었다. 그때는 비만 오면 가슴이 설레여서 우산을 쓰고 어디라도 나가고 싶었고, 쓰고 나갔던 우산을 내팽개치고 싶은 유혹을 많이 받았었다. 내가 그랬다면 지나가는 사람들이 분명 날 이상하게 볼 것 같아 차마 용기는 못 내었지만 우산을 쓰고 한참을 돌아다녔던 기억이 난다.

중학교 때 친구와 방학 숙제를 하느라 박물관을 들른 적이 있었다. 박물관 관람을 끝내고 가까이 있는 광안리 바다를 들르자 해서 갔었는데 마침 그날도 비가 억수같이 쏟아졌다. 바다에 있다가 갑자기 만난 폭우에 버스 정류장 까지 뛰어 가서 버스를 탔을 때는 물에 빠진 생쥐 마냥 온 몸은 비에 흘딱 젖어 있었다. 친구와 함께 그 상태로 버스에 불쌍하게 올랐었는데 그때 비를 맞은 시원한 느낌이 좋았었는지, 내 몸이 지금까지 기억을 하고 있었던 건지도 모르겠다. 그래서인지 비가 오면 바다를 보러 가고도 싶다

비만 오면 뛰어 나가서 비를 맞으며 빗길을 걷고 싶은 유혹이 오늘 아침도 심하게 일어난다.

살아가면서 만나는 사람들, 어울리는 사람들, 함께하는 사람들은 변했다. 학생이었을 때, 직장을 다닐 때, 결혼을 하고, 엄마가 되었을 때, 새로운 일을 도전하고 시작할 때 마다 내 옆에서 함께 하는 이들은 바뀌었다. 처음엔 정 주었

던 사람과 멀어지는 것에 섭섭함과 외로움으로 마음을 잡기가 힘들기도 했었는데 지금은 때마다 내가 만나야 할 사람, 함께 해야 할 사람이 다가오기도 하고 멀어지기도 한다는 것을 받아들이게 되었다. 잠시 멀어진다 해서 그 사람과의 관계도 끝이 나는 건 아니었다. 알 수 없는 이유로 멀어지기도 했다가 또 어느 순간 가까이 다가와 있는 이도 있었다. 우린 그렇게 서로 보내기도 하고 맞이하기도 하면서 함께 살아가고 있는 것이다.

아프면 나만 손해

마음은 거짓말을 해도, 입은 거짓말을 해도, 몸은 거짓말을 못 한다. 마음은 괜찮아~ 괜찮을 거야~ 하지만 몸은 힘들어~하며 울고 있다. 얼굴은 발그레 열이 올라 붉은 꽃이 되어있고 입맛도 없고 몸은 자꾸 떨려온다. 내 몸이 억지로 버티고 있다는 걸 느낀다. 왜 이렇게 아픈지 모르겠다. 잠은 계속 쏟아지고, 누우면 일어나지를 못하고 누워있다 겨우겨우 일어나면 얼굴은 퉁퉁 부어있고, 한기가 들었다가, 열이 올랐다가 정말 갱년기는 힘이 세다. 앉아 있는 것도 힘들고, 서 있는 것도 힘들고, 누워있는 것조차도 힘들었다. 아프다고 끙끙대어도 남편도 아들도 내가 얼마나 아픈지 모른다. 그냥 잠시 엄살로 보이나보다. 갑자기 더 우울해진다. 병원 가서 일단 수액이라도 맞아야겠다. 몸은 거짓말을 못한다. 아프면 정말 나만 손해다.

계속 누워서 자다 뒹굴기를 반복하고 일어났더니 충분한 쉼이었나? 한결 개운하다. 같이 누워 뒹굴뒹굴하던 남편이 배고프다고 깨워서는 떡국이 먹고 싶단다. 떡국을 끓여서 같이 먹고는 또 잤다. 이럴 때 남편이 좀 차려서 같이 먹자 해 주면 얼마나 좋겠나 싶지만 나 아픈 거랑 자기 배고픈 거랑은 아무 상관없는 사람이니 난 아파도 밥은 해야 하고.

지난겨울에 자다가 방이 서늘한 듯해 일어나보니 전기장판이 고장이 났다. 보일러가 돌아가도 난 원래 지지듯이 뜨끈뜨끈해야 잠을 푹 잘 자고 일어나는데 요즘처럼 몸이 안 좋을 땐 특히나 더 뜨겁게 몸을 데워야 하는데 장판이 고장이 나버려 당장 어쩌나 싶었다. 남편은 자기는 뜨거운 거 싫었는데 잘됐다면서 코드를 빼버렸다. 참 얄밉고 야속했다. 난 밤에 TV 켜 놓고 자는 거 싫은데 남편은 밤새도록 켜놓고 TV 소리 들으면서 잔다. 끄면 또 켜 놓고 잔다. 난 조용하게 자고 싶은데.,.아무래도 우리 각 방 써야 하나? 난 가끔 너무 내 생각은 안 해주고 자기 생각밖에 안 하는 남편이 얄밉다. 내 손에 습진이 너무 심해서 살이 찢어지고 벗겨져서 손가락이 부었다. 구부려지지도 않았다. 너무 아파서 내 손 좀 보라고 들이밀었더니 "원래 사람은 다 아픈 거다" 그런다. 자기 손에 조그마한 상처라도 하나 있으면 연고 바르고 밴드를 바르고 자기가 이렇게 고생한다며 오히려 본인이 더 아픈 티를 낸다. 그래 아프면 나만 손해지. 내 몸 내가 챙겨야지. 요즘은 어디 몸이 아프다 싶으면 금방 낫지도 않고 괜한 걱정이 앞선다. 작년 여름부터 어깨가 아프기 시작하던 것이 낫지를 않고 계속 아프다. 팔을 들기도 불편하다. 물리치료를 받고 주사를 맞기를 여름날부터 했는데 치료를 멈추니 다시 통증이 시작되었다. 의사는 팔을 많이 쓰지 말라는데 아줌마가 주로 하는 일들이 팔심을 쓰는 건데 그럼 집안일은 어쩌라고? 난 오른손잡이니까 그래도 왼팔은 오른팔만큼 많이 사용하지 않아서 다행이라고 생각했다. 그런데 팔이 욱신거려 올 때마다 내게 말을 하는 듯했다. "나도 오른팔만 큰 일을 많이 한다고!" "나의 수고도 좀 알아 달라고!" 집안일 하면서 가만히 살펴보니 오른팔 못지않게 왼팔 사용도 많이 하고 있다는 걸 알았다. 오른팔 혼자 할 수 있는 일은 거의 없었다. 역할이 다를 뿐이지 더 중요하고 덜 중요한 건 없었다. 그런데 난 왜 오른팔이 아니라 다행이라는 생각으로 왼팔을 섭섭하게 했을까. 교회에서 모임 중에 요즘 팔이 많이 아프다고 했더니 오른팔이 아니라 다행이라고 어느 집사님이 또 그러신다. 왼팔을 섭섭게 하지 않겠다고 마음먹었었기 때문에 난 얼른 그 말을 못들은 체하고 싶었다.

사람도 누구나 자신의 수고를 알아주지 않고 소홀히 대하고 당연하게 여기면 섭섭해진다. 사람과의 관계도 섭섭병이 찾아오면 그때부터 관계가 틀어지는 법. 있는 자리에서 표 나지 않게 묵묵히 일을 해내 주는 내 옆 사람의 수고에 대한 고마움을 표할 줄도 알아야겠다. 우리는 모두 위로가 필요한 자들이다. 그것도 가장 가까이 있는 자에게 가장 큰 위로를 받고 싶어 하지 않을까. 내 몸의 주인인 내가 좀 더 자주 내 왼쪽 팔을 쓰다듬어 줘야겠다.

십 년도 더 전 일이다. 여러 가지 집안일도 있었던 차에 몸이 많이 안 좋아서 한의원부터 시작해서 이 병원 저 병원에 다녔지만 병명을 알 수가 없었다. 그러다가 지인소개로 정형외과에 가게 되었는데 여러 가지 검사를 한 후에 진단을 내리시길 어려워 이팠던 척추결핵이 재발한 것 같다면서 MRI를 찍어보자고 했다. 그리고 검사하기 위해 MRI 통속으로 들어가 누웠다. 통속으로 들어가자 숨이 막히는 듯했다.

내게 폐소공포증이 있었는지 가슴이 터질 것 같아서 그냥 눈을 감아 버렸다. 괜찮아, 괜찮아 마음을 진정시켰지만 난 관속에 들어가 누워있는 듯했다. 마치 내가 죽은 것 같았다.

헤드셋을 쓰고 있으라 했는데 아련하게 들리는 노랫소리는 멀어져 가는 이 세상의 소리처럼 들렸다. 그렇게 난 딴 세상으로 들어가고 있었다. 마치 큰 강물 속으로 점점 더 깊이 걸어 들어가고 있었다. 그 통속에서 나는 얼마나 울었는지 코가 막히고 숨이 찰 지경이었다. 귀에 들리는 너무 슬픈 노래 때문에 울었고, 이 세상을 떠나는 순간인 것 같아 울었고, 아들이 생각나서 울었다.그때 난 남편과 별거 중이라 아들 데리고 혼자 지내는 중이었고 친정엄마께는 내가 다시 아프다는 말을 할 수 없어서 혼자 검사받으러 갔었다. 얼마나 무섭고, 외롭고, 앞이 캄캄하던지. 다행히 검사결과 재발은 아니지만 어릴 때 수술 후유증이 이제 나타나는 거란다.그리고 의사 선생님은 참 잔인하게도 한마디 더 하셨다.

"지금은 젊어서 괜찮지만, 나이가 들면 하반신 마비가 올 겁니다."

"그럼, 어떻게 해야 하나요? 수술해야 하나요?"

"수술도 100% 확신을 할 수 없으므로 미리 할 필요 없고, 하반신 마비가 오면 그때 50%의 기대를 걸고 합니다. 잘되면 걸을 수 있는 거고, 아니면……."

나이가 들면…나이가 들면… 어느 만큼 나이가 들 때 일까?

너무도 아무렇지 않게 이야기하는 의사의 말이 잔인했다. 혼자서 그 말을 듣고 병원을 돌아서 나오는 그때의 내 마음엔 온통 아들 생각뿐이었다.간혹 다리에 쥐가 잘 내리고 혈액순환이 안 되어 한참을 발 마사지를 하고 풀어 줄 때가 있다. 걷다가 다리가 불편해지기도 하고 걸으면서 내 걸음걸이가 이상하다는 느낌이 들 때가 많다. 난 불안해진다. 지금이 바로 그때가 시작되고 있는 건 아니겠지….그때 그 선생님이 말씀하신 진단이 오진이길 바라며 내게 일어나지 않길 바랄 뿐이다.

제3장
하늘마음

나는 나를 응원한다

괜스레 그런 날이 있다. 아침엔 맑고 푸르다가 갑자기 흐리고 비까지 쏟아지는 날씨처럼, 지금까지 잘 살았다고 손뼉 쳐 주다가 내 사는 게 왜 이런가, 익숙지 않은 길이라도 그렇게 돌아왔는데 왜 이렇게 밖에 못사나… 하고 자책하고 싶어지는 날.

살짝 또 우울해 질 뻔했는데 이럴 땐 얼른 어디론가 움직여야 한다. 가끔은 부정적이고 침울한 생각들이 날 공격하기도 하지만 그럴 때 나의 부정적인 생각 속에 갇혀 버리면 안 된다는 것을 안다. 하늘도 좋고 바람도 좋아서 바다도 보고 싶었지만, 오늘도 나는 책 냄새 나는 서점으로 향했다. 내게 늘 긍정의 말로 용기를 주고 응원해 주는 사람이 없을 땐 책을 찾는 것도 좋은 방법이다. 오늘은 그렇게 책 속에서 다시 용기를 얻고 온 날이었다.

내게 주어진 삶을 어떻게 해석하느냐, 그 해석하는 힘이 바로 인생이라고 했다. 인생에 대한 해석이 달라질 때 우리의 삶도 바뀌는 것이다. 그렇지……. 인생은 해석이 중요하니까.

난 내 인생을 사랑한다. 그리고 내 인생을 응원한다. 하나님 함께 하시는 참말로 좋은 내 인생이다. 가만 들여다보면 내 삶이 그리 특별할 것도 없고, 늘 끊임없이 고민이 있고, 갈등이 있고 좌절이 있고, 미움과 서러움도 있는데, 그래도 난 내 인생이 좋다. 아니 그래서 더 사랑하는지도 모른다.

내가 제일 잘하는 것이 다시 시작하는 것이다. 다시 일어나는 것이다. 다른 이들이 인정하든지 안 하든지 상관없이 그것이 내 장점이라고 난 항상 생각한다. 좀 부끄러울 수 있는 모습들도 난 굳이 숨기지 않고 그저 묵묵히 내보인다. 엄마는 내게 "넌 네가 그렇게 사는 게 부끄럽지도 않냐?" 하시지만 그것도 사랑하는 내 삶의 일부이기에 괜찮다.

내가 가진 것이 명품이 아니라 항상 나 자신이 명품이라고 생각하고 사니까~내가 견뎌야 하는 어떤 상황도 명품을 명품답게, 걸작품답게 나를 연단시켜 나가는 과정으로 받아들이기에 내 환경이 어떠하든지 탓하지 않으려고 한다. 내가 좀 더 성숙하고 좋은 사람이 되어가는 훈련이고 과정이라 생각하면 오히려 그 순간도 감사하고 힘이 난다. 난 지금껏 그렇게 살아왔다. 인생이 곧 훈련이고 성장 과정이라고 생각한다. 어쩌면 모두가 그렇지 않을까? 아무리 평범한 일상이라도 글로 쓰이고, 이야기가 되면 보고 있는 자들에게는 모두 아름답고 특별한 인생이지만 실제 살아내야 하는 당사자들에겐 처절하리만큼 훨씬 더 힘겨울 수도 있다.

내가 초등학생일 때부터 엄마는 집에 문학 전집을 많이 사 주셨다. 특별히 교육열이 있어서가 아니라 사업하시는 아버지의 인맥으로 책을 파는 분이 계셨는데 새로운 책만 나오면 우리 집에 다녀가셨고 며칠 후엔 또 한 박스의 책이 책장에 꽂히곤 했다. 세계문학전집, 한국문학전집, 탐정 추리소설, 역사소설, 자연관찰 백과사전 등 종류별로 가득했다. 또 그때는 피아노 콩쿨이나 발표회를 나가면 동화책을 부상으로 주기도 해서 집에는 책이 많은 편이었다.

내가 그 책을 열심히 읽은 때는 초등학교 6학년 여름방학 이었다. 그해 여름 덥기도 했지만 난 초등학교 마지막 시간을 의미 있게 보내야 겠다는 생각에 이번 여름 방학에는 작정을 하고 집에 있는 책들을 다 읽어 내기로 했다. 마당에 세수대야에 찬물을 받아 두 발을 담그고는 여름 방학동안 책 속에 파묻혀 지냈다. 책을 얼마나 이해를 하고 읽었는지는 모르겠지만 여름 방학이 끝났을 때 난 웬지 모를 뿌듯함에 내가 훌쩍 컸다는 느낌이 들었다.

그리고 난 중학생이 되었다. 국어 선생님은 얼굴도 잘생긴 총각선생님이라 여학생들에게 인기가 많았다. 그때 선생님은 국어 수업을 아주 자유롭게 문학적으로 다가가셨다. 문답식 시험보다는 문학적 소양을 쌓을 수 있도록 수업을 해가셨다.

시를 외워서 낭송하게도 하셨고 책읽기와 독후감 쓰기를 많이 시키셨다. 여름방학 때 5권의 책을 읽고 독후감 쓰기, 시, 소설, 수필 중 한 가지 자작해서 보내기, 그리고 선생님께 편지쓰기를 숙제로 내주셨는데 이것들은 2학기 중간고사 성적에 반영시키는 과제이기도 했다. 힘든 숙제이기도 했지만 나는 오히려 그 숙제들을 재미있게 했던 기억이 난다.

초등학교 4학년때 담임선생님이 반장과 부반장, 아니 남학생과 여학생을 많이 차별하시는 게 못마땅해서 망설이다가 그것을 일기장에 썼다. 난 그때 부반장이었는데 반장이 잘못한 일은 그냥 대충 넘어가시고 부반장이 잘못했을 때는 엄하게 하셨다.

각자 일기장을 들고 선생님께 검사를 받기 위해 줄을 서 있었는데 선생님이 각자의 일기를 다 읽을 때 까지 우린 선생님 앞에 서 있어야 했다. 그때 난 잠시 후회를 했다. 선생님이 내 일기를 다 읽으실 때 까지 앞에서 기다리는 게 영 멋쩍기도 하고 불안했다. 담임이 많이 무서웠던 분이라 고민을 많이 하고 적었던 일기였다. 아이들 앞에서 꾸중을 들을 것만 같았다. 그러나 내 일기를 다 읽으신 선생님은 아무 말씀도 안하시고 빙그레 미소를 지으시며 사인을 하고 노트를 건네 주셨다.

그날 이후로 선생님은 내 일기와 관련해서 아무 말씀도 없으셨지만 반장이 잘못한 것에 대해서도 엄하게 다루시는 것을 보고 그 날의 일기를 잘 적었음을 스스로 칭찬해 주었다.

초등학교 다닐 때 동생이 일기 숙제를 하지 않고 그냥 잠이 든 걸 보고 내가 대신 일기를 써 준 적이 있다. 내용은 언니인 나를 칭찬 하는 글로 가득 채웠다. 우리 언니는 착하다로 시작해서 나에 대한 좋은 점, 칭찬으로 가득 채운 일기를 대신 써준 적이 있었다.

중학교 가서는 친구들과 편지도 주고받았고, 사춘기를 심하게 겪는 중이라 일기장에도 우울함 투성이의 글을 가득 적어 놓기도 했다. 그러면서 나도 나중에 내 이름으로 책을 내고 싶다는 생각을 하면서 그때 이 편지와 일기장들이 좋은 나만의 글쓰기 글감이 될 수도 있겠다 싶어서 따로 잘 보관을 해뒀었다.

어느 날 학교 수업을 마치고 집에 왔더니 집은 조용했고 마당도 깨끗이 씻겨져 있었다. 엄마가 대청소를 하셨나보다 생각했다. 그리고 내 책상 위엔 깨엿이 하나 얹혀져 있었다. 아무 생각 없이 한쪽으로 치워뒀는데 나중에 엄마가 하시는 말씀이 오늘 사람 불러서 창고에 폐지 정리 싹 했다. 그 날 내 일기장과 모아둔 편지들은 폐지가 되어서 어딘가로 팔려갔던 것이다. 박스에 넣어서 창고 한쪽에 쌓아뒀었는데 폐지 청소하시는 분이 그야말로 깨끗하게 다 가져가셨다. 책상위에 있던 깨엿은 바로 내 꿈 값이었다.

난 친구들에게서 받은 편지들을 다시 풀로 붙이고 편지를 받은 날짜 순서대로, 친구 이름별로 나누어 번호를 매겨 두었다. 나중에 어른이 되어 이 편지를 다시 뜯어보는 그 설레임을 갖고 싶었었다. 어른이 되어서 그때의 중학생 친구들의 편지를 다시 뜯어보는 기분은 얼마나 행복하고 신기할까 생각하니 그때는 어른이 된 나를 상상해 보는 것만으로도 신이 났었다. 그런데 그 편지들이 다 폐지로 팔려가 버리고 형체도 없이 사라져 버려 얼마나 속상했는지 모른다. 중학교 때 난 어떤 이야기를 친구들과 주고받았는지, 우린 어떤 고민을 하고 지낸 건지, 난 무얼 하고 싶어 했는지 모든 게 궁금하다.

비 온 뒤 하늘색이 신비로웠다. 며칠 전 밤엔 그렇게 비가 퍼붓더니 어제 밤엔 바람 소리가 장난 아니었다. 요즘 날씨 내 마음 같다. 잔뜩 흐렸다가, 쏟아부었다가, 두들겨댔다가, 다시 잠잠했다가……. 친구가 그랬다. 이 또한 곧 지나갈 거라고……. 그리고 우린 곧 괜찮아 질 거라고……. 난 그 말이 참 위로가 되었다. 그래. 이 또한 지나갈 것이다. 그리고 우린 곧 괜찮아 질 것이다. 난 지금 두 번째 사춘기를 맞고 있는 거니까. 소녀 적 처음 사춘기도 참 야무지게 별나게 보냈었는데 두 번째도 만만치 않게 왔다가 가는가 보다. 비온 뒤 맑음처럼 나도 곧 맑고 깨끗한 하늘을 볼 수 있으리라 기대한다. 날씨가 선선해진 틈을 타서 청소를 좀 열심히 했다. 평소에 대충대충 치우고 어질러 두었던 곳들 먼지도 닦아내고, 구석에 마구 던져 놓은 것들 찾아서 정리도 하고…….

그러던 중에 마트 가서 사다 놓은 당근을 제대로 안 챙겨 뒀더니 상해서 썩어들어 가는 걸 발견했다. 하나만 상해가는 게 아니라 옆에 있는 다른 당근들에도 나쁜 걸 마구 옮겨서 같이 썩어가고 있었다. 꺼내어서 씻고 상한 부분은 도려내고 깨끗이 손질한다. 이왕 꺼내서 손질한 거 이걸로 무얼 해볼까 싶다. 당근의 상한부분을 끊어 내면서 난 또 생각해본다.

혹시 내게도 이렇게 끊어 내야 하는 상한 것들은 없을까. 이런 것들은 나만 상하게 하는 게 아니라 옆에 함께 있는 자들도 상하게 만든다. 원래 부정적인 것이 영향력이 더 크다고 하니까.

내가 교회에서 처음 훈련받기 시작했을 때 말 고치기부터 먼저 했다. 먼저 내 입에서 3종 세트를 끊어내기로 했다. 내가 하는 말을 잘 관찰해보니 무슨 일을 하기에 앞서 항상 습관처럼 무조건 못해요 / 싫어요 / 안 해요 이런 말부터 하고 있었다.

그래서 그 말이 나오려고 할 때마다 억지로라도 해 볼게요 / 좋아요 / 할 수 있어요 라는 말로 바꾸기 시작했다. 그랬더니 매사에 소극적이고 부정적이던 내 모습들이 좀 더 적극적이고, 긍정적으로 바뀌어 감을 볼 수 있었다. 내 기분도 점점 더 좋아졌다. 자신감도 생기고, 사람들 앞에서도 즐겁고, 좋은 현상들이 많이 나타났다.

역시 사람은 말하는 대로 살아지나보다. 어떤 사람은 부정적인 말을 하는 사람과는 밥도 같이 안 먹는다고 했다. 내가 누군가에게 같이 밥도 먹기 싫은 사람이 되면 어쩌겠는가. 그건 너무 슬픈 일이다. 썩은 당근 잘라내면서 미리 잘 관리해서 보관해 둘 걸 하는 생각에 당근한테 미안했다.

나의 블로그 이름은 〈하늘 마음, 난 네가 참 좋아〉이다. 난 이 이름이 참 좋다. 언제부턴가 이렇게 나를 응원해주기로 했다. 아무도 그렇게 불러주지 않아도 내가 먼저 네가 좋다고 불러주고 응원을 시작한다.

특별히 더 훌륭한 인생, 좋은 인생이 있는 건 아닐 것이다. 다만 글로 쓰인 인생과 쓰이지 않은 인생, 그래서 보인 인생과 보이지 않은 인생이 있을 것이다. 그래서 난 내 옆의 모든 이들에게 그들이 살아내고 있는 모든 참 좋은 인생에 힘내라고 격려의 박수를, 응원의 박수를 아낌없이 보내주고 싶다. 오늘도 나는 믿음으로 살아 내는 자가 되길 원하며 하나님 안에서 내 인생이 해석되길 원한다.

자존감, 그 따뜻한 위로

글을 잘 쓰는 것도 좋지만 말을 잘하는 것도 필요했다. 어쩌면 더 중요하고 필요하다. 글은 안 써도 되지만 말은 안 하고 살 수는 없다. 난 글을 잘 쓰고 싶다는 생각은 했지만, 말을 잘하고 싶다는 생각은 별로 안 한 것 같다. 지금까지 말을 잘하기 위한 연습도 안 한 것 같다. 일상적인 말 잘하는 것을 별로 중요하게도 생각 안 했다. 그냥 한마디 말로 하면 될 걸 괜히 더 어렵게 글로 쓰려고 할 때가 많았다. 쉬운 길을 두고 일부러 어려운 길로 가고 있었는지도 모르겠다.

우리 부부의 대화는 한때 별 것 아닌 것으로 비뚤어질 때가 있었다. 말을 해봤자 서로 마음 상하게 되니까 각자 알아서 입을 다물고, 꼭 해야 하는 말 외에는 안 하게 되었다. 그러다 또 부딪히면 서로 마구 긁히고, 우리는 긁는 사람은 없는데 서로 긁혔다.

뭐가 잘못되었을까? 왜 서로 말하는 것이 안 통할까?

우리 부부의 문제점을 곰곰이 생각해보았다. 소통의 부재, 대화의 단절이 제일 크다. 하면 안 되는 말을 해서 상처로 남기도 하지만, 해줘야 할 말을 안 해주는 것도 상처가 된다.

집에서 남편과 하는 말을 가만히 생각해보니 채 다섯 마디도 안 될 때도 잦다. 하루에 한마디도 안 할 때도 잦고, 어쩌다 하는 말도 잘 갔다 왔느냐, 잘 갔다 오라는 인사 정도, 어쩌다 밥을 같이 먹게 될 때는 밥 먹자고 부르는 말, 밥 먹을 때도 내가 억지로 무슨 말이라도 하지 않으면 거의 말은 없다.

남편이 원래 말이 없는 사람이기도 하다. 여태껏 안 되던 대화의 소통을 해보려 하지만 너무나 단절되어 있다 보니 어디서 무슨 말부터 해야 할지 머릿속만 복잡했다.

내가 어떤 말로 대화를 하려고 해도 남편이 볼 땐 불쑥 튀어나온 말 같았을 거다. 그래도 남편에게 내가 먼저 말을 걸어보기로 했다. 남편과 다시 한번 화해를 시작해봐야겠다는 생각에 뭐라도 움직여 보려고 했다. 표현해 보려고 했다. 동생 말대로 어차피 같이 살 거라면……

항상 "먼저"가 중요한 것이다. 누구이든지 "먼저"하는 자가 있어야 쉬워진다.

점심을 먹겠느냐고 물어보고 상을 차려줬다. 외출할 때 다녀오겠다고 인사도 했다. 작은집에 조카가 군에 입대한다는데 동서랑 통화도 했고, 남편에게도 작은집에 전화 한 통 해주라고도 했다. 별것 아닌 일이었지만 남편과의 말을 끊고 살고 있던 요즈음에는, 그것마저도 내게는 자존심을 내려놓아야 하는 힘든 일이었다.

요즘 부쩍 자존감에 관련된 책을 많이 읽게 되었다. 서점에도 자존감에 관한 책들이 많았다. 책을 읽으면서 남편과의 문제, 남편과 화해 이전에 나의 문제가 무엇인지 알고, 나와의 화해가 먼저 필요하다는 것을 알았다.

그리고 도대체 우리 부부의 문제가 뭔지를 제대로 알고 싶어졌다.

책에서 공통으로 말하는 것은 모두 나를 먼저 사랑하는 것이 중요하다는 거였다. 그 책들을 읽으면서 가슴이 탁 막힐 때도 잦았다. 모두 나한테 하는 말 같았다. 난 이미 너덜너덜 상처를 입은 것 같은데 용기가 없어서, 나의 낮은 자존감 때문에 지금까지 이렇게 살아온 것인가 싶어 속이 쓰렸다. 그렇다면 지금까지 내가 살아온 건 뭐지? 지금까지 난 남편을 사랑한 것이 아니고 집착하고 있었던 걸까. 그 정도로 난 자존감이 낮은 사람이었나.

난 정말 이별할 용기가 없어서 이렇게 사는 건가…….

갑자기 머릿속이 복잡해지고 속이 불편했다. 인정하고 싶지 않다. 우리 부부의 모습은 사랑이 아니라 한 사람은 그저 조건 없는 희생을 하고 또 한 사람은 그 희생을 당연하게 받아들이는 갑과 을의 모습인가. 그럼 지금까지의 난 뭔가. 다시 한 번 참고, 화해해보려고 하는 이것도 나의 용기 없음의 선택인 것인가. 그럼 난 앞으로 어떻게 해야 하지. 어떤 결정을 내려야 하지. 이건 내가 원하는 부부의 모습도 아니고 사랑도 아니고, 남편 앞에서 내 자존감은 자꾸 더 형편없어지는 느낌인데 난 어떻게 해야 하는 거지…….

사람들은 자기의 자존감이 무너질 때 우울증이 온다고 한다. 내가 처음으로 우울증으로 시달렸을 때는 남편한테 들었던 한마디 말이 시작이었다. 듣고 싶은 말을 못 들어서 이미 상처가 되어 있었는데, 나중엔 하면 안 되는 한마디씩을 남편은 날 향해 던졌다.

그래서일까? 언제부터인가 난 남편이 하는 말들이 점점 날 비난하는 것으로 들렸다. 그리고 뭔가 잘못되면 그 원인이 내게 있다는 피해의식을 갖게 되었다. 항상 날 보고 제대로 하지 못한다고, 너는 왜 그러냐고, 네가 하는 게 다 그렇지, 이런 말들로 나를 함부로 생각하고, 비난하는 듯했다.

난 왜 이런 생각을 하게 되었을까? 세상에 아무도 내 편이 없어도 단 한 사람의 내 편은 있어야 할 텐데, 그 사람이 바로 서로 부부가 되어야 할 텐데 왜 같이 사는 남편마저 내 편이라는 생각이 안 들까. 난 남편을 피하고 싶다기보다, 나를 향한 남편의 비난을 피하고 싶었다. 아니, 어쩌면 남편은 그런 마음이 없는데, 나 혼자 그렇게 생각하고 있는지도 모르겠다.

남편 말대로 내가 꼬여 있는지도 모른다. 그렇다면 내가 나를 그렇게 보고 있다는 건데, 그렇다면 더 심각하다. 내가 나를 바라보는 시각이 항상 날 향한 비난이라면 내가 누구를 만나도 그렇게 보일 테니까. 이것도 자존감의 문제인가. 어쩌면 그 생각이 진짜 잘못된 것이겠지. 그 생각이 진짜 날 괴롭히는 거고.

그러나 이제 그렇게 생각하지 않겠다. 모든 문제의 원인이 나한테 있다는 피해의식 같은 거 이젠 안 가지려 한다. 난 잘못한 게 없으니까. 혹 잘못했다 해도 그럴 수도 있는 거니까.

사랑받고 싶고, 관심 받고 싶은 사람으로부터의 외면은 큰 상처다. 그러나 그 상처 때문에 이제 아프다고 드러누워 있지 않을 거다. 그건 나를 더 침울하게 만든다. 모든 것이 결국 나의 자존감에서 비롯된 것, 내가 나를 사랑하지 못해서 일어난 일이라는 걸 알았다. 이제부터라도 해결책을 찾아야 한다.

성경의 인물인 기드온은 자기는 지극히 약하고 가장 작은 자라고 하였지만, 하나님은 기드온을 향해 큰 용사라 불러주시고 세워주셨다. 또 하나님이 함께 하심의 여러 징표를 보여 주시며 확신을 주셨다.

나 불쌍하오, 나 아프오, 나 이렇게 문제 있소 라고 울고 있는 건 아무 소용이 없다. 우는 건 한 번으로 끝내고 다시 일어나자. 회복하자. 난 앞으로 행복하게 살고 싶고, 행복하게 살 거다. 이제부터 나를 어떻게 다독이고 챙기고 사랑할 것인가 고민하고 실천해보겠다.

누가 뭐래도 난 지금까지 열심히 살아왔고, 간혹 좌절한 때는 있었어도, 내 인생을 실패라고 생각하지는 않는다. 무언가를 다시 하고자 하는 열정이 사라지고 시도조차 할 의욕이 멈춰 버릴 때, 꿈을 잃어버리고 포기할 때, 다시 꿈 꿀 생각조차 없을 때 - 그 모습이 실패자가 아니겠는가.

영화 포레스트 검프를 다시 보게 되었다. IQ 75의 포레스트 검프는 교육에 열성인 어머니의 사랑과 제니의 친절 덕분에 학교를 무사히 다닌다. 많은 사람이 포레스트 검프에게 정상이 아니라고 놀리고 괴롭히지만, 그의 어머니는 그저 아이큐가 조금 모자라는 것뿐 아무것도 아니라고 말한다. 이 세상의 모든 사람이 다르듯이 그저 한 명의 다른 사람일 뿐이라고 하면서 포레스트에게 건강한 자존감을 심어준다. 남과 다르다고 절대로 자신을 비하하지도 않고, 지능이 좀 떨어진다고 부끄러워하지도 않고 항상 당당한 모습을 가질 수 있었던 건 어머니의 힘이 크다. 어디에서건 당당한 포레스트의 모습이 사랑스럽기까지 했다. 이렇게 자존감은 큰 힘을 가졌다.

다른 누군가를 위해서가 아니라 나를 위해서, 다른 누군가 때문이 아니라 나 때문에, 오늘은 밝게 웃으며 하루를 시작하려고 한다. 왜냐하면 난 꽤 괜찮은 사람이란 걸 난 아니까!

나를 돌아보며

이상하게 생겼네! ○○ 스크류바 삐이삐이~ 꼬였네~ 들쑥날쑥해~요것이 내 마음 같다. 이상하게 꼬여 있어서 가끔은 내가 원치 않는데도 말도 꼬여서 나오고 생각도 꼬여있다. 한번 꼬인 것은 자꾸 꼬여지는 것에 길들어서 모든 생각도 말도 그렇게 꼬여서 나온다. 그게 길이 되어버리니까~~ 그게 방법이 되어버리니까~~어떻게 풀어주면 좋을까? 어떻게 달래주면 좋을까? 꼬여진 내 마음을. 우리 집 헤어 드라이기선이 자꾸 꼬여 있어서 사용할 때마다 불편했다. 쓰고는 그대로 콘센트에 꽂아두어서 그런 것 같았다. 선을 다시 펴고 정리해서 사용 후에 콘센트에서 빼놓았더니 꼬이지 않았다. 아! 그리고 보니 이렇게 꼬인 말도 애정이 있을 때라야 나오는 건가. 내 애정전선이 누군가에게 꽂혀있을 때라야 꼬인 말도 나오는 건가 싶었다. 그럼 선을 확 뽑아 버릴까?

나는 내가 혼자서도 잘 살 수 있는 사람이라 생각했다. 외로움도 그까짓 것 이길 수 있고 혼자서 얼마든지 당당할 수 있다고 생각했었다. 30대 때 난 그렇게 살았으니까. 그런데 40대가 훌쩍 넘어서고 50대를 바라보는 어느 날부터인 가 더 외로움을 타는 것 같다.

사람은 저마다 각자의 외로움을 안고 사나 보다. 외로우니까 사람이다. 맞는 말 같다. 그래도 난 내가 참 좋다. 외로워할 줄도 아는 연약한 자라서 그런 내가 더 좋다.

대학 다닐 때 처음으로 오락실을 가봤다. 내가 처음 해 본 게임은 사각 모양을 맞추는 테트리스 게임. 삐삐삐리삐리삐삐~음악 소리와 함께 하나씩 내려오는 눈에 뻔히 보이는 모양을 맞추는 것이 왜 그리 안 되던지. 함께 오락실을 다녔던 오빠가 있었는데 너처럼 게임 못하는 애 처음 본다며 놀렸다.

그 후로 혼자 연습하러 몰래 오락실을 다녔다. 저녁 수요 예배 가기 전에 한 시간 일찍 집을 나서서 오락실에서 테트리스를 하고 예배를 가곤 했다. 그랬더니 기도하느라 눈 감으면 길쭉길쭉 여러 모양의 벽돌들이 위에서부터 아래로 줄지어 내려오며 눈앞에서 아른거리고 오락기에 나오는 전자음들은 내 귀에서 울려 퍼지고 있었다. 아. 벌써 중독이구나. 그 이후 어렵게 오락실 출입을 끊었다. 난 어쩌면 우리 인생도 그 테트리스 게임처럼 네모난 아귀가 딱딱 맞아야 한다고 생각했는지도 모르겠다. 내가 그렇게 네모반듯해야 하고, 너도 그렇게 반듯해서 서로가 딱딱 맞아야 하는 것으로 그렇게 맞춰가려고 했는지도 모른다. 우리인생은 누구 하나 반듯한 모양이 없을 텐데, 구부러진 거 하나 없는 사람 없을 테고 삐뚤삐뚤 지그재그로 그어진 적도 허다할 텐데, 난 내 인생도 자꾸 테트리스 하듯이 맞추려고 했다. 눈에 보이는 모양도 제대로 못 맞췄는데 하물며 보이지 않는 각양각색의 모양들을 내식대로 맞추려다 보니 어려운 건 당연했다. 살아보니 사람들은 여러 모양을 가졌다. 세모, 네모, 동그라미는 물론이고 내가 전혀 생각지도 못한 모양을 가진 이도 많았다. 그들이 볼 때 나 역시 반듯한 네모가 아니라 기이한 별종일 텐데 잘해보려고 힘을 줄수록 더 비뚤어져 버리곤 했다.

예전에 직장에서 서로의 성향에 관해 이야기 한 적이 있었다. 지사장이 나에게 관계중심의 사람이라고 해서 난 절대 아니라고 부인했다. 나를 잘 못 봤다고, 난 일 중심의 사람이라고 정색을 하고는 당당히 말했다. 난 그때 일로써 인정받고 싶었고, 일 잘하는 사람으로 기억되고 싶었기 때문이다. 무슨 일이든 맡겨 놓으면 두말할 것 없이 일을 잘해내는 사람으로 완벽해지고 싶었다. 그게 내가 생각하는 멋있는 사람이었다. 내가 되고 싶은 사람이었다.

그런데, 난 역시 일 중심이 아니라 관계 중심의 사람이 맞았다. 내 옆의 사람과 조금만 불편한 것이 있으면 난 일을 못 한다. 집중을 못 한다. 마음이 자꾸 쓰인다. 온통 그 사람한테 마음이 다 있어서 일은 뒷전이다. 그 사람하고의 관계가 풀려야 일이 손에 잡힌다. 그리고 나를 응원해주는 사람, 내 편이 있으면 나는 신이 나서 일을 더 잘한다. 결론은 내게는 일보다는 사람이었다. 난 관계 중심의 사람이 맞았다.

여태껏 나는 무언가 되려고 애써왔던 것 같다. 다른 사람들에게 더 특별한 존재가 되길 원했고, 기억나는 사람, 생각되어 지는 사람, 유일한 사람이 되고 싶은 마음이 컸다. 결국 나를 드러내고자 하는 마음이었던 거다. 그래서 내가 있어야 할 자리에 다른 이가 있으면 그것을 못 견뎌 했다. 일을 해도 잘한다는 소리를 듣고 싶어 했고, 잘해내고 싶었다. 참 교만한 마음, 교만한 모습이 많았다. 열등감과 교만함은 같은 것이라고 했는데 난 열등감도 교만함도 다 가지고 있었다. 내가 되고자 하는 욕심은 많았는데 무언가를 하고 있는 것은 없다는 걸 알게 되었다.

지금은 내 모습 그대로를 받아들이려고 한다. 무언가를 잘하는 사람은 잘하는 대로 인정할 줄 알고, 내가 모자라는 건 모자라는 대로 받아들인다. 모자라는 것이 흠은 아니었다. 각자의 달란트가 다를 뿐이라는 걸 이제 인정하게 된 것이다.

있는 그대로를 받아들이고 나니 많은 것이 편해졌고, 내 마음도 고요해 졌다. 지지않고, 인정받으려고, 잘하려고 뜀박질하던 소리들이 잠잠해 졌다. 내가 잘 할 수 있는 일에 즐겁게 집중하면 되는 거였다.

누구나가 그렇겠지만 난 웃는 얼굴이 좋다. 내가 웃는 것도 좋아하고 날 웃게 해주는 것도 좋아한다. 그렇지만 중학교 때 사춘기를 한창 겪을 때 난 웃기가 싫었다. 항상 화가 난 것처럼 무표정에 대답도 일부러 퉁명스럽게 했다. 누군가가 나한테 말 거는 게 싫었고 나와 친해지고 싶어 했던 친구는 나 때문에 상처를 입기도 했다.

내 사춘기 때문에 우리 동생들도 나한테 참 많은 상처를 받았었다. 요즘도 동생들은 함께 모이면 그때 이야기들을 분한 듯이 이야기하는데 그럴 때마다 많이 부끄럽다.그러다가 결혼하고 아들을 키우던 어느 날, 거울 속에 비치는 내 얼굴을 보니 낯설었다. 어딘가 날카롭고 우울하고 모든 것에 잔뜩 경계하고 있는 모습이었다. 그 모습이 참 싫었고, 그때부터 내 표정을 바꾸려고 일부러 웃어도 보고 노래도 해보고 얼굴 마사지도 해보았지만, 마음이 진짜로 기쁘지 않고, 행복하지 않으니 아무 소용이 없었다.

가게에서 손님을 맞이할 때도 어떤 짓궂은 남자 손님은 올 때마다 내게 "활짝 웃어보시오. 왜 웃다마요."하기도 했다. 그러나 요즘 나를 처음 만나는 사람들은 대부분 "웃는 모습이 참 편안하고 좋아요." "웃는 모습이 참 예뻐요."라고 말한다. 이런 말이 내게 어울릴까 싶으면서도 그런 말을 들을 때 마다 쑥스러웠다. 혹시 그 얼굴이 내가 만든 또 다른 가면은 아닐까 하고 두렵기도 하다.

항상 걷는 길도 처음 가는 것처럼 설렘으로 마주하려고 한다. 내 삶에 설렘이 없다는 것은 슬픈 일이다. 아침에 항상 느껴본다. "오늘 아침도 설렘으로 가슴이 뛰니?" 그리고 이것이 마지막인 것처럼 내 눈에 내 가슴에 꼭꼭 담아두려고 한다. 오늘도 주님 안에서 새로워지는 행복한 날이다. 오늘도 많이 웃고 크게 웃고, 활짝 웃으리라. 그리고 어제보다 더 재미난 하루를 보내리라 다짐해본다.

자꾸만 모든 게 내 탓인 것 같고, 내가 한 모든 것이 잘못된 것 같을 때도 있다. 지금껏 열심히 살았는데 성공보다는 실패가 더 많았던 시간들은 아니었는지 자꾸 뒤돌아보게도 된다.

그러나 모든 것이 내 탓이라고 너무 생각하지 말자. 난 최선을 다 한 거니까. 모든 것이 잘못 되었다고도 생각하지 말자. 하나님이 이 모든 것을 선하게 인도하실 것임을 믿기 때문이다. 나를 너무 형편없는 사람으로 만들지도 말자. 그럼 내가 너무 초라해진다.

앞으로도 힘겨울 때가 있을 것이고 아플 때도 있을 것이다. 그래도 난 여전히 열심히 살아낼 것이다. 지금껏 그래온 것처럼 내 인생이 하나님 안에서 해석되어 지길 원하고, 하나님 안에서 의미를 찾으며 살 것이고, 이제는 누구보다도 더 나를 사랑하며 살아갈 것이다.

하루 한 번 나와 대화하다

　말을 배운다는 것은 어떤 의미일까? 아이들이 말을 할 때가 되면 엄마들은 계속 단어를 불러준다. 따라하라고 하면서 몇 번이라도 반복해서 말을 해준다. 전혀 귀찮아하거나, 잘못했다고 꾸짖지 않고, 인내하면서 아니 오히려 기뻐하고 대견해하면서 그 과정을 즐긴다.

　나도 그렇게 말을 배웠겠지. 그리고 나도 그렇게 아들에게 말을 가르쳤겠지. 그런데 내 말투를 한번 생각해 보았다. 한마디 말을 해도 성의 없이 툭 던지는 말투가 많았다. 내 말투에 문제가 있음을 알고부터 어떻게 말이 되고 있는지, 어떻게 들려지고 있는지 의식하면서 한마디 말이라도 성의껏 말해보기로 했다. 한마디 말이라도 어떻게 하는 것이 상대에게 잘 전달되는지 생각하게 되었다.

　한마디 말이 사람을 살리기도 하고 죽이기도 하는데 뭐든 자기 입장에서만 이야기 하는 사람이 있다. 그런 사람과는 두 마디가 더 하기 싫다. 다른 사람에 대한 공감이 없다. 그저 그런 척 흉내만 낼 뿐이다. 정말 진심인지, 하는 척인지 사람들은 다 안다.

대화의 신이라 불리는 래리 킹은 가족이든 친구이든 직장동료이든, 모든 관계를 성공적으로 끌어가는 핵심은 '말'이라고 했다. 말을 한다는 것, 입을 열어 소리만 낸다고 말이 되는 건 아닐 것이다. 말을 통하여 다른 사람을 살리고, 세우고, 덕을 끼칠 수 있어야 한다. 그렇지 않으면 입을 가지고 말을 하는 이유가 없을 것이다. 말을 잘못 하면 사람을 잃어버리기 쉽다. 그 사람의 마음을 놓쳐 버리기 쉽다. 밝히 보이는 것이 아니라 자꾸 숨기고 싶어 한다. 내가 어떤 말투로 무슨 말을 하느냐에 따라 사람을 얻기도 하고 잃어버리기도 한다.

네 말로 의롭다 함을 받고 네 말로 정죄함을 받으리라는 성경 말씀을 보면서 결국은 내 말로 내가 드러남을 깨달으면서 마음에 찔림이 많았다. 함부로 뱉어 놓은 말이 많았기 때문이리라.

내가 하는 말에 의해서 내가 판단되어지고, 내가 어떤 사람인지 보여 지고 있음을 기억해야 할 것이다. 그러고 보면 난 말하는 법, 생각하는 법, 다른 사람을 배려하는 법, 서로가 다른 사람임을 인정하는 법 등을 제대로 못 배운 게 아닌가 싶다. 입을 열어 소리를 낸다고 그게 다 말이 아닌데, 나와 다른 사람의 생각도 제대로 인정하는 법을 배워야 했는데, 난 소리만 내고 살았던 건 아니었을까.

내 안에서는 끊임없이 누군가와 이야기하기를 원했다. 내 이야기를 들어 줄 누군가가 필요했다. 좋은 이야기든, 안 좋은 이야기든, 내가 쏟아내는 이야기들을 듣고

"그래 그래", "잘했어", "맞아"라며 맞장구치고 반응해줄 누군가가 있었으면 했다. 어쩔땐 괜히 트집을 잡아서라도 나와 말해주기를 원하기도 했었다. 그

러나 사람들은 생각만큼 다른 사람한테 관심이 없었다. 하고 싶은 말은 가슴에 가득했는데, 들어 주는 이가 없었다. 인내심을 가지고 나의 시시콜콜한 이야기를 오랫동안 상대해줄 사람은 없었다. 누구도 내 맘 같지 않았다.

그래서 대신에 글로 적기 시작했었다. 원래 뭐든지 적는 것을 좋아하기도 했었지만, 특히 간절했다. 뭐라도 적지 않으면 가슴이 터질 것 같았다. 어쩌면 나는 말로 하는 것보다, 글로 쓰는 것을 더 원했는지도 모른다. 말보다 글이 내겐 더 편하다는 걸 알았으니까.

요즘 꾸준히 글을 쓰고 있다. 난 펜을 잡고 손으로 직접 글 쓰는 것을 좋아하는데 요즘은 손이 아주 아프다. 펜을 들고 글을 쓰려고 하면 쥐가 나서 한참을 마사지를 해줘야 하고 손 떨림도 더 심해져서 글이 더 삐뚤삐뚤 예쁘지 않으니 노트북을 주로 사용하게 된다.

얼마 전 글쓰기 강의를 수강 신청해놓고 그날을 아주 기대하고 기다리고 있던 터였다. 그저 평범한 아이를 키우는 주부들이 강의를 듣고 책을 만들어 내고 작가가 되는 그 과정이 너무 궁금했고, 나도 평소에 글을 쓰고 싶다는 생각이 간절했기에 내게는 좋은 소식이었다. 내 이름으로 책을 내고 싶다는 생각은 막연히 하고 있었지만 실제로 꿈을 현실로 이룰 수 있다면 나도 그 꿈에 동참하고 싶었다. 집에서 늦지 않게 나갔는데 장소를 대충 확인하고 갔더니 서면에서 헤매게 되었다. 첫 시간에 지각하는 창피를 안 당하고 싶다는 생각뿐이었다. 블로그 이웃으로 글을 읽고 댓글을 남기면서 소통을 하고 있던 터라 처음 보는 작가님과도 그리 낯설지 않았다.

책을 내는 자가 작가가 아니라 글을 쓰는 자가 작가라고 하셨다. 많이 쓰는 것이 최고의 글쓰기 공부라고 무조건 떠오르는 대로, 느끼는 대로, 보이는 대로 쓰라고 하신다. 잘 쓰든 못쓰든 무조건 쓰라고 하셨다. 마음에 드는 글이 아니라 하고 싶은 말을 쓰라고 하셨다. 그래서 더 용기가 생겼다. 잘 써야 한다고 했으면 오히려 좌절했을 거다. 시작도 안 했을지 모른다. 다른 사람 이야기가 아니라 내 이야기를 하고, 내 살아가는 이야기를, 쓰고 싶은 대로 쓰라고 하시니 내가 하고 싶었던 글쓰기였다.

예전에 남편과의 문제로 힘들어지자 누구에게라도 내 마음을 털어놓고 싶었다. 그래서 매일 하나님께 일기 겸 편지를 적었다. 다른 사람에게 말로 하기엔 창피했고, 자존심이 상했다. 기도 제목도 쓰고, 감사 제목도 쓰고 남편 때문에 힘든 것도 고자질하고, 정말 하나하나 다 적을 것 투성이었다. 누구 한 사람 보여줄 사람도, 볼 사람도 없으니 내 마음대로 솔직하게 적었다. 그리고 작년엔 블로그 글쓰기 하는 재미에 빠져 있었다. 그러다가 글쓰기를 잠시 중단했었다. 점점 더 글을 잘 적어 보이고 싶은 마음이 들었다. 내 욕심이었다. 그럴수록 난 글을 더 쓸 수가 없었다. 내가 아니라 다른 사람을 보이는 것 같았다. 내 욕심이 들어갈 때 내 글은 진짜가 아니라는 생각이 들었다.

글쓰기를 시작하고 함께 시작한 다른 이들의 글을 많이 접하게 되었다. 모두 자기 이름으로 책을 낸 사람들이다 보니 글도 잘 적었다. 주위에 많은 사람들이 책을 내고, 강연도 하고, 특별한 사람이 아니라 나처럼 평범한 사람들이 그렇게 꿈을 이뤄나가는 것으로 생각하니 참 대단한 사람들이 많다는 걸 알게 되었다.

힘든 상황에서도 극복하고 자신만의 스토리를 만들었던 사람들, 나도 내 인생에 할 말이 많다고 생각했었는데, 갑자기 내 인생이 초라하게 느껴졌다. 어떤 이들의 화려한 경력과 지금 이뤄 놓은 결과들에 비하면 난 아직 아무것도 없다. 이뤄놓은 것 아무것도 없이 내 인생을 불평만 하고 싸움만 하고 살아온 것은 아니었는지 반성도 되었다.

남들과 내 인생을 비교하기 시작하자 글쓰기가 재미없어지려고 했다. 점점 자신이 없어지려고 했다. 그래서… 내 인생은 뭔데… 자꾸만 물음표가 남았다. 그렇게 살았는데 지금은 뭔데, 뭐가 남았는데…….

요즘 나는 다시 조금씩이라도 책을 읽고 글을 쓰면서 하루 한 번 나와 대화한다. 책을 통하여 다른 사람의 인생을 들여다보고, 글을 쓰면서 나를 더 자세히 바라보게 된다. 책을 통하여 나와 비슷한 사람을 보고, 나와 다른 사람도 본다. 나와 같은 생각을 하는 사람도 보고, 다른 생각을 가지고 사는 사람도 본다. 책 속에 많은 사람과 많은 경우가 있었고 책 속의 사람들을 보면서 나를 더 자세히 볼 수 있었다.

나는 나를 일으켜 세워주는 사람과 이야기하기를 좋아한다. 희망을 갖게 해주고, 내게 할 수 있다고, 나는 특별하다고 자꾸 확인시켜 주는 사람과 이야기하기를 좋아한다. 스스로 용기가 필요할 때 그 사람의 한마디는 내게 큰 힘이 되어 준다.

글을 쓰면서는 나를 아낌없이 칭찬하고 응원해주기로 했다. 그렇게 내 마음도, 감정도 조금씩 정리가 되어갔다. 다른 사람의 열렬한 응원도 필요하지만 먼저 내가 나를 일으켜 주는 것이 필요했다. 엎어져서 누군가 일으켜 주기만을 바라고 있어서는 안 되는 것이었다. 내가 먼저 일어나는 것이 중요하다.

다른 사람 인생을 함부로 비난하고 평가해서는 안 되듯이 내가 어떤 인생을 살았든지 내 인생을 내가 비난해서도 안 되며 남이 비난하도록 해서도 안 된다. 내 글은 내 인생이고 바로 나인 것이다.

그리고 다시 피아노를 치기 시작했다. 난 피아노를 치면 내 안의 나와 끊임없는 대화가 시작된다. 좋은 소리가 아니어도, 멋진 연주가 아니어도 피아노 건반과 마주 할 때면 늘 가슴이 뛴다. 피아노를 치면 난 나만의 대화가 시작되는 것 같다. 다시 피아노는 치고 싶은데 피아노를 팔아버려 집에서 칠 수 없어서, 학원에 등록하러 갔었다. 그때 학원 선생님은 내가 아들을 등록시키러 온 줄 알았다. 당연히 그랬을 것이다. 서른 넘은 엄마가 아들보다 내가 하고 싶다고 오는 사람은 잘 없을 테니까. 나 하고 싶은 건 못해도 아이들은 먼저 챙겨 주려는 게 엄마 마음이니까.

지금은 아들도 피아노 치는 것을 즐긴다. 아들이 가끔 집에서 피아노 연주하는 소리가 골목길에 들려 올 때는 그 소리가 좋아서 장바구니를 들고도 한참을 밖에서 서성거리며 듣고 있었다. 아들의 연주를 들으면서 행복해했다. 좀 틀려도, 서툴러도, 난 아들의 피아노 소리가 이렇게 좋은데 우리 엄마는 왜 그렇게 내가 피아노 치는 것을 싫어하셨을까.

피아노 소리를 항상 거슬려 하셨다. 어쩌면 내 연주 실력이 너무 형편없었나 보다. 피아노를 다시 치면서 묻어둔 내 꿈도 서서히 다시 보이고, 내 기쁨도 점점 커져가는 것 같다.

혼자 가는 여행을 시작하다

남편과 나는 아주 다르다.

나는 아주 계획적이다. 무엇을 하더라도 계획을 세워서 준비해야 한다. 남편은 따로 계획이 없다. 상황에 부딪히는 대로 일을 처리한다. 준비가 안 되면 안 되는 대로 한다.

생각이 너무 많은 나와 달리 남편은 별로 고민이 없는 사람 같다.

나는 항상 약속 시각보다 늦어도 10분 일찍 도착하려고 서둘러 나가는 편이지만, 남편은 약속 시각이 다 되어야 그 때 준비를 한다.

나는 뭐든 기록하고 적는 것을 즐긴다. 내 일상 기록은 물론이고, 어디에 돈을 썼는지, 누굴 만났는지, 뭘 했는지, 뭘 할 건지 그야말로 적자생존, 적어야 사는 사람이다. 남이 보면 피곤한 일인지 몰라도 이건 우리 친정아버지를 똑 닮았다. 그렇게 뭐라도 적어대는 날 보고 남편은 아주 신기해했다. 가계부를 적다가 천 원이 안 맞아서 계산을 다시 하고 또 하고 있었더니, 대충하란다. 자기는 10원짜리 하나 어디에 썼는지 기록해 본 적이 없단다. 내게는 그런 남편이 더 신기하고 이해가 안 되었다.

나는 보기와 다르게 뭐든지 시작도 잘하고, 도전적이다. 성취감을 느끼는 걸 좋아한다. 반면에 남편은 좀 태평스럽다. 긍정적이다 못해 태평스러움에 더 가깝다. 마음의 여유를 가지는 걸 좋아하고, 편안함을 좋아한다. 항상 하는 말이 그렇게 아등바등 살 필요 없단다. 느긋하게, 편하게, 즐겁게 살면 된다고 아들한테도 항상 마음 편하게 살라고 한다.

나는 항상 '함께'가 되고 싶어 하지만 남편은 항상 '혼자' 할 계획을 한다. 가끔 남편이 모임이나 단체에서 여행을 다녀오기도 한다.

"나도 가고 싶다. 우리도 여행가요."

"내가 가봤는데 안 좋더라, 우리 집이 제일 좋다."

음식도 마찬가지다. 뭐 먹어 보고 싶다고 하면

"내가 먹어 봤는데, 맛없어. 당신 된장찌개가 제일 맛있어."

맛없어도, 불편해도 난 같이 해보고 싶은데, 남편은 그럴 생각이 전혀 없다.

여태 살면서 봄이라고 꽃구경을 가 본 적도 없고 남편과 조촐한 여행을 다녀와 본 적도 없었다. 그래서 요즘은 혼자 어디라도 다닌다. 나를 위해서 꽃을 보러 다니고 바다를 보러 다닌다. 그렇게라도 해야겠다고 마음을 먹었다.

올해 3월, 나 혼자 처음 시작해본 첫 여행지는 통영이었다. 아침에 집을 나서서 시외버스를 타고 통영으로 갔다. 혼자 낯선 곳을 처음 가다 보니 실수도 많이 하고 길을 못 찾아 헤매고, 차를 잘못 내려 당황하고. 그날 하루 엄청 많이 걸어 다녔다. 그래도 혼자 자유여행이니 시간에 쫓기지 말자고, 너무 잘 해내려고 조바심하지 말자고, 나를 다독거리면서 다녔다. 느긋하게, 틀리면 틀리는 대로 모르겠으면 물어가면서, 원래 자리로 돌아와서 다시 찾아가기도 했다.

내가 처음 가 본 낯선 곳 통영에서 맨 처음 찾아갔던 곳은 동피랑 마을이었다. 동피랑 마을 간판을 보았을 때 얼마나 반갑고 감격스러웠는지 모른다. 왠지 모르게 뿌듯했다. 내가 그렇게 대견스러울 수가 없었다. 나 혼자 여기까지 찾아 왔어요.~라고 소리치고 싶었다. 통영에서 1박을 했다. 잠은 찜질방에서 잤다. 통영 바다가 바로 보여서 운치 있을 것으로 생각했는데 밤엔 아무것도 볼 수 없었다. 통영 바다는 해운대 바다처럼 화려하지 않았고 그저 깜깜하고 조용했다. 그날 온종일 너무 많이 걸어서 피곤했지만 잠은 쉬 들지 못하고 눈만 감고 밤을 보냈다.

늘 준비성이 철저한 나답게 수첩에 내가 계획한 코스와 교통편들을 꼼꼼하게 적어 준비해서 들고 다녔다. 그러나 다니면서 늘 수정을 해야 했다. 하나도 내 계획대로 되지 않았다. 이번 어설픈 나의 첫 여행을 하면서 아마 우리 인생도 마찬가지가 아닐까 싶었다. 내가 아무리 계획을 세우고 종이에 적어 들고 다녀도, 다니면서 어떤 경우가 생길지 모르기 때문에 그것만을 정답인 듯, 그대로만 따라가려고 붙들고 있어서도 안 되었다. 계획은 언제든지 바뀔 수 있는 거였다. 그래도 다행인 것은 다만 내가 미리 계획 세워 봤기 때문에 덜 당황했고 그 모든 순간을 좀 더 여유롭게 받아들일 수 있다는 거였다. 함께하는 여행도 즐겁지만 혼자 가는 여행도 매력 있는 듯했다. 아마 〈혼자 여행〉 앞으로 자주 할 것 같았다. 좋아졌다. 딱 내 스타일이었다.

그 후로 지인의 도움으로 제주도를 1박 2일로 다녀올 수도 있었는데, 제주공항에 내리면서 다음에는 혼자 이 제주도를 꼭 여행해 보겠다고 생각했다. 제주도 곶자왈 도립공원은 용암 숲인데 길은 평지이지만 돌이 많아서 걷기가 조금 불편했다. 그래도 걷기만 해도 머릿속 쓸데없는 생각들은 떨어져 나가 저절로 생각 정리 마음 정리가 되는 듯했다. 숲길을 더 깊이 걸을수록 살아온 날들이 떠올랐고, 내가 만났었던 사람들도 생각났다. 요즘은 그냥 아무 생각 없이 묵묵히 걷는 게 좋아졌다.

작년에 가려고 했다가 못 갔던 거제도, 외도를 다녀왔고, 태종대를 혼자 올랐다가 태종대 바다를 보고 좋아서 한참 머물다 오기도 했다. 또 다녀온 곳 중에서 특히 좋았던 곳은 이기대였다. 두 시간 넘게 혼자 해안 길을 걸었는데 눈앞에 펼쳐지는 경관이 얼마나 아름다웠는지 모른다. 다시 한번 꼭 가고 싶은 곳이다. 부산에 있으면서도 가보지 않은 좋은 곳이 많았다. 그리고 보니 친구와 남해도 다녀왔었다. 남해 바다는 부산 바다와 많이 달랐다. 그 곳에서의 시간이 간간이 떠오르기도 한다.

주말마다 어디라도 가고 싶어지는 요즘이다. 혼자 이렇게 여기저기 다닌다고 하니 친구들은 같이 가자고 연락을 하라고 한다. 그렇지만 잘 안 하게 된다. 내가 하는 여행은 좋은 곳에서 편하게 쉬고 오는 여행이 아니라 열심히 걸어다녀야 하고, 찾아다녀야 하는 다소 고생스러운 여행이기 때문이다.

갱년기 때문에 우울증을 이겨보려고 작은 발걸음으로 시작한 여행이었다. 통영을 시작으로, 대구, 경주, 제주도, 거제도, 외도, 남해 그리고 부산의 몇몇 곳, 어찌 보면 여행이라 할 수도 없을 만큼 작은 발걸음을 뗀 것이지만 내겐 그것이 시작이었다. 낯선 곳에서 난 걷고 또 걸으면서 생각했고, 또 생각을 날려버렸고, 나를 다시 찾으려고 애썼다.

사실 우리 부부가 이렇게 서로 말도 없이 더 냉랭해지기까지 남편은 내게 무슨 일이 있느냐고, 요즘 왜 그러느냐고 말 한마디 없었다. 물어봐 주지도 않았다. 오직 나 혼자 고민하고, 나 혼자 힘들어하다가 또 혼자 화해해보려고 시도하는 것이었다. 남편은 아무 노력도 하지 않는데, 아무 고민도 없는데, 나 혼자

저만큼 갔다가 다시 왔다가 반복하고 있는 중. 부부문제는 함께 노력하고 풀어가야 하는 것이 아닐까. 난 그것마저도 혼자 하고 있어서 그게 억울하고 화가났다.

그러나 내가 화가 난다고, 남편이 내 맘 같지 않다고 화만 내고 있을 수는 없다. 그건 더 어리석은 일이었다. 남편이 바뀌지 않는다고 나도 똑같이 살 필요는 없었다. 그래서 혼자라도 일단 움직였다. 혼자 여행하기, 영화 보기, 서점가기, 블로그 하기, 글쓰기……

그리고 남편은 나와 다른 사람이라는 것을 받아들이기로 했다. 어쩌면 난 갱년기 때문에 새로운 취미를 찾게 되었고, 새로운 것을 알게 된 건지도 모른다.

그러나 우린 어차피 누군가와 함께 살아가야 하고 함께 걸어가야 한다. 함께 가는 누군가와 마음이 잘 맞아서 가는 내내 즐거울 수도 있지만 마음이 삐그덕거려 가는 내내 불편 할 수도 있다. 도저히 너와 함께 못가겠다고 서로 다른 길을 가기로 작별을 고할 수도 있고, 그러다가 다시 어느 길에서 만나게 되기도 한다.

함께 라는 말은 다정하게 다가온다. 함께 라는 말은 웬지 더 힘이 나게 해 준다. 함께 걸어가면 더 멀리라도 어디든 갈수 있을 것 같고, 잠시 쉬었다 가자고 멈추어도 괜찮을 것 같다.

때로는 혼자 가는 길이 필요할 수도 있지만 함께 걷는 길도 소중하다. 내 옆에 한 사람만 있어도 함께이고, 여러 명이 어울려 있어도 함께였다. 우리에게 온전히 혼자 걷는 길은 없을 것이다. 가만 들여다보면 내 옆에 누군가가 늘 있었고, 좋은 이야기든 안 좋은 이야기든, 큰소리든 작은 소리든 우리는 늘 함께 이야기하고 속삭이고 있다는 것을 기억해야 한다.

병든 발톱을 보면서

발톱 상태가 안 좋아진 지 3주가 되어간다. 곧 빠질 것 같다. 처음엔 발톱 상태를 보고는 놀라서 호들갑을 떨었는데 가만히 두니 곧 저절로 떨어져 나갈 것 같다. 약국에서도 가만두면 저절로 빠진다 해서 맘 놓고 그냥 있었지만, 은근 신경은 쓰였다. 난 걷는 것이 많이 험해서 온 길의 돌을 다 차고 다닌다. 내 기억엔 없지만, 어느 날도 내가 걷다가 큰 돌을 찼겠지, 그러다가 발톱도 상했나 보다. 새 신을 신고 뛰지 않아도 걷기 시작한 지 10분도 안 되어 내 신발은 앞창이 벌써 벗겨지기 시작한다. 그래서 절대로 비싼 신발은 안 신는다. 싸고 편한 신발이 최고다. 그리고 튼튼한 신발……. 예쁜 뾰족구두는 더더욱 생각도 못 한다. 여름에 발가락 보이는 예쁜 샌들도 못 신는다. 내 마음은 예뻐지고자 원하나 내 발은 적응을 못 한다. 빠지려고 하는 병든 발톱을 보면서 난 여러 가지 생각이 들었다.

아빠와 남편

남편은 내 걸음걸이가 이상하다고 연습해서 바꾸라고 한다. 잘못된 걷는 자세가 오히려 나를 살도 찌게하고 아프게도 한다고. 친정아버지는 내 걸음걸이가 예쁘지 않아도 내가 다시 걷는 것만으로도 감사한 일이라 하셨다. 아버지 눈에는 이상해 보이는 나의 걸음걸이가 아니라 내가 그저 다시 걷는다는 것만 보일 뿐이다. 나를 처음부터 다 알고 있는 아빠와 나의 중간부터 알고 있는 남편의 말이 자꾸 번갈아 생각났다.

영적 상태

빠지려고 하는 발톱은 시간이 갈수록 색깔이 변해갔다. 확실히 옆의 다른 발톱과는 색이 다르다. 겨우 발톱의 뿌리만 약간 붙어있을 뿐이다. 점점 죽어가는 내 발톱을 매일 만져보면서 나의 영적 상태도 보게 된다. 발톱은 양말에 숨어있고 신발에 감춰져 있어서 드러내지 않고, 보이지 않고, 말하지 않으면 다른 사람은 알지 못한다.나의 영적상태도 마찬가지이다. 내가 말하지 않고 입 닫고 있으면 아무도 모른다. 그저 같이 웃고, 그저 같이 밥 먹고, 그저 숨 쉬고 살아가면 내가 어떤지 아무도 모른다. 그러나 양말을 신을 때마다 발톱이 얼마나 거치적거리는지, 별 것 아닌 것에 얼마나 자꾸 부딪히는지 내 몸의 주인인 나는 안다. 그렇듯이 지금 내 영적 상태가 어떠한지 내 영의 주인만 아신다. 병든 이 발톱이 빠지고 나면 건강한 새 발톱이 예쁘게 났으면 좋겠다.

아픈 발톱 하나 가지고도 이렇게 불편한데 30~40년의 수명이 다하면 자신의 구부러진 부리와 발톱을 하나씩 뽑아 새 발톱이 나게 한다는 독수리 이야기가 생각난다. 이 이야기가 전혀 사실이 아니라고도 하지만 뭔가에 도전하고 마음을 새롭게 다지기 위할 때 자주 보이고 들려주는 예화이다.

나도 보험회사에 처음 설명을 들으러 갔을 때 이 영상을 처음 봤었고 교회에서 새로운 훈련을 하기 시작할 때면 목사님은 그 이야기를 자주 하셨다. 헌 발톱을 뽑고 새 발톱을 기다리는 마음으로 내 주위를 둘러보고 나를 다져야 하는 때가 되었는지도 모르겠다.

나도 마음의 병이 들었는지 내 안에 가시가 너무 많다. 내가 하는 말 속에도, 생각 속에도 가시가 박혀있다. 그래서 나와 가까이 있는 자들이 그 가시에 찔린다. 있을 때 잘해야 하는데 내 곁에 있는 이들을 더 아프게 하고 있다. 내 안에 있는 그 가시부터 뽑아야 할 것 같다. 내가 원하지 않는데도 내 마음과 다르게 짜증과 쓴 소리를 뱉을 때가 많아졌다.

어쩔 땐 아침에 눈을 뜨기 전부터 난 무기력함에 휩싸여서 움직이는 것조차 싫어질 때가 있다. 아무것도 손에 잡히지 않고 생각은 온통 먹구름 낀 부정적인 생각들로 가득 찬다. 이럴 때 무슨 말이라도 쏟아내면 상대에게 상처 주기 좋은 말만 할 것이고 결국은 나도 곧 후회할 거니까 말도 글도 조심하게 된다. 이제 내 생각을 걸러내고 내 말을 걸러내고 더 조심해야겠다.

갱년기를 함께 겪고 있는 친구들을 보면 하나같이 짜증이 늘어서 남편한테 온갖 짜증을 다 낸다고 했다. 다음날엔 미안하다고 사과를 하면서도 꼭 다시 짜증을 부리고 있다면서 자신들의 상태를 못마땅해 했다.

"나는 짜증은 안 내. 남편과 더 담이 쌓이고 있을 뿐이야~"라고 했다. 그런데 남편에게로 향해야 할 짜증이 다른 곳으로 향하고 있다는 걸 알았다. 남편도 아닌데 남편인 것처럼 남편이 당해야 하는 나의 모든 짜증과 투정을 다른 사람이 받아주고 있었다. 좋은 마음인지는 모르겠지만 받아주는 건지, 나에게 일방적으로 당하고 있는 건지, 그렇게 그 자리에 있어 주고 있다. 오늘 갑자기 그 친구한테 부끄러웠다. 예전에도 그런 친구가 있었다. 나의 모든 예민함과 날카로움을 그저 봐 주던 친구가 그때도 미안했지만 지금 생각해도 미안하다. 성질부리면서 나의 밑바닥을 점점 더 보이는 듯했다. 이 친구 나한테 질려서 도망가 버릴지도 모르겠다.

난 중학교 다닐 때부터 필기하는 것과 필기류에 애착이 많았다. 거의 강박증이 있을 정도였다. 필기를 할 때도 글씨체가 내 마음에 안 들거나, 글씨가 틀렸거나, 줄이 안 맞아 비뚤거리거나 하면 노트를 찢어버리고 새 노트에 처음부터 다시 필기를 하곤 했다. 필기구를 살 때도 종이 질과 펜의 부드러움이 서로 어울려야 했기에 노트 마다 펜의 종류도 달랐다.

다음날 계획을 세워 놓고 잠이 들었다가 일어나기로 계획한 시간에서 5분이라도 늦게 일어나게 되면 난 하루를 망쳤다는 생각에 아침에 눈을 뜨자마자 기분이 상하곤 했다.내가 정한대로, 내가 계획한 대로 모든 것이 딱딱 맞아져야 하는데 그럴 수 없게 되니 난 자꾸 나를 질책하는 것에 익숙하게 되었다.

그리고 보면 참 나를 피곤하게 만드는 스타일이었고, 스스로를 괴롭히며 살아왔다. 늦었더라도 그때부터 다시 시작하면 될 텐데 왜 그렇게 나를 받아들이지 못하고 그렇게 몰아세우고 괴롭혔는지 모르겠다. 결국엔 고등학교 때 신경성 스트레스로 한의원가서 진료를 받기도 했다. 한편으로는 예민한 성격인 탓도 있지만 내가 스스로 그렇게 만든 것도 있었다. 살다보니 나처럼 이런 성격은 자신도 괴롭히지만 옆에 사람도 불편하게 만드는 피곤한 성격이라는 것, 그래서 다른 사람이 별로 가까이 하고 싶어 하지 않는 성격이라는 것을 알았다.

다른 사람에게 요구하는 것이 아니라 그냥 내 성격이라고 하지만 나도 모르게 나의 이런 강박증은 다른 사람에게도 전해져서 불편함을 함께 전하고 있었다. 나 스스로에게 좀 유해지려고 노력을 해서 요즘은 많이 좋아졌지만 어쩔 때는 이런 내가 너무 풀어진 게 아닌가, 너무 태평스러워진 것이 아닌가하고 생각될 때도 있다.

일을 하는데 있어서도 난 완벽하게 해 내는 것이 일을 잘하는 것이라고 생각했었는데, 꼭 그런 것만은 아니었다. 나의 작업 스타일을 다른 사람에게 요구할 때, 때로는 무례함으로 다가갈 수도 있다는 것을 알았다. 함께 어울려 살아가는 데 있어서 나의 완벽함을 다른 사람에게 요구할 때 우리는 함께 조화를 이루기는 어려웠다.

세상을 살맛나게 살아가는 데는 많은 것들이 필요하지는 않은 것 같다. 진심으로 걱정하고 생각해주는 단 몇 명만 있어도, 아니 단 한 사람만 있어도 충분히 따뜻하고 충분히 힘이 난다. 나도 누군가에게 그런 살고 싶은 힘을 주는 사람이 되어 줄 수 있다면 참 좋겠다. 계절이 바뀌면 옷가지들을 정리한다. 아무리 좋은 것이라도 때에 따라 필요한 때가 있고 다시 넣어둘 때가 있는 거였다. 쓸모없는 게 아니라 때에 따른 필요에 의한 거겠지. 간혹 마음을 다잡고 정리하려고 해도 마음 정리가 안 될 때가 있다. 그런데 우연히 누군가 아무렇지 않게 툭 던진 한마디에 내가 고민하고 정리 안 되던 생각들이 정말 아무렇지 않게 싹싹 제자리 줄 맞춰 정리되어질 때가 있다. 이렇게 우리는 어울려 살아야 하나 보다. 내게는 어렵던 것이 누구에게는 아무 일도 아닌 쉬운 일이 되어버리니 서로 배워가면서, 함께 사는 게 맞다.

먼저 내 몸이 건강해야, 내 마음이 건강해야, 내 영이 건강해야 사랑도 건강하게 할 수 있겠지. 나는 오늘도 더 건강해져서 내가 사랑하고픈 이들에게 아픈 사랑, 병든 사랑이 아니라 건강한 사랑을 주고 싶다.

제4장
꽃길보다 내 인생

인생의 꽃길

어느 순간 꽃이 좋아지기 시작하면 나이가 들었다는 증거라는데 그래서일까. 요즘 특히 지나다니면서 꽃들이 많이 보인다. 예전엔 눈길도 잘 안 가던 작은 들꽃들도 내 눈에 자주 띈다. 그런데 아는 꽃 이름이 거의 없다. 어머, 이런 꽃도 있네 싶다. 내가 이렇게 무식했나, 아니 내가 이렇게 내 주위의 것들에 무심했나 보다. 이름도 모르는 작은 꽃들이지만 들여다보면 너무나 예쁘다.

봄에 벚꽃이 한창일 때 바람에 날려 떨어진 꽃눈을 밟으며 걸어 본 적이 있다. 날 위해 꽃길을 만들어 준 것 같았다. 해운대 달맞이 길의 벚꽃 길은 마치 꽃 동굴 같다. 그 길을 지나갈 때는 너무 예뻐 황홀하기까지 하다.

난 살아오면서 가장 아름답고 행복했던 순간은 언제일까. 내 인생에 꽃길이 있었을까. 돌아보면 꽃길보다는 온통 돌길 투성이였다. 늘 새로운 길이었고 두려움과 불안으로 가득 찼던 길이었다.

내가 꽃길을 걷기를 가장 원했던 사람은 아마 우리 엄마일 거다. 그러나 쉴 새 없이 내가 들어선 곳은 돌길이었다. 그래서 그 돌길을 난 열심히 차내면서 씩씩하게 걸어야만 했다.

난 엄청나게 길치인데 그래서일까. 난 내 인생길 찾아가는데도 꽃길은 볼 수 없었다.

그렇지만 실망하거나 후회하지는 않는다. 어떤 길이라도 내가 어떤 마음으로 어떤 시선으로 바라보고 걷느냐에 따라 길은 달라지는 거니까. 아무리 꽃길을 걷고 있어도 내 곁에 있는 그 꽃을 보지 못하면 꽃은 소용없다. 아무리 돌길을 걷고 있어도 가슴속에 한 송이라도 꽃을 품고, 꽃을 키우고 살아가면 그 길도 꽃길 인생이다.

어디선가 본 한 이야기가 생각난다.

농장에서 일하던 두 사람이 있었는데 한 사람은 뉴욕행, 또 한 사람은 보스턴행 기차표를 사서 떠나기로 했다. 기차를 기다리는 동안 "뉴욕 사람은 인정이 없어서 길을 가르쳐 주고도 돈을 받는데, 보스턴 사람은 거지한테도 인심이 후하다"라는 말을 듣게 된다.

두 사람은 목적지를 바꿨다. 뉴욕표를 산 사람은 일자리를 못 구해도 굶어 죽지는 않겠다며 보스턴으로 바꿨다. 다른 사람은 길을 가르쳐주고도 돈을 받는다면 부자가 되겠다며 뉴욕으로 목적지를 바꿨다. 그리고 두 사람의 운명이 달라졌다.

보스턴에 간 사람은 일을 하지 않아도 살 수 있어서 걸인에 안주했다. 뉴욕으로 간 사람은 돈을 벌 기회가 많다는 생각에 흥분했다. 이 사람은 남들이 생각지 않던 여러 일에 진출함으로써 큰돈을 벌었다는 이야기다.

나는 어느 곳을 택했을까. 인생의 길은 정답이 없다. 어떤 길을 선택하든 내가 어떤 가치를 부여하고, 어떻게 해석하는가에 따라 그 길은 달라질 것이다.

"인생은 사다리가 아니라 정글짐이다."라는 말을 좋아한다. 어쩔 수 없어서 이것저것 여러 일을 하면서 살아왔지만, 그 모든 것들이 지금까지 나를 키워줬던 밑거름이었다.

우린 어쩔 수 없이 무언가를 선택하고 결정해야 할 때가 있다. 하기 싫고 힘든 일은 더 그렇지만 자꾸 피하려 하고, 부인하려고 하면 그 상황은 더 어렵고 무서운 괴물이 되어 나를 덮치려고 한다. 차라리 대담하게 아무렇지 않게 받아들이는 것이 낫다. 묵묵히 가다가 좀 넘어진들 어때. 다시 일어나면 되는 거다. 넘어지는 것이 부끄러운 게 아니라 넘어져 일어나지 않으려는 게 부끄러운 거다.

난 못하는 게 너무 많다. 모르는 것도 너무 많다. 나이가 들수록 깨달아지는 건 내가 모르는 것이 너무 많다는 것이다.

요즘은 하루 시간이 어떻게 가는지 모르겠다. 한 시간이 아깝다. 십 분이라도 막간의 시간을 이용해서 책을 읽든지, 글을 쓰든지 무어라도 하려고 한다. 내 인생의 길은 이런 작은 시간이 모여서 꽃길이 될 것이다.

내 인생에 꽃길이 있었던가? 그렇다. 내가 걸어온 모든 길이 내게는 꽃길이었다.

교회에서 일 년에 두 번 새 가족 초청 주일을 가진다. 그때 교회에서 초청자들에게 주는 선물로 작은 화분을 준비한다. 화분에 작은 꽃은 생명을 의미하는 거였다.

생명이 있는 길은 모두 꽃길이다. 크고 화려하고 알려진 꽃들만 꽃이 아니다. 길가의 이름 없는 들꽃도, 화려하지 않게 피는 작은 꽃이라도 바라보면 기쁨을 주고 아름답다. 실지로 주위에 피어 있는 꽃들은 이름도 모르는 작은 꽃들이 많았다.

내 인생이 비록 좀 거친 길을 걸어왔었더라도 분명 꽃길을 걸어왔다. 그리고 앞으로도 아름다운 꽃길이 펼쳐질 것을 안다. 내 인생의 2막이 시작되는 그 길에 더 아름다운 꽃을 피워보려고 또 다시 내 길을 정비하고 있다.

며칠 전부터 아침 달리기를 하고 있다. 점점 더 건강해지고 있고 좋아지고 있는 나를 본다.

가벼운 몸으로 날렵하게 잘 달리지는 못하지만 내 두 다리로 뛸 수 있다는 것이 얼마나 감사한지 모른다. 내가 걷고 있구나, 내가 뛰고 있구나, 내가 오늘도 살아 있구나를 감사하게 느끼고 있다.

내 몸도 내 것이 아니기에 아침마다 눈뜨는 것부터, 손을 움직이고 다리를 움직이고 걸을 수 있고 뛸 수 있는 이 모든 것이 감사한 일이다.

걸을 때마다 내가 걷고 있는 것을 일부러 의식한다. 내가 살아있음을 느끼려고 한다. 내가 건강하게 사는 것이 당연한 것처럼 생각하지 않으려고 한다. 아픔이 축복은 아니겠지만 아픔을 느낄 수 있는 것은 축복이라는 걸 안다.

요즘 옷을 입고 밖을 나서면 습관처럼 내 옆구리를 쓰다듬게 된다.

어떤 옷은 입으면 너무 적나라하게 나의 올록볼록 살들을 보여줘서 만질 때마다 절망감이 든다. 그렇지만 어떤 옷은 내 살들이 다 어디로 갔는지 하루 밤 사이 그 많던 살들이 다 빠져버렸나 착각할 정도로 내 허리가 매끈하고 부드러울 때가 있다. 설마 그 살들이 하루 밤사이 어딜 갔겠냐 만은 그렇게 나의 가리고 싶은 부분을 잘 가려주는 옷을 입고 나서면 기분이 좋아진다. 그리 비싼 옷이 아니라도, 그리 예쁜 옷이 아니라도 내 허물을 가려주는 옷이라서 참 고맙다.

그러면서 생각한다. 나도 그런 사람이 되어야지. 다른 사람의 허물을 들춰내어서 아프게 하는 돌 같은 사람이 아니라 잘 가려주고 덮어주는 부드러운 흙 같은 사람이 되어야지.

그래서 가는 길마다 꽃을 많이 피워내는 사람이 되어야지.

내가 가는 길

내가 기대한 대로 일이 풀리지 않았다. 나를 위한 하나님의 또 다른 계획이 있으신가 보다.

종종 나는 하나님의 뜻, 응답에 대해서 의문이 들 때가 많다. 분명 기도한 후 응답이라고 받아들였는데, 나를 위해 완벽하게 준비된 선물이라고 생각했었는데, 받은 선물 다시 뺏기는 기분이 든 적이 있었다. 정말 내 기도의 응답이 맞았었나, 내가 잘못 깨달았던 것인가, 하나님은 심술쟁이신가, 줬다가 도로 뺏을 정도로 변덕쟁이 신가. 여러 생각이 들었지만 한 가지 분명히 내가 믿는 것은 이 또한 하나님의 선하신 계획안에 있다는 것이다. 내게 일어나는 모든 일은 다 좋은 것이라고 믿는다. 내 인생은 하나님이 조율하고 계심을 믿기 때문이다.

오늘도 내 생각대로 이루어지지 않는 환경을 통하여, 내 맘대로 움직여 주지 않는 사람들과의 관계를 통하여도 하나님의 인도하심을 기대한다.

난 어렸을 때부터 참 잘 넘어졌다. 까진 무릎이 딱지가 앉아 아물 때쯤이면 또 넘어져 상처가 아물 날이 없었다. 피가 나고, 진물이 났다. 넘어지는 건 어릴 때만 그랬던 게 아니라 어른이 되어서도 잘 넘어져 창피한 때가 많았다.

좋은 사람이랑 멋진 뷔페에 가는 길에 정문 입구에서 문턱에 걸려 넘어지기도 했다. (지금 생각해도 창피하다.) 출근길에 큰 도로 앞에서 넘어져 청바지가 찢어질 정도로 무릎에 피가 나기도 했는데 그때는 창피해서 아픈 줄도 모르고 총총걸음으로 도망간 적도 있다.

얼마 전만 해도 식당에서 밥 잘 먹고 나오다가 앞으로 넘어져서 얼굴을 갈았다. 안경이 완전히 부러지고 한쪽 얼굴은 벌겋게 부어올랐다. 화끈거리고 따갑기 시작했다. 약국 가서 보였더니 조심히 다니라며 소독을 하고 밴드를 붙여줬다.

왜 이렇게 잘 넘어지는지 모르겠다.

그런데 살아보니 길에서 넘어짐만 있었던 건 아니었다. 하나님 앞에서 넘어짐도 많이 있었다. 어쩌면 나의 넘어짐은 하나님 앞에서의 죄의 또 다른 이름이기도 했고, 판단력의 실수일 때도 있었다. 그리고 내 욕심을 쫓은 때도 있었다. 때로는 내 가슴에 피가 나고, 진물이 나고, 그러다가 상처가 아물기도 전에 또 넘어지는 실수를 했다. 자주 반복되었다. 나이가 들어가면서 횟수는 분명 줄었지만 그래도 아직 발 삐끗할 때도 있다. 내 안에 상처가 많다고, 보여주기 싫은 허물이 크다고 내가 참 싫은 적도 많았지만, 하나님은 이런 나를 보듬어주시고 그래도 괜찮다고 하신다. 지금까지의 내 삶에 그래도 넘어짐이 있었음에 오히려 감사한다. 그래서 난 넘어진 친구의 아픔을 함께 느낄 수도 있고, 넘어지려고 하는 친구의 손도 잡아 줄 수 있었다. 무엇보다 넘어질 때마다 손 내밀어 일으켜 주는 하나님을 다시 만날 수 있었다. 넘어짐을 통하여 내가 또 배위가는 것은 나의 다시 일어남이 점점 빨라진다는 거다. 예전엔 한 달이 넘도록 엎어져 있을 때도 잦았고, 애꿎은 땅을 두드리며 원망하고 있었다. 지나가는 사람을 바라보며 원망할 때도 있었다. 이제는 하루 만에도 털고 일어날 수도 있고, 그 가운데 감사하는 나를 보기도 한다. 하나님은 내가 이해할 수 없는 방법으로 내게 무언가를 채워주시기도 하지만 또 이해할 수 없는 방법으로 잃어버리게도 하셨다.

넘어짐이 없는 인생은 없다. 그 가운데 배워가는 것이 중요한 것이다. 하나님은 내가 하나님 안에서 잘 커가기를, 잘 살아가기를 원하신다.

넘어짐……. 넘어짐을 통하여 오늘도 난 하나님 앞에 엎드림을 배워간다.

몇 년 전 교회 일을 할 때는 새벽기도를 거의 하루도 빠지지 않고 새벽 4시에 일어나서 다녔다. 그때는 당연히 내가 부지런해서, 내가 믿음이 좋아서 다닌 건 줄 알았다. 새벽기도를 갈 수 있다는 게 내가 마음만 먹으면 내 열심만으로도 가능하고 당연하다고 생각했었다. 그러나 살아가는데 어떤 것도 당연한 건 없음을 새롭게 알게 되었다.감사의 반대는 불평이 아니라 당연시하는 마음이라고 했다. 우린 모두 아무나 할 수 있는 일 같아도 아무나 할 수 없는 일을 하고 있다.내가 할 수 있었던 모든 것이 할 수 있도록 허락해주신 하나님의 은혜였다는 것을 알아가고 있다. 무언가를 할 수 있다는 것이 바로 기적이고 은혜라는 것을 이젠 알겠다.

기타를 잠시 배운 적이 있다. 기타를 손에 들 때마다 기타 줄을 하나하나 조율을 해야 했다. 하루를 시작할 때도 내 생각의 중심을 하나님께로 조율한다. 조율된 소리가 좋은 곡을 연주해 낼 수 있듯이 내 중심이 하나님께로 잘 조율되어 있어야 내 하루도 흐트러짐 없는 좋은 연주를 할 수 있을 것이다. 아침 묵상은 내 하루의 시작을 하나님께로 조율하는 시간이다. 하나님께로 잘 조율되어서 하나님 듣기에 좋은 소리를 내는 하루가 되게 해달라는 기도로 묵상을 시작한다.

그렇게 아침마다 조율되어 걷는 그 길이 나의 길이 될 것이다. 보이지 않아도 날 위해 일하시는 하나님, 길이 없는 곳에 길을 만드시는 나의 하나님이 함께하는 그 길이 나의 길이다. 앞으로도 내가 걸어가야 할 길이다. 그래서 난 오늘도 그 길을 달릴 것이고, 꿈꿀 것이다.

하나님! 내가 갖고 싶었던 것, 붙들고 싶었던 것, 욕심내고 싶었던 것이 있었습니다.

솔직히 말하면 아직도 난 그것이 갖고 싶고, 붙들고 싶고, 욕심내고 싶지만 이제 내 마음을 접습니다. 살아가면서 여러 사람을 만나고 관계를 맺어 가는데 내가 원한다고 다 좋은 관계만 있는 건 아니더군요. 나는 최선을 다했지만 어느 때가 되면 그만 해야 할 때도 있다는 걸 알았습니다.

잠시 아팠어도 그것마저도 감사합니다. 내가 있어야 할 자리가 어디인지 나는 어떻게 살아야 하는지를 다시 기억하게 하시니 감사합니다. 하나님이 주시는 모든 것은 내게 좋은 것입니다. 비록 회초리를 맞는 일일지라도. 다시 시작하겠습니다. 하나님 안에서, 하나님 앞에 엎드림으로 다시 시작하겠습니다. 그것이 내게 좋은 것임을 알기 때문입니다.

함께라서 행복하다

　나는 말의 표현이 좀 서툴고 퉁명스러운 편이다. 내가 좋아하는 사람에겐 더 그렇다. 마음하고는 반대로 표현이 나간다. 예쁜 표현을 하려고 애쓰는데 그게 참 쑥스럽다. 좋은 것을 좋은 대로 고마운 것을 고마운 대로 표현하기가 쑥스러워서 그저 툭 던질 때가 많다. 표현법을 잘 못 배운 거겠지. 표현하는 습관이 안 되어서 그런지도 모른다. 좋아도 너무 좋은 체하면 안 되었고, 화가 나고, 싫은 것도 내색하지 않는 것이 좋은 사람, 괜찮은 사람이라고 생각하고 살았다.

　나는 살아오면서 여러 사람에게서 표현 좀 하고 살라는 말을 많이 들었었다. 혼자 가슴 속에 꿍하게 담고 있으면 병만 생기고, 내 마음처럼 누가 알아주는 사람 없다고, 좋으면 좋다, 싫으면 싫다 표현하고 살라고 했다.

　사람은 내가 어디에 많이 노출되어 있느냐에 따라 많은 영향을 받는 것 같다. 칭찬의 말, 책망의 말, 위로의 말, 비난의 말······.

　어떤 날은 별것 아닌 작은 칭찬에 날아갈 듯 기분 좋을 때도 있고, 또 어떤 날은 무심코 던지는 한 마디에 아주 의기소침 해지는 날도 있다. 그런 날은 모든 일에 자신이 없어진다. 잘하고 있던 것마저도 소심해지고 조심스러워진다.

사람의 말이 이렇게 힘이 있는 것이다. 사람을 넘어뜨릴 수도 있고 세울 수도 있고, 죽일 수도 있고, 살릴 수도 있는 것이 바로 말의 힘이다. 아무리 옳은 말이라도 덕이 되게 해야 한다고 했다. 난 어떤 말을 많이 들으며 살았고, 어떤 말을 많이 하며 살아왔을까.

책장에 꽂혀 있던 〈사랑의 5가지 언어〉라는 책을 읽었다. 사랑하는 사람이 서로 소통이 되지 않으면 사랑하는 마음이 전달되지 못하고 오히려 오해와 상처가 쌓인다고 한다. 무작정 노력하는 것이 아니라 함께 살아가는 기술이 필요하다고 했다.

내가 남편과 힘든 시간을 보내고 있을 때 누군가가 읽어 보라고 추천을 해준 책이었다. 솔직히 그때는 남편에 대한 감정이 무조건 좋지 않았던 때라 읽어도 책이 별로 마음에 와 닿지 않았다. 그저 남편이 밉다는 내 감정에만 충실했다. 그러나 이 책을 다시 읽어보면서 이제야 "그렇지, 그렇지, 그렇구나……." 이해가 됐다.

책 속에서 저자가 말하는 사랑의 언어는 "인정하는 말, 함께하는 시간, 선물, 봉사, 스킨십."

이렇게 5가지로 분류하는데 부부가 서로 같은 사랑의 언어를 사용해야 사랑이 소통되어 행복한 결혼 생활을 할 수 있다는 것이다.

남편과 아내가 같은 사랑의 언어를 사용하는 경우는 드물어서 사랑을 상대방에게 효과적으로 전달하기 위해 우리는 배우자가 사용하는 사랑의 언어를 기꺼이 배워야 한다고 한다.

내가 미련했던 것인지, 사랑의 소통에 대해 무지했던 것인지 결혼 생활 20년이 넘어가는 요즘에야 이젠 남편의 사랑의 언어를 알아듣게 되는 것 같다. 그동안 나는 나의 사랑의 언어로만 남편에게 말하고 있었고 듣기를 기대하고 있었다.

남편을 바라보면서 어느 날 "아~ 이 사람은 나랑 다르게 말을 하고 표현하는구나."라는 걸 문득 알게 되었다. 내가 듣고 싶은 나의 사랑의 언어는 인정하고 공감하는 말이다. 나는 남편이 나를 세워주고 인정해 주기를 원했다. 무엇보다 나를 격려해주길 원했다. 내가 하는 모든 일에 대해 응원하고 격려해 주길 원했는데, 그 말이 꼭 필요한 순간에도 남편은 그 말 한마디를 해주지 않았다. 그건 네가 알아서 할 일이지 나랑 무슨 상관이 있느냐고 곧 잘 말을 하는 남편이 너무 섭섭하고 남보다 더 멀게 느껴졌다. 그러면서 난 점점 더 마음을 닫아 간 것 같다.

어느 날 밥 먹으면서 내가 말했다.

"아저씨, 나 갱년기가 왔나 봐요."

"어."

"어깨도 아주 아프고 여기저기 너무 아프네요."

"어. 체조해."

눈은 계속 TV에 꽂혀서 듣는 둥 마는 둥 대답도 건성이다. 그리고 식사가 끝나면 문 닫고 방으로 들어가 버렸다. 머쓱해진다. 이 사람과 이야기하기 싫다는 마음이 생기기 시작했다. 내가 이야기를 꺼내도 대충하고 듣는 것도 건성으로 하고……

난 충고를 바란 게 아니라 그저 내 편 되어서 이해해주고 공감해 주길 바랐는데 남편 앞에서 나는 항상 뭐 하나 제대로 못하는 보잘것없는 자일뿐이었다.

우리는 서로의 사랑의 언어를 너무 몰랐다.

　너무나 사랑했던 사자와 토끼가 서로를 위해서 선물을 준비했는데 사자는 토끼에게 매일 고기를 선물하고 토끼는 사자에게 매일 풀을 선물하다가 둘은 결국 헤어졌다. 각자가 자기가 좋아하는 음식을 서로 선물했기 때문이다.

　어쩌면 남편도 나처럼 인정하는 말이 사랑의 언어가 아니었을까? 내게서 그 말이 듣고 싶었는데 나 역시 그 말을 듣기는 원했어도 남편에게 해주는 데는 인색했는지도 모른다.

　잘못된 사자와 토끼의 사랑처럼 나는 여태껏 다른 언어인 〈봉사〉라는 언어로만 열심히 사랑을 말해 왔다. 그게 남편에게 필요하다는 생각으로. 나의 봉사가 아니라 남편을 향한 나의 인정해주는 말이 남편에게 더 필요했던 게 아니었나 싶다. 우리는 부부지만 표현 하는 것에 참 아주 서툴고 어색해하고 쑥스러워 했다.

　하나씩 우리의 말을 고쳐 나가려고 한다. 아직도 남편은 곧잘 이렇게 말한다.

　"나는~~~~할거다." 그러면 나는 고쳐준다.

　"우리~~~~~~하자라고 말해 주세요."

　처음엔 그 말에 남편이 아주 어색해했다. 나 역시도 어색했다. 그만큼 우린 한 지붕 아래에 아니 한 이불 속에서도 각자 살고 있었다.

　난 아들이 고등학교 졸업하고 취업을 하면 나도 남편에게서 독립할 거라 늘 생각하고 있었고 남편 또한 산에 들어가 살 거라고 입버릇처럼 말하며 살았다. 요즘은 내가 일부러 나도 같이 따라갈 거라 말한다. 왜 맨 날 혼자 다닐 생각만 하냐고 일부러 잔소리도 하고 징징거린다. 당신 없으면 난 어쩌라고 그러느냐고 약한 소리도 해보았다. 처음엔 "뭐하러 따라 올래? 당신은 여기 있어~" 하더니 어느 날은 "너무 깊은 산으로 들어가면 당신이 무섭겠재?" 그런다.

또 어느 날은 내가 물었다.

"언제 산에 들어 갈 거예요?"

"왜? 가지 말까?"

"아니요, 빨리 가라고요."

"……내가 당신 생각해서 좀 천천히 가기로 했다."

말만 하지 말고 빨리 가라고 했더니 오히려 남편이 머쓱해 하며 날 위해서 천천히 갈 생각이란다. 아마 남편은 갈 생각이 없어도 산에 들어 갈 거라고 계속 말하고 다닐지도 모른다.

앞으로 우리는 "함께"라는 말 쓰기를 시작해야 하고 "함께 살아가는 법"을 서로 배워야 할 것이다.

어쩌면 남편보다 내 잘못이 더 큰 지도 모른다. 말하지 않아도 내 맘 같겠지, 내 마음 알아주겠지 하고 기다리다가 섭섭한 마음이 생기고, 불만이 되고 불평이 되고 원망으로까지 키운 건지도 모른다. 여태 살아오면서 난 남편에게 큰소리 내어 싸워 본 적이 없다. 부딪히는 게 싫어서 그냥 내가 다 맞춰주는 편이었고 손해 보고 좀 힘들어도 내가 하고 말지 하는 마음으로 쉽게 쉽게 넘어 갔었는데 지금 생각해보니 그게 잘못된 것이었다.

우린 서로 조율할 시간이 없었다. 결혼하고 남편은 공부한다고 서울에 있었고 함께 있었던 시간 보다 떨어져 있었던 날이 더 많았다. 서로 조율이 필요한 시기를 떨어져 살면서 그냥 보내버린 거였다. 그러나 때로는 소리 내어 말하는 것, 싸우는 것도 필요했다. 우리도 말로 싸우면서, 서로 요구하면서 시작했어야 했다. 처음엔 좀 더 치열하게 큰소리 내고 싸웠어도 괜찮았겠다. 난 너무 소리 내지 않았고, 싸우지 않았다. 아니 말하지 않았던 거다. 아니 더 정확하게는 요구할 줄을 몰랐다. 말 할 줄을 몰랐던 것, 그것이 우리 문제를 더 크게 한 것인지도 모른다. 힘들면 힘들다, 섭섭하다, 이런 것은 하고 싶지 않다 등 내 생각을 말할 줄 몰랐던 것이었다. 그랬더니 남편은 항상 자기가 잘하는 줄 알고, 항상 옳은 줄 알더라는 거다. 난 부러운 것도, 힘든 것도, 외로움도 없는 줄로 생각한다는 것이었다.

이제부터 하나씩 남편에게 부탁하고 요구하는 것을 시작해봐야겠다.

동생 말대로 이왕 살 거면 같이 할 수 있도록, 나도 오늘부터 말을 하고 요구를 하고 표현을 해야겠다. 요구하다가, 부탁하다가 때로는 큰소리가 나더라도 더 적극적으로 말해봐야겠다. 그러다 보면 우리도 함께하는 행복을 알아가겠지.

알고 보니 너무나 부유한 자

올해 내 나이 47세. 참 뭔가를 새로 시작하기에 어중간한 나이 인듯하다. 뭔가를 이뤄 놓은 것도 없고 다시 시작할 수 있는 것도 마땅히 없고 불러 주는 곳도, 필요로 하는 곳도 없는 듯하다. 내 안에 조급함이 다시 몰려왔다. 내 안의 두려움은 더 내가 쓸모없어지는 것, 내가 할 일이 없어지는 것, 할 수 있는 일이 없어지는 것, 해야 할 일이 없어지는 것, 하고픈 일이 없어지는 것, 이 모든 것이 다 두렵다. 그래도 희망을 잃지 말아야 해. 내가 잘할 수 있는 일, 내가 해야 하는 일은 분명 있을 테니까. 단지 내 눈에 안 보이는 거고, 내 머릿속에 떠오르지 않는 거고, 내가 아직 찾지 못했을 뿐. 분명 내 길은 있을 테니까. 내가 할 수 있는 일은 있을 테니까. 그때까지 내가 할 일은 절망하지 않고, 포기하지 않고, 어떤 순간에도 끝까지 감사하며 행복해하는 것……. 지금은 그거면 되는 거다. 그렇게 또 나를 달래고 안심시킨다.

하나님께 한 번만 더 내게 일할 기회를 달라고 기도했었다. 대학 4학년 때부터 쉬지 않고 일을 해 와서인지 일을 하지 않고 쉬고 있으면 내 존재가치가 없어지는 듯했다. 작년 갱년기를 겪고부터는 그 마음이 더 커졌다. 건강도 내 마음만큼 안 따라주고, 점점 나이도 들어가니 많은 상황이 날 더욱 힘들게 하고 있었다.

그땐 내가 왜 이러나 싶을 정도로 만사 귀찮던 모든 일이 그것도 내 인생의 한 과정이었구나 생각하는 걸 보니 어느 정도 터널을 지나왔나 보다. 아직 몸이 불편한 곳은 남아있지만, 서서히 내 마음의 회복은 일어나고 있어서 감사하다.

거의 1년의 세월을 난 쉬었다. 쉬면서도 불안했다. 뭔가 내 일을 하고 싶었지만 그럴 형편도 안 되었고 이제 내가 할 수 있는 일이 없는 것 같았다. 나이도 적은 나이가 아니었고, 체력도 예전 같지 않다는 걸 몸소 확인했다.

엄밀히 말하면 1년 동안 그냥 쉰 것도 아니었다. 일주일에 3번씩 동생 집으로 가서 조카들 과외를 했다. 친구가 불러서 NGO단체에서 후원인 모집하는 아르바이트를 잠깐이지만 하기도 했다. 또 백화점 식당가에서 국숫집을 하는 집사님이 같이 일하고 싶다고 불러서 조카들 과외 하는 날을 피해서 주 3회 국숫집에 가기로 했었다. 그렇지만 이틀하고는 일을 못 하고 그만뒀다. 이틀 일하고는 허리가 아파서 꼼짝도 못 하고 누워 있다가 병원 가서 치료하고 겨우 일어났다. 시장에서 구이 김 장사 할 때도 온종일 서서 일하다 집에 가면 허리가 아파 누우면 일어날 수가 없었는데 백화점에서도 10시간을 바른 자세로 서 있거나 음식을 만들어야 하는 일에 허리 아픈 것이 다시 시작된 거였다. 백화점에서는 서비스업이다 보니 물도 숨어서 쪼그리고 앉아서 먹어야 했고, 커피 한잔도 내 마음대로 못 마셨다. 이제 정말 마음 같지 않게 몸이 안 따라 주는구나 싶었다. 왜 자꾸 몸 쓰는 일을 하느냐고 주위에서는 말렸다.

그러다가 정말 생각지도 않게 내게 좋은 조건으로 학원에서 일할 수 있는 제안을 받았다. 마치 하나님이 날 주려고 준비해놓고 기다렸다는 듯이 모든 것이 내게 좋았다.

감사하면서 열심히 일했다. 그런데 갑자기 학원 경영상의 문제를 이유로 함께 일을 하지 못하게 되어서 미안하다는 통보를 했다. 참 어이가 없었다. 조카들 과외 봐주던 것을 끊고, 내가 하던 것을 포기하고 오래오래 가족처럼 같이 하고 싶다는 제안으로 온 자리였는데, 그것도 이번 주 안으로 정리해주면 좋겠다고…….

아침에 눈을 뜨면 도저히 이해할 수 없는 이 상황에 무슨 말을 할 수도 없었다. 원장이 이해 안 되는 게 아니라 하나님을 이해할 수 없었다.

어이없는 일은 또 있었다. 아들이 작은 사고를 쳤다. 너무 생각지도 못한 일을 치르고 와서 난 어이가 없고 황당해서 어찌할 바를 모르고 며칠을 울기만 했다. 화가 나서 견딜 수가 없어 소리를 질러대기도 했다. 아들이 안쓰러워 가슴이 너무 아팠다. 잠시 진정되었던 나의 몸은 다시 열이 달아올라 온몸이 화끈거리면서 수시로 땀과 눈물이 함께 범벅되어 쏟아지곤 했다. 생각할수록 기가 차고 어이가 없는 아들의 행동이 나를 너무 아프게 했다.

나의 그런 모습에 아들도 놀란 듯했고, 본인도 이제야 상황파악이 되는지 후회를 하는 것 같았다. 그런데 참 이상하게도 남편이 아들을 꾸짖고 상황을 정리하자 내 마음도 안정이 되었다. 아빠의 자리인 것인지, 남편의 자리인 것인지 이것이 가장의 힘인 건지 그 힘이 컸다. 잘못했을 땐 차라리 꾸중을 한번 듣는 것이 더 마음이 편하다.

오늘 아침도 날 향한 여러 부정적인 소리가 들렸다. 내 마음에서 들려오는 소리도 있었고, 이웃에게서, 가족에게서 들려온 소리도 있었다. 문제는 내가 그 소리에 너무 쉽게 반응해 버린다는 것이다. 물론 좋은 소리도 있었을 텐데 왜 좋은 소리에는 반응을 보이지 않고 날 넘어뜨리는 소리에만 크게 귀를 기울이는지 모르겠다. 날 응원해주는 이는 바라보지 않고, 날 외면하는 이를 바라보며 거절을 당하고 있는가. 내가 어디를 바라보느냐에 따라 난 거부당한 실패자가 될 수도 있고 누군가를 위로하고 공감해주는 따뜻한 환영자가 될 수도 있는 것이다. 답은 간단하네. 내 시선을 바꾸면 되는 것! 내가 바라보는 곳을 바꾸면 되는 것! 답은 내 안에 있었다. 무엇을 바라볼 것인가 하는 선택은 내가 할 수 있는 거니까.

어느 날은 열심히 배워서 뭔가 해보리라 하며 의욕이 앞서서 달려 나가는 날도 있고 또 어느 날은 이게 무슨 의미가 있나, 내가 뭘 해보겠다고……. 이렇게 자신감 뚝 떨어지는 날도 있다. 두 가지 다 내 모습이다. 다만 자신감 뚝 떨어져 힘들어할 때 어떻게 다독거려 일으켜 줄 것인가 그것이 문제다. 네가 그렇지 뭐 별수 있느냐 그러면 난 정말 아무것도 못 하는 자가 된다. 아니야, 괜찮아 그럴 수도 있다며 다독거리고 기다려주면 난 다시 할 수 있다. 끊임없이 이렇게 넘어지고 일어서고를 반복하는 날 향해 지치지 않고 응원해주는 누군가가 있으면 좋겠지만 그래도 끝까지 날 응원해 주는 이는 결국은 내가 되어야 한다. 내가 힘들 때 필요한 건 우선 이겨내겠다는 나의 다짐이다. 결국은 내가 나를 위로하는 법을 배우는 게 힘듦을 이겨낼 수 있는 방법이다.

나를 고치고 치유할 수 있는 사람은 결국 '나'라는 걸 알았다. 아무리 충분한 사랑을 줘도 그것을 받을 줄 모르고 깨닫지 못한다면 나 스스로 병을 더 키우는 것이다. 나는 충분한 사랑을 받지 못한 중병에 걸렸다고, 그래서 내 자존감도 바닥이고 자존심도 무너지고, 모든 사람이 나를 거부한다는 지독한 거절과 좌절감에 휩쓸리는 일도 이젠 그만하려고 한다. 어쩌면 모두 내가 만들어 낸 병이었다. 아니 내가 만든 건 아니라도 내가 끊어내지 못하고 내가 이겨내고 치유하려는 의지가 없어서 결국은 내가 그 병을 더 키운 것이다.

내게 필요한 것, 소중한 것들은 그대로 내가 누릴 수 있었다. 결국, 살아내는 것도 '나'이고 치유하고 회복시키는 것도 '나'인 것이다. 나는 절대 나를 속이는 거짓에 이제 당하지 않을 것이다. 넌 사랑 받을 자격이 없어, 넌 형편없구나, 넌 제대로 하는 게 없어, 모든 사람이 널 거부할 거야, 넌 어차피 또 안 될 거야. - 온갖 내 안에서 시끄럽게 하는 부정적인 소리, 생각들, 오늘 다 끄집어내어 쓰레기통에 넣고 대청소 해버린다.

지금 이 상황을 가만히 바라보았다. 성경의 인물인 욥이 생각났다.

하루에 가진 재산을 다 잃어버리고, 자녀들까지 잃어버리고, 자기 몸은 몹쓸 피부병에 걸려 기와 조각으로 그 헌데를 긁고 앉아 있는 욥. 욥의 부인은 네가 믿는 하나님을 욕하고 죽으라고 악담을 하지만 끝까지 하나님을 욕하지도 않고 원망하지도 않고, 주신 자도 여호와시요, 취하신 자도 여호와시라며 모든 것을 인정하는 욥이다. 욥이 당한 환난에 비하면 이건 아무것도 아닌데, 마치 욥의 환난이 내게도 시작되는 건 아닌지 두려웠다. 하나님, 저는 욥 만한 믿음은 없어요. 여기서 멈춰주세요.

분명 내게 더 좋은 일이 오려고 그러는 거야. 아무것도 내게 변한 건 없어. 직장도 그저 내게 속한 하나의 삶의 모습일 뿐 그것이 전부는 아니었다. 직장은 다시 구하면 되는 것이고, 내게 소중한 것들은 아직 그대로였다.

난 여전히 지금 건강하고, 남편과 아들이 내 옆에 있고, 가까이에 부모님이 아직 계시고, 글을 쓸 수 있고, 피아노를 치고, 아침마다 달리고 있다. 아들도 건강하니 감사하다.

암이 재발한 원장님께 위로라고 한답시고 했던 말들이 부끄러웠다. 난 겨우 아들의 작은 문제에 이렇게 세상 끝난 것처럼 그 난리를 했으니 역시 남의 일과 내 일은 다가오는 강도가 다른가 보다.

교회에서 〈기도하는 엄마들의 모임〉 훈련을 시작했다. 자녀에 대한 감사 제목 100가지와 나의 감사 제목 100가지를 적어오라는 숙제를 받았다. 처음 적기 시작해서는 스무 가지 정도를 적고는 한참을 생각했다. 실제로 감사할 것들은 100가지보다 훨씬 많을 것이다. 그러나 많은 것을 당연한 것처럼 여기고 살아왔으니 감사함을 모르고 있었다. 내가 얼마나 많은 것을 가지고 누리고 있는지 아들의 문제를 통하여, 나의 잃어버린 직장을 통하여 다시 한 번 알게 되었다.

난 충분히 사랑받을 만하며, 사랑받고 있으며, 나로 인하여 다른 이들에게 좋은 영향력을 줄 수 있으며 내게 있는 좋은 것으로 다른 이들을 섬길 수 있다. 내겐 사랑이 충만하며 누구에게든 항상 따뜻한 마음으로 다가갈 수 있다. 내게 있는 것으로 충분하다. 내가 가진 재능만으로도 충분하다. 내게 있는 사랑만으로 충분하다. 내가 받는 사랑도 충분하다. 나는 아직 너무나 많은 것들로 채워진 부유한 자임을 다시 한 번 보게 되었다.

행복은 선택

난 어른들의 말씀은 모두 옳은 줄 알았다. 그들의 말이 진리인줄 알았다. 그래서 부모님 말씀을 잘 들었고, 선생님 말씀을 잘 들었고, 남편 말을 잘 들었다. 참 착하고 말 잘 듣는 아이라는 칭찬을 듣고 자랐다. 그런데 아니었다. 그들도 늘 옳은 것은 아니었으며 옳은 것보다 틀린 때도 많았다.

내 마음의 아프다는 소리보다는 다른 사람들의 말이 옳은 것인 줄 알고 내 소리를 내면 안 되는 줄 알았다. 아픈 것쯤은, 불편한 것쯤은 참아야 하는 거라고 받아들이고 살았다. 이제 보니 내가 참 바보 같았다. 옳지 않은 것을 옳은 것인 줄 알고 따르려고 했고, 그들의 생각 속에 나를 맞추려고 했었던 내가 참 어리석었다는 걸 알았다.

어른이라도, 부모님이라도 잘못 알고 있고, 틀린 경우가 있다. 자신의 생각으로 다른 사람을 함부로 판단하는 경우도 있었다. 사람은 대체로 자기 생각에 갇혀서 다른 사람들을 주로 평가한다. 그것이 다른 사람에게 상처를 주기도 한다.

　나도 아들과 이야기 할 때는 조심스럽다. 무슨 말이라도 많이 하는 것이 중요한 것이 아니라 제대로 필요한 말을 함께 나눠야 할 것이다. 어른이라고, 부모라고 가르치려고 해서는 안 될 것이며 어른이라도 배워야 할 것들이 있을 것이다. 시대가 빨리 흐르니 어쩌면 젊은 세대를 이해하지 못하고 배워야 할 것들이 더 많을지도 모른다. 충고랍시고 아들에게 몇 마디 했다가는 말도 안 통하는 꼰대가 되어 버릴지도 모른다. 그러면 나와의 소통은 닫아 버릴 것이다. 다른 사람의 생각을 무조건 따르는 것도 정답은 아니며, 내 생각을 무조건 강요하는 것도 올바른 소통은 아닐 것이다.

　요즘 내 눈에 자주 띄는 단어, 자주 들려오는 말, 내 마음을 멈칫하게 하는 말이 있다. "선택" - 행복과 불행은 선택이다. 행복은 선택이라 한다. 그리고 불행도 선택이라 한다. 지금까지 늘 들어 왔던 말, 아는 것으로 생각했는데 난 정말로 선택을 잘하고 살아왔는지 생각해 보게 된다. 여태 바라기는 했어도 행복을 적극적으로 선택할 줄은 몰랐던 거 같다. 더 좋은 것을 택할 줄을 몰랐다.

　작년엔 혼자 참 많이 울었다. 글 쓰다가도 울고, 음악 듣다가도 울고, 책 읽다가도 울고, TV 보다가도 울고, 아들과 이야기하다가도 울고……. 뭐가 그리 슬펐던 걸까. 요즘은 혼자 웃는 때가 많아졌다. 버스타고 가면서 웃고, 걸어 다니면서 웃고, 설거지하면서 웃고, 톡 하면서 웃고, 잠들면서 웃고, 잠이 깨어 눈뜨면서 웃는다. 이렇게 몸도 마음도 지금은 그냥 건강해지고 있음을 내가 느낀다. 나에게 좋은 변화가 일어나고 있어서 참 감사한 요즘이다. 1박2일의 통영 여행을 마치고 일상을 다시 맞이했을 때 내 일상 속에는 많은 것들이 있었다. 이제부터는 진정 좋은 것을, 귀한 것을, 바라는 것을 적극적으로 선택하며 살아가기로 했다. 내가 원하는 걸 누가 날 위해 가져다주길 바라는 게 아니라 내가 직접 선택해서 더 아끼고 이뻐하며 살기로 했다.

어딘가에 들어서면 맨 처음 다가오는 그곳만의 냄새가 있다. 우리는 익숙한 냄새를 통하여 그곳을 기억하게 되고 그 사람을 기억하게 되고 만들어 놓은 추억을 꺼내보기도 한다. 내가 한때 아침마다 들어서는 곳이 있었다. 입구에 들어서자마자 익숙한 냄새들이 날 반겨주고 이곳이 어디인지 가르쳐 줬다.그럼 내가 남겨놓는 냄새는 어떤 것일까. 내 몸에서 나는 향수 냄새가 아니라 내가 전해준 미소가, 내가 건네준 말 한마디가, 나의 냄새로 남아 기억될 것이다. 나를 나타내주는, 나를 기억하게 해 주는 건 내가 뿌려놓은 내 말들이 아닐까 싶다. 그것이 누군가를 일으켜주는 위로가 될 수 있고, 버티는 힘이 되어 줄 수 있다면 난 참 좋은 냄새를 가진 거겠지. 그런 사람이 되고 싶다. 나만의 좋은 냄새를 뿌리며 행복하고 싶다.

오늘도 난 책 속에서 배워간다. 요즘은 토요일마다 서점엘 나와서 온종일 책을 읽곤 한다.

친구를 만나 이야기를 하기 시작하면 부정적인 이야기들이 나오기 시작할 거고, 해결책도 없는 나의 문제들을 쏟아놓기만 할 게 분명해서 잘 안 만난다. 듣는 친구도 그리 유쾌한 시간은 못되어 어쩔 땐 이야기를 들어주는 친구한테 미안하기도 하다. 그럴 땐 책이 최고다. 온종일 책을 찾아 읽는다.

소통의 문제인 우리 부부는 서로 대화로 푸는 것이 가장 좋은 방법이긴 하지만 마음속의 말 꺼내기 자체가 어색하고 어려운지라 난 먼저 남편에 대한 연구가 필요했다. 남편을 좀 더 이해할 수 있는 방법이 필요했다. 그래서 여러 책을 읽고 남편이 어떤 사람인지. 어떤 생각을 주로 하는 사람인지, 어떤 성향의 사람인지 알아간다. 그렇게 책에서 알게 된 남편의 성향을 이해하면서 내 남편을 이해해보려고 노력한다. 남편이 틀린 자가 아니라, 남편이 나쁜 사람이 아니라, 단지 나와 다른 사람이고, 나와 다르지만, 남편도 상처를 가진 사람이라는 걸 알게 되었다.

처음부터 그냥 나쁜 사람은 없을 거다. 혼자 있을 때 나쁜 사람은 없다. 누구와 관계를 맺기 시작하면서 좋은 사람도 되고 나쁜 사람도 되는 것이다. 어쩌면 나와 다른 사람일 뿐인데 나쁜 사람, 틀린 사람으로 받아들이게 되는지도 모른다.누군가 부정적인 말을 할 때 그렇지요, 맞지요, 라며 맞장구를 쳐주면 그 부정적인 생각은 더 힘이 세진다. 말하는 사람도 처음엔 작은 소리로 말하다가 맞장구 해 주는 사람이 있으면 그 소리가 점점 커진다. 자기 생각이 틀리지 않았다는 생각이 확신으로까지 이어진다.

듣고 있는 나도 아무렇지 않다가 그 말을 들음과 동시에 나도 그래야 할 것 같아진다. 그래서 부정적인 말은 조심해서 해야 한다. 금방 힘이 커진다. 한마디 말이라도 맞장구도 조심해서 해야 한다. 다른 이는 나보고 그렇게 어떻게 사느냐고 해도 내가 아무렇지 않으면 괜찮은 거다. 그런데 내가 그들의 생각을 받아들이면 그렇게 사는 내가 왠지 억울한 느낌이 든다. 다른 사람들 문제를 나도 문제로 받아들이면 여태 아무렇지 않던 내 삶이 그때부터 문제가 되는 것이다. 모든 건 내가 받아들이기 나름이다.

내가 먼저 행복해야 남편의 모습도 받아들이게 될 것 같다. 그래서 나는 오늘부터, 지금부터 행복해지기로, 행복을 선택하기로 했다. 그리고 나만의 몇 가지 규칙을 세웠다.

첫째, 내가 먼저 적극적으로 표현하기

- 가만 있으면 아무도 내게 먼저 다가오지 않는다. 남편뿐 만 아니라 다른 사

람은 아무도 내 맘 같지 않다는 것을 인정하고 내가 먼저 적극적으로 표현하고 다가갈 것. (인사하기, 말 걸기, 칭찬하기)

둘째. 항상 마음을 즐겁게 하고 웃을 것

- 우울하고 어두운 마음을 걷어내려고 애쓰고, 힘들수록 더 환하게 웃을 것. 먼저 웃어야 내 생각도 밝아진다. 내 마음이 우울하니 남편에 대한 기억도 자꾸 더 미운 것만 생각난다. 섭섭한 것만 기억난다. 내 마음이 먼저 즐겁고 행복하면 행복했을 때가 기억나겠지

셋째. 하루 한 사람 낯선 사람에게 말 걸기

- 많은 사람과의 대화를 시도해보고 내 안의 두려움을 이겨내 볼 것

넷째. 좋아하는 취미 생활을 할 것

- 좋아하는 것, 잘하는 것을 다시 시작해 봄으로 자신감을 먼저 키우는 것이 좋을 것 같다.

다섯째, 하루에 한 번 억지로라도 남편과 포옹하기

- 남편과 연애할 때 좋았던 것도 있다. 이제 그 좋았던 기억을 하나씩 다시 찾아봐야겠다.

나의 껍데기를 깨고 나와서 나답게 당당하게 살아가게 될 때, 남편과의 문제도 어쩌면 쉽게 해결될 수도 있을 것 같다. 우리는 서로에게 내가 원하는 것을 소통 없이 일방적으로 요구하고, 알아주길 바라고, 강요하기에 서로 오해하고 또 더 멀어지고 있는지도 몰랐다.

어쩌면 아무 문제 아닐 수도 있는 것을 내가 심각하게 생각하고, 일을 더 어렵게 만드는 건 아닐까. 그저 욕심내지 않고 남편의 모습을 있는 그대로 받아들이면 되는 것을……

제5장
그럼에도 불구하고 난 살아간다

남은 삶을 위하여

어쩔 땐 자다가도 외로움인지 그리움인지 모를 것이 가슴을 훅치고 들어 올 때도 있다. 그땐 자다가도 너무 아프다. 자면서도 아프다. 두통 때문에 자다 깨기를 하다 보니 컨디션이 별로 안 좋다. 두통약을 먹었는데도 기분 나쁜 느낌이 사라지질 않는다. 일찍 일어나게 되어서 교회 셀 가족들과 먹을 반찬을 좀 했는데 오늘따라 왜 이렇게 자꾸 터지고, 타고, 찌그러지는지 모르겠다. 예쁘고 잘 된 것만 골라 담았더니 양이 얼마 안 된다. 씻고 화장을 했다. 오늘따라 화장이 떠서 이것도 맘에 들지 않는다. 거울 쳐다보고 한참을 만지다가 다시 세수하고 화장을 했다. 이렇게 뭐 하나 내 맘에 드는 게 없다. 내가 맘에 안 들고 못마땅하다. 왜 그럴까. 계속되는 두통 때문일까? 생리가 다가오면 증후군이 있었는데 이젠 그런 것도 아닐 텐데. 내 인생도 어디서부터인가 싹 지워버리고 다시 시작할 수 있다면……. 씻으면서 자꾸 눈물이 났다. 내가 한 모든 것이 마음에 안 들고 못마땅했던 날이었다. 이런 날이 요즘 불쑥불쑥 자주 생긴다는 거다. 책을 읽고 있어도 집중이 안 되었고 머리에 들어오지도 않고 다 튕겨 나가는 듯했다. 아무리 짜증이 나고 힘에 겨워도 결국은 내 마음을 내가 다 독거리며 이겨내자고 다짐하는 수밖에 없음을 안다. 결국은 내가 해야 한다. 때로는 힘내라고 말해주는 사람도, 힘드니 라고 물어주는 사람도 하나도 안 보일 때가 있다. 그래도 슬퍼하지 말자. 무슨 일이 있어도 무너지지만 말자. 내가 나를 위로해주면 되니까! 다시 마음을 고쳐먹는다. 그래. 오늘부터 다시 시작하면 되지. 그저 살아있음이 은혜이고 감사인 것을.

아침마다 일찍 집을 나선다. 다른 사람들이 보면 요즘 특별히 하는 것도 없이 뭐가 그리 매일 바쁘냐고 하겠지만 되도록 아침에 일찍 어디든 가려고 집을 나선다. 도서관을 가기도 하고, 서점을 가기도 하고, 교회를 가기도 하고, 이른 약속을 잡기도 하고 일찍부터 할 일을 만든다. 집에 있으면 자꾸 내 의욕도, 생각도, 열정도 처지고 식어간다. 그래서 난 내가 매일매일 무디어져 갈까봐 경계한다. 아침에 눈을 떴을 때 내 가슴이 뛰고 있는지, 나를 설레게 하는 것이 있는지, 어제는 쿵쿵 뛰었는데 오늘은 식어 버린 건 없는지, 내 마음을 살핀다.

늘 가는 곳이지만 익숙한 길이 아닌 다른 길로도 가봤다. 걸어가면서 많은 생각이 들었다. 여러 가지 길이 있고 방법이 있는데 왜 난 여태 내가 정해둔 한 가지 길로만 다녔을까? 내 생각이 참 유연하지 못하구나, 내 방법이 참 다양하지 못하구나 싶었다. 아마 매사에 다 그렇지 않았을까. 새로운 길로 들어서 보니 차가 달리는 시끄러운 길이 아니라 시장길이 나온다. 시장에서 일하는 사람들이 보이고 내어놓은 반찬거리들이 보이고, 볼거리가 훨씬 많다. 내가 너무 내 생각에 갇혀 있는지도 모르겠다. 그래서 더 길을 못 찾고 있는지도 모른다. 누군가가 "이렇게 해 봐~" 라고 작은 손짓만 해줘도 좀 쉽게 나를 깨트릴 수 있지 않을까?

하나님은 모든 사람에게 각각의 달란트를 맡겨 주셨다. 그럼 내게 주신 달란트는 무엇일까? 나는 그 달란트를 잘 사용하고 있는가? 땅에 묻어 놓는 어리석음을 범해서 나중에 악하고 게으른 무익한 종이라고 꾸중 듣는 건 아닐까 이제야 이 말씀이 두려워졌다.

우리가 학교 다닐 때는 어른들이 공부 열심히 하라는 말씀을 하면서 공부해서 남 주나? 라고 하셨다. 공부해서 남 주면 안 되는 것처럼 말씀하셨다. 요즘은 공부해서 남 줘라! 라고 말한다. 우리가 공부한 것으로 남에게 뭔가를 줄 수 있어야 한다. 좀 더 유익함을 주고, 도움을 주고, 섬기기 위해서 열심히 공부하고 자기 계발을 해야 하는 것이다. 단지 돈을 벌기 위한 것으로 목표가 변해버리면 남 주기 위한 공부가 안 된다. 내 욕심 채우는 돈벌이를 위한 방법일 뿐이다.

난 학교 다닐 때 공부를 열심히 한 편이다. 공부 뿐 만 아니라 맡게 되는 것은 뭐든지 열심히 했다. 뭐든 배우는 것도 좋아했고, 내 실력을 키우는 것에 관심이 많았다. 그러나 그 뿐이었다. 내가 공부한 것을 남을 위해서 사용한다는 생각을 해보지 못했다. 배운 것을 가지고, 내가 할 수 있는 것을 가지고 뭘 해서 돈을 벌까 그 생각 뿐 이었다. 그러다보니 일도 재미없었고, 돈도 제대로 벌지 못했다. 그저 열심히는 했는데 열심히 해야 하는 이유가 없었고, 목표가 없었고, 목적이 없었다. 그래서 열심히 배우고, 익히긴 했는데, 그것을 적절하게 사용하지는 못했던 것 같다. 그러니 동생들은 나에게 이제 배우는 거 좀 그만하라고도 했다. 배운 만큼 제대로 써 먹지를 못하니 다른 사람들이 보기엔 배워 봤자 였던 것이다.

그저 좀 더 완벽하게 내 실력만을 갖추고 싶어 했었던 것 같다. 그럴듯한 사람으로 보이고만 싶어 한 것 같다. 훌륭한 실력을 가져서 그 다음은 뭘 할 것인가?

다섯 개를 가졌으면 다섯 개 만큼 다른 사람을 위해 사용하면 되는 건데 나는 10개가 채워질 때까지는 아무것도 하지 않으려고 했다. 10개가 채워져야만 뭔가를 할 수 있다고 생각했다. 그러다보니 결국은 내 실력은 아무것도 아닌 게 되었다. 요즘은 난 무얼 할 수 있을까 생각해 본다. 내게 있는 게 뭐가 있을까 생각한다. 비록 남은 게 3개 밖에 없다 할지라도 그 3개를 잘 사용해서 지금이라도 남을 위해 주는 인생이고 싶다.

잘 지내는 학원 원장님이 있다. 언니 동생처럼 생각하며 지내는데 작년 5월에 자궁암으로 수술을 받았다. 그리고 다행히 잘 회복되어 건강하게 지내고 있었다. 몸도 더 건강해졌고, 컨디션도 너무 좋다고 했다. 그런데 정기검사 받으러 갔다가 재발이라는 검진 결과를 받고 마음이 많이 낙심되어 있었다. 항암 치료, 방사선 치료를 받고 싶어 하지 않았다. 자연치유법을 찾고 싶어 해서 함께 만나서 이것저것 책도 찾아보았다. 처음엔 무섭다고 어떻게 하면 좋으냐고 전화해서 울던 전날과는 달리 많이 차분해져 있었다.

마음을 편안히 하고 즐겁게 지내라고, 내가 암 환자라 생각하면 정말 그때부터 진짜 환자가 되고 아파지니까 너무 그쪽으로 생각을 두지 말고 마음의 평안을 찾으라고 이야기 나눴다.

만약 처지를 바꿔서 내가 그랬다면 나는 정말로 마음의 평안을 지킬 수 있었을까? 내가 원장님께 위로한 대로 그렇게 나도 암을 아무렇지 않게 받아들일 수 있었을까? 나 역시 누구보다도 작은 것에도 많이 불안해하며 흔들리는 자라는 걸 내가 알기에 난 어쩌면 너무 뻔한 위로를 해주고 있는 건 아닐까 원장님께 미안했다. 암이라는 적군 앞에서 원장님은 많은 것을 내려놓고 있었다. 그동안의 욕심, 더 많은 돈을 벌고 잘살아 보려고 남들과 비교하며 아등바등 살아왔던 모습들, 남편이 마음에 안 든다고 고쳐 보려고 남편에게 함부로 했던 모습들, 많이 미안해하고 후회했다.

　사람은 누구나가 나를 꼼짝 못 하게 하는 적군을 만나게 될 때는 너그러워지고 착해지나 보다. 때때로 나는 똑같이 되풀이되는 일상이 너무 단조롭고 재미없다고, 지겨워죽겠다고 투정을 할 때가 있다. 그렇지만 아무 일도 일어나지 않은 그 심심한 일상이야말로 어쩌면 가장 좋은 선물일 수도 있다. 하루하루의 내 남은 삶이 얼마나 소중한 것인지 우리는 실감하지 못하고 대충 아무렇게나 시간을 보내고 옆에 있는 자들에게 함부로 하기도 한다.

　"만약 오늘 밤 내가 죽는다면……." 오늘밤 내가 죽는다면 난 내 가까이 있는 이들에게, 내가 사랑하는 이들에게, 더 잘하지 못하고 더 사랑하지 못한 거 때문에 분명 후회를 많이 할 것 같다. 내가 더 많이 받아야 했는데, 라는 생각보다 내가 더 줘야 했는데, 더 잘해야 했는데 라는 후회가 더 클 것 같다. 우리는 모두 한 번은 죽는다. 그때를 모를 뿐이다. 영원히 살 것처럼, 죽지 않을 것처럼 서로를 대하고, 미워하고, 싸우면서 지내기도 한다. 남은 내 삶을 좀 더 확실하게 기억하면서 인식하면서 하루를 보내야겠다. 그러면 시간도, 사랑도 헛되이 쓰지 않을 테고, 더 조건 없이 상대를 이해해주려고 하겠지. 다시 맞이하는 아침이 내겐 더 특별한 선물로 여겨지겠지. 그 아침에 눈을 뜨면 오늘도 내가 살아있다는 것으로 내 가슴은 항상 더 큰 감격으로 뛰고 있겠지.

　내일도 나는 다른 길을 걸어 보려고 한다. 아마 오늘 보지 못한 새로운 것이 보일지도 모르니까. 내일은 내 입술의 말이 좀 더 고왔으면 좋겠다. 내 마음 밭이 거칠지 않았으면 좋겠다. 마음은 그렇지 않은데 자꾸 심술 맞은 표현들이 나를 험악하게 만들어 간다. 나와 함께 해주는 좋은 이들에게 그리고 나 자신에게도 더 친절하게, 다정하게, 감사하게 말 걸어보는 하루로 시작하겠다. 내일은 뭐든지 내가 더 주는 마음으로 하루를 시작해야겠다.

누구보다 소중한 나

몸이 너무 아파서 한의원엘 갔다. 체질감별을 하고 치료를 해 주는 곳이었는데 내 체질에 맞춰 내게 해로운 음식들과 유익한 음식들을 적어주시면서 식단을 짤 때 주의하라고 하셨다.

내게 해로운 과일은 감, 앵두, 무화과, 포도, 키위, 파인애플, 바나나, 복숭아, 체리, 다래.

내가 좋아하는 과일은 홍시, 곶감, 무화과, 포도, 키위, 파인애플, 바나나, 복숭아, 체리.

내게 유익한 과일은 수박, 메론, 자두, 앵두, 견과류였다.

수박을 좋아는 하지만 비싸기도 하고, 너무 커서 식구가 없는데다가 아들은 수박을 아주 싫어라 하기에 나 혼자 먹으려고 수박 한 덩이 사기가 만만하지가 않아서 어디 가서 얻어먹기는 해도 내 돈 주고 수박을 산적은 없다. 내가 좋아하는 과일이랑 내게 유익한 과일은 달랐다.

사람도 마찬가지가 아닐까 싶다. 내가 좋아했던 사람인데 가까이 지내보면 나와 여러모로 안 맞는 사람, 그래서 맞춰보려고 애쓸수록 내가 아픈 사람이 있었다. 그 사람이 날 아프게 해서가 아니라 서로 맞추려다 보니 그냥 아픈 거였다. 내게 안 맞다는 건 그 사람도 내가 안 맞다는 거다. 사람 마음은 희한하게도 말하지 않아도 서로가 알게 되는 부분이 있었다.

누구든 찾아온다는 건 좋은 거다. 그런데 내겐 아무도 안 와 줄때가 있었다. 기다리는 사람도 안와주고, 기다리는 건 아무것도 안 올 때가 있었다. 내가 찾아가기도 했지만, 왠지 난 그들에게 귀찮은 존재인 것 같았다. 나 빼고 모두 재미있게, 사이좋게 지내는 것 같았다. 마치 나만 왕따가 된 듯 했다. 그래서 나만 아픈 줄 알았다. 내가 제일 슬프고, 불쌍한 줄 알았다. 내가 제일 힘든 줄 알았다. 책을 읽으면서 나를 다독거려 보기도 했지만, 함께 글쓰기 하는 여러 작가님들의 글을 읽고 사연을 들으면서 나만 힘든 게 아니구나, 내가 제일 아픈 게 아니었구나 하는걸 알았다.

아픔이 있어서 그들은 글을 썼다. 아프니까 사람이라고 했는데, 아프니까 글을 썼던 자들이 내 옆에 많이 있었다. 그리고 그들의 꿈의 이야기를 듣게 되었다. 아 저런 것이 꿈이구나, 꿈은 저렇게 꾸는 거구나 하는 것도 알게 되었다.

내가 어떤 누군가를 보고 있으면 저 사람은 도대체 무슨 생각으로 사는가 갑갑해 하듯이 다른 누군가도 날 보면 갑갑해 할 수 있을 거다. 날 보면서 어떻게 그렇게 사느냐고 숨통이 막힌다는 사람도 있었다. 원래 사람은 자기를 못 본다. 본인은 다 잘하는 줄 안다. 자기는 다 옳은 줄 안다. 자기는 잘하고 있는 줄 안다. 굳이 경쟁하고 비교는 아니더라도 때때로 다른 사람을 통하여 내 모습을 볼 수 있는 사람이 현명한 사람일 것이다.

    내가 초등학교 4학년 때 우리 학교에 배구부가 처음 생겼다. 나는 얼떨결에 반대표 배구 선수가 되어 반 대항 배구시합에 함께 했다. 그때는 배구를 할 줄도 몰랐고, 체육부장에게 배구를 하고 싶은 사람을 뽑으라는 선생님 말씀에 따라 나와 친했던 체육부장이 의리로 나를 뽑아 준거였다. 그땐 친하면 알아서 뭐든 해주는 게 당연했다.

    담임선생님은 배구를 처음 하는 우리에게 얼마나 독하게 연습을 시켰는지 모른다. 모두 배구라는 걸 그때 처음 해봤는데 수업 마치고도 몇 시간씩 연습하고 아침 일찍 가서 또 연습했다. 손목엔 피멍이 들고 화끈거리고 부어서 아팠지만, 얼마의 연습시간이 지나니 손목의 아픔도 무디어져서 아무리 공을 쳐내고 받아도 괜찮았다.

    우리 반은 독한 훈련과 연습으로 4학년 반 대항에서는 남녀 모두 우승을 했고 막강한 팀이라고 인정을 받았다. 6학년 언니 오빠들이 대항을 신청해오기도 했다. 결승전을 할 때는 거의 전교생이 보는 앞에서 우리의 경기가 펼쳐지고 있었다. 서로 이름을 부르며 파이팅을 외쳐 주었고, 날아오는 공을 서로 받겠다고 마이볼을 외치며 긴장하면서 경기에 임했던 우리들의 모습과 함성이 지금도 들려온다. 담임은 연습하는 동안은 어떤 게으름도 허락지 않으시고 절대 우리에게 엄하셨지만 우승한 날은 그렇게 좋아하시며 활짝 웃어주셨다.

    연습을 하기 위해 창고에서 배구공을 하나씩 꺼내 오곤 했는데 딱딱하지 않고 부드러우면서도 잘 퉁겨지는 공을 먼저 고르기 위해 우리는 뛰어가곤 했다. 완전 새 공보다는 어느 정도 적당하게 질이 든 공이 좋았다. 창고 문을 열면 어두운 창고 안으로 햇살이 비쳐든다. 공들이 날 데려가 달라고 서로 아우성치는 것 같았다. 서로 하나씩 공을 고르고 창고 문을 다시 닫을 때 난 남아있는 공을 보면서 저 공들은 어떤 생각을 할까 싶었다. 아무도 날 고르지 않아줘서 다행이다. 여기서 더 쉴 수 있겠구나! 이런 생각을 할까 아니면 아이들에게 뽑히나 가지 못해 속상해할까……

배구공은 배구공의 역할이 있고 쓰임이 있는 건데 뭐든 제 쓰임대로 쓰여야 그게 좋은 게 아닐까 생각했다. 이리 튕기고, 저리 튕기고, 굴러다니고, 손에서 갖고 놀아져야 배구공의 기쁨일 텐데 창고에 남겨진 공들이 제 역할을 못 하고 있어서 안 됐다는 생각이 그때 어린 나에게 왜 들었을까.

그 이후로도 난 뭘 하게 될 때마다 그 도구를 제대로 쓰고 있나 생각하는 버릇이 생겼다. 난 누구나가 자기의 역할이 있다고 생각한다. 쓰임 받는 자리가 다 있다고 믿는다. 남이 보기엔 험한 일이고, 거친 자리라 하더라도 그 쓰임대로 사는 것이 삶의 사명이라고 생각한다.

내 자리는 어딜까. 내 역할은 뭘까. 자신이 쓸모 있는 자라고 느낄 때 행복감을 느낀다고도 하는데 내 자리는 어딜까 종종 물어본다. 내가 내 자리에 잘 있는 건지, 잘 쓰이고 있는 건지……. 내 존재만으로도 난 소중하며 귀한 자인데, 그래도 내 자리를 잘 찾고 싶었다.

나를 향한 크고 작은 계획함 속에는 항상 사랑이 있다는 것을 기억해야 할 것이다. 우리~하자. 내가~해줄게. 네가~하도록 도울게. 나를 키워주고 이끌어 주는 격려의 말속에는 나를 향한 계획함이 함께 있는 것이고, 그 계획함은 나를 향한 애정이 있을 때라야 나온다는 걸 알았다. 나에 대한 관심이 있고, 사랑이 있을 때 우리는 함께 하고 싶은 마음도 생기고, 도와주고 싶은 마음도 생기고, 이끌어주고 싶은 마음도 생긴다. 너 때문에 내가 더 좋은 사람이 되고 싶고, 또 나를 통해 네가 더 좋은 모습으로 변화될 수 있기를 서로가 바라는 것이다.

무엇보다 나를 향한 가장 큰 사랑, 가장 큰 계획함은 하나님 속에 있다는 것을 안다. 나는 오늘 누군가가 나를 향해 작은 계획을 품어 줄 때, 맘껏 기뻐하고 감사 할 것이다. 벌써 한 주가 마무리되는 주말이다. 이번 한 주 동안도 열심히 살아준 나 자신에게 잘했다고 칭찬도 해준다. 물론 하루하루가 다 내 마음에 들고 내가 원하는 대로 된 건 아니지만 그래도 그것이 내가 살아내고 있는 삶이니까.

내게는 "생명"이라는 한 단어만으로도 눈부시다. 어느 친구가 내게 그랬다. 내가 요즘 너무 힘들다고, 숨 막힐 듯 갑갑하다고 그랬더니 날 보고 내면이 강한 사람이라고 했다. 껍데기는 약할지 몰라도 내면은 강해서 사막에 혼자 있어도 잘 살아갈 거라고 말해주었다. 반면에 본인은 겉은 강한 것 같아도 사실은 너무 약해서 누군가 살짝 건드리기만 해도 쓰러질 거라고, 그래서 더 독하게 자신을 강한 척 꾸미고 있는 거라고 했다. 난 누구보다 내가 약하다고 생각했기에 그 친구의 말이 엉터리라고 했었다. 네가 나를 잘못 본 거라고 했었다. 그렇게라도 친구한테 어리광을 좀 부리고 싶었나 보다. 그런데 가만히 생각해보니 내 안에는 생명에 대한 애착이 컸다. 내게 주신 생명, 삶을 귀하게 잘살아내고 싶은 애착. 그것이 나를 강하게 만드는 것이 아닐까.

추운 겨울날엔 특히 발바닥이 따뜻하면 온몸이 따뜻한 것이 참 기분이 좋다. 겨울엔 새벽에 일어났을 때 발바닥으로 전해지는 그 따뜻함이 내 하루의 첫 감사 제목이었다.

한때 너무너무 춥게 살았던 적이 있었다. 방이고 부엌이고 온 바닥은 얼음 장 같아서 발을 디딜 때마다 통증을 느낄 정도로 매년 차가운 겨울을 어린 아들과 보낸 적이 있었다. 내가 추운 건 그래도 괜찮았는데, 어린 아들을 보니 너무 마음이 아팠다. 그때 난 혼자만의 위로를 하며 하루하루를 버텼다. '어디에서도, 어떤 형편에서도 감사하게 살아내라고 하나님이 날 지독하게 훈련하시는구나! 그런 때를 지내와서인지 요즘은 발바닥만 따뜻해도 부자로 사는 듯하다. 그 따뜻함이 얼마나 감사한지 모른다. 그래서 사람도 이렇게 내 안에 군불을 활활 지펴주는 따뜻한 사람이 좋다. 함께 있으면 더 열심히 살고 싶게 해 주는 사람, 내 있는 힘껏 우뚝 일어서게 만들어 주는 사람, 난 그런 사람이 좋다. 내가 만나는 사람이 그렇게 따뜻하면 좋겠고 나를 만나는 사람에게 나도 그런 따뜻한 사람이 되어 주고 싶다.

삶을 사랑하며

내가 초등학생이었을 때 방학만 되면 동생들과 나는 경주 할머니 댁에 가야 했다. 그래서 개학 일주일 전에야 엄마 아빠가 우리를 데리러 오셨다. 우리는 방학 때 마다 시골에 너무 가기 싫었지만 엄마는 할머니, 할아버지께서 우리를 보고싶어 하시기 때문에 방학 때 만이라도 시골에 가 있어야 한다고 억지로 우리를 보내셨다.

우리는 형제가 많아서 우리끼리 넓은 마당에서 리어카를 끌고 타기도 하고, 할머니를 따라 산에 가서 나무를 주워오기도 하고, 저녁 무렵에 가마솥에 소죽을 끓이실 때 아궁이에 감자를 구워먹기도 했지만 대체적으로 시골에서는 심심했다. 별로 재미가 없었다.

동생들이랑 이것저것을 많이 하면서 시간을 보냈지만 아침 일찍 시작하는 시골 생활이라 그런지 하루가 너무 길었다. 마을회관 바로 옆이 할머니 집이라 새벽이 되면 음악소리와 마을회관에서 보내는 방송 안내들 때문에 시끄러운 아침이었다. 그래도 아침마다 스피커를 통해 들려오는 여러 노래들이 난 좋았다. 아주 운치 있고 낭만적인 시골 아침이 좋았다.

엄마는 할아버지 할머니를 기쁘게 해 드리기 위해서 우리를 보내는 거라고, 당연히 가야하는 것으로 말씀하셨지만 아무래도 아이 넷을 시골에 보내놓고 방학 때 만이라도 좀 해방되고 싶으셨던 것 같다. 오후 2~3시 쯤 되면 우리는 따분하다 못해서 네 명이서 마루 끝에 앉아서 하늘만 쳐다보며 따분한 시간을 보내기도 하고, 엄마 보고 싶다는 생각을 참 많이 했었다.

차 소리가 들려오면 혹시나 엄마가 우리를 데리러 온 건 아닐까 귀가 쫑긋해 지기도 했다. 그래도 심심한 건 그럭저럭 견딜 수가 있었지만 저녁 5시~6시가 되면 매일 술을 마시고 오시는 할아버지 때문에 우리는 너무 불안한 시간을 보내야 했다.

술에 잔뜩 취해 오셔서는 할머니를 괴롭히고, 긴 장대로 할머니를 따라다니면서 때리고, 칼로 죽이겠다고 위협을 하곤 했다. 할머니는 익숙한 듯이 같이 악을 쓰고 욕을 하면서 피해 도망 다니셨다. 매일 그렇게 사시는 할머니가 불쌍했다. 우리도 할아버지가 오실 때가 되면 다른 곳으로 나가 버리든지, 아니면 할아버지가 안 보이는 곳으로 숨어 있곤 했다. 저녁을 일찍 먹고는 할아버지가 우리를 찾으실까봐 초저녁부터 이불을 덮어쓰고는 자는 척 했다. 어쩔 때는 자고 있을 때도 일부러 깨워서는 우리를 괴롭히셨다. 우리들에게 폭력을 쓰지는 않으셨고, 우리가 좋아서 하는 표현이라는 건 알겠는데 난 할아버지의 술에 취한 그 모습이 너무 싫고 무서웠다. 그래서 방학 때 마다 시골 가는 것이 너무 싫었다. 내가 중학교를 가면서는 보충수업 때문에 오래 있지는 못했지만 그래도 일주일씩이라도 시골에 있다가 와야 했다. 할아버지의 술주정을 다 알고 계셨고, 우리가 그렇게 싫어하고 힘들어 하는 거 아셨으면서도 억지로 시골로 보내셨던 부모님이 좀 원망스럽기도 했었다.

　하루도 빼놓지 않고 술을 드셨고, 하루도 빼놓지 않고 똑같은 시간에 할머니를 괴롭히는 주정을 부리시던 할아버지는 다음날 아침이면 완전 다른 사람이셨다. 그렇게 점잖고 말씀도 없고 좋은 분이였던 것이다. 그런데 저녁에 들어오시는 할아버지는 눈동자부터 풀려서 완전 헐크처럼 변하는 거였다. 아침 시간에 사랑방에 계신 할아버지께 가까이 가는 건 오히려 따스함마저 느껴질 정도였지만 할아버지의 변신이 시작되는 공포의 시간이 다가오면 우리도 함께 할아버지를 피할 준비를 하고 있었다.

　난 남편이 술을 마시고 새벽에 들어오면 일부러 더 모른 척 한다. 잠이 깨기는 하지만 누워서 숨도 쉬지 않고 자는 척, 아니 차라리 죽은 척을 한다. 남편은 술이 취해 왔으니까 내가 자기 옷도 벗겨 주고, 일어나서 이것저것 챙겨주기를 바랬다. 나도 그래야지 생각은 하면서도 막상 술에 취해 들어온 남편의 기척이 들리면 꼼짝도 안하고 조마조마하면서 누워 있었다.

　난 내가 왜 그러는지 몰랐는데 어릴 때 할아버지에 대한 기억 때문에 내 안에 두려움이 가득해 있다는 걸 알았다. 남편은 술을 마시고 와도 대체적으로 조용히 자는 편이고, 자고 있는 나를 깨우는 것도 장난임을 아는데도 난 신경이 예민해져 있어서 남편의 어떤 접근도 싫었다.

　술주정 하던 할아버지에 대한 두려움이 내 안에 남아 있어서 남편도 그렇게 보고 있었다. 내 잠재의식 속에 많은 것들이 숨어 있다는 걸 요즘 다시 알게 되었다.

　벌써 6월이 끝나간다. 한해의 반이 지나가고 있는 거다. 시간을 헛되게 보내지 않으려고 하루하루 꼭꼭 다지면서 보내려 하는데 그래도 지나간 시간은 아쉬움이 남는다.

오랜만에 갈치도 굽고 된장찌개도 끓인다. 미드덕과 오만디도 넣고 맛있게 끓여지길 바라면서 점심 준비를 했다. 남편이 미워지면서부터 밥 해주기가 싫었다. 밥 차려주는 건 시간이 안 맞아서 못한다 해도 먹을 수 있도록 뭔가 준비 해두는 것도 하기 싫었다.

남자들은 밥만 잘 차려줘도 사랑받는다고 느낀다는데, 그래서일까? 남편이 미워지면 밥부터 해주기 싫은 게 여자들의 같은 마음일까?

남편과 화해가 시작된 건 아니지만 남편이 좋아하는 된장찌개를 끓이고, 언젠가 먹고 싶다던 갈치도 구웠다. 누구든지 항상 먼저 하는 자가 있어야 하는 법, 그것이 또 내가 '먼저'하는 쪽이 된다 하더라도 억울해하지 말자.

내가 나를 사랑하고 존중하는 마음이 있으면 그건 아무것도 아니다. 내가 먼저 대접받아야 하고 사랑받아야 한다는 생각이 있을 땐 "내가 먼저 다가감"이 자존심 상하는 문제이지만, 내가 이미 나를 존중하고 있다면 그건 큰 문제가 아니었다.

난 생각만 너무 복잡하고 많은 자인지도 모른다. 당당하게 그러나 부드럽고 공손하게 말로 표현하기를 해 봐야겠다. 그리고 떠오르는 나에 대한 부정적인 생각들을 거부하겠다. 우린 모두 부족하고 연약하지만 있는 그대로를 사랑하는 것이 모두 필요하다. 남편과의 문제를 어떻게 해결할 것인가 보다 먼저 나를 어떻게 더 존중하고 사랑할 것인가에 집중하니 남편 앞에서의 자존심이 별로 그렇게 중요하게 여겨지지 않았다.

생각을 바꿔보기로 했다. 지금 난 외로운 게 아니라 자유로운 거라고, 남편이 내게 무관심한 것이 아니라 나의 자유로움을 존중해주는 거라고, 내가 아무것도 못 하도록 참견하고 간섭하고, 트집 잡는다면 난 또 얼마나 답답해서 견디기 힘들어하겠는가. 내가 뭘 해도 어디를 가도 나의 목적지를 물어주지 않으니 오히려 다행이고 감사하게 생각하련다. 외출하는 마누라한테 어디 가느냐고 물어보는 남자는 요즘 간 큰 남자라고 하지 않는가. 지금 내 모든 상황을 내게 좋은 것으로 해석하고 받아들이자,

어떤 이는 남편이 집안일도 너무 잘 도와주고 자상해서 집안일은 자기가 손 댈 것 없이 없단다. 그런데 그 남편이 미워죽겠다고 했다. 그 집 남편은 명절이 되면 현금 서비스 50만 원을 받아서 친정에 보내라고 한단다. 친정에 보내는데 왜 미워요? 그랬더니 형편도 안 좋은데 뒤처리는 자기한테 다 맡기고 일만 벌여 놓는단다. 너무 착해서 사기 당하기 일쑤고 실컷 일하고 받을 돈도 못 받아와서 부인인 당신이 나서서 받아올 때도 잦다고 했다. 일은 고생스럽게 하는데 집에 가져오는 돈은 하나도 없고, 그런 남편이 너무 싫단다. 이혼하고 싶어서 남편이 바람피우기를 바란다고 했다. 난 그 사람 이야기를 들으면서 나도 남편이 친정을 좀 챙겨줬으면 좋겠는데 친정 생각해주는 그 남편 마음이 부러웠던 적이 있었다.

시어머니 모시고 아들, 남편의 모든 손과 발이 되어 움직여주며 자기 시간은 하나도 없다는 동생이 내게 제일 부러워하는 것은 토요일마다 서점 가서 온종일 시간 보내고 오는 나의 자유로움이었다. 난 남편의 손과 발이 되어 모든 것을 함께 하는 동생 부부의 하나 됨이 부러웠던 적도 있었다.

누구나 나에게 없는 것을 가진 자를 보면 부러운가 보다. 그러나 내가 부러운 그것이 그 사람은 가장 버리고 싶은 것일 수도 있겠다 싶었다. 모든 건 내가 생각하기 나름이었다. 나를 비난하는 나쁜 습관에서 벗어나 건강해지기로 선택하고 결정하고 나니 하루를 보내는 것이 훨씬 수월했다. 오늘 하루 기분 나쁜 감정에 쌓여 있지 않아도 되었다.

새벽에 남편은 술이 잔뜩 취해서 휘청거리며 들어왔다. 남편이 술 마시고 들어오면 여전히 긴장된다. 그러나 내게 또 뭐라고 섭섭한 소리를 해도 그 말 때문에 흔들리지 않겠다고, 그래도 난 사랑스럽고 소중한 존재라고 내가 나를 받아들이고 나니 남편의 어떤 모습에도 마음의 큰 요동함이 없음이 신기했다.

술 때문에 몸도 가누지 못하는 남편이 옆에 털썩 쓰러지듯 누워서는 또 혼잣말로 중얼거린다. "니는 나를 안 좋아하겠지만 나는 니 좋아한다. 내가 어떻게 해도 아 저놈이 힘든가 보다, 힘들어서 저러나 보다 하고 생각해라. 그냥 그렇게 생각하고 지내면 된다."

아마 남편도 취중에 어렵게 속마음을 꺼내 놓은 듯했다. 낮에 내가 먼저 말을 시작하고 작은 움직임을 보였더니 남편도 어렵게 속마음을 내보일 수 있는 것으로 생각했다. 남편은 여느 때처럼 또 다른 말도 했다. 평소 땐 안 그러는데 술만 마시면 언제부터인가 내게 기분 나쁜 말을 한마디씩 했다. 취중에 한 남편의 말은 모두 진심일수도 있고 아닐 수도 있다. 그러나 어떤 말을 어떻게 받아들일지 선택하는 건 내 몫이었다. 어떤 선택이냐에 따라 나의 태도도 달라진다. 술만 취하면 자꾸 산에 들어가 혼자 살 거라고, 떠나고 싶어 하는 저 남자의 말은 협박이 아니라 호소가 아닐까 싶었다. 남편인 자기를 봐달라고, 자기의 존재를 알아봐 달라는 부르짖음이 혹시 아닐까 싶었다.

사람은 어렸을 때 애착 형성에 따라 애착 유형이 정해진다고 한다. 그중에 회피형은 곤란한 문제가 생기거나 힘든 일이 있어도 털어놓지 못하고, 의논하지도 못한다고 한다. 자신의 감정을 표현하는 것도 불편해하고, 다른 사람들과 친밀한 관계를 맺는 것도 서툴다. 도움을 필요로 할 때는 귀찮아하고 피하려 한다. 또 다른 유형으로 불안형이 있다. 이는 지나칠 만큼 친밀한 관계를 요구하며 걱정이나 스트레스로 힘들 때 주변의 도움을 얻으려고 하고 이야기하며 공감을 얻기 원한다.

남편은 정확한 회피형이었고 난 틀림없는 불안형이었다. 남편은 감정 표현하기를 불편해하고 다른 사람과 친밀해지는 것이 어려운 사람인데 난 끊임없이 그런 남편에게 따뜻한 말과 지지를 원하고, 친밀함을 원하고 있었다. 내가 원하는 건 남편에게는 엄청 힘든 거였다. 남편의 무관심이나 비난이 내게 상처가 되는 것은 맞았다. 그러나 이제 왜 그렇게 남편이 내게 비난하는 듯 한 태도를 보였는지도 알게 되었다.

아 이렇게 남편과 나는 다른 사람이구나…… . 나는 한동안 남편이 나와 다르다는 것보다 틀리다는 생각을 더 많이 하고 살았는지도 모른다. 남편이니까 이 정도는 이해해 줄 거고, 이해해줘야 하는 거라고 기대했었고, 당연히 이해해줄 것으로 생각했었다. 그런데 그때마다 내 기대와 다른 반응을 보이는 남편을 보고 틀렸다고 단정 지었는지도 모른다. 그리고 보면 우린 서로에게 참 서툰 부부였다. 난 나를 표현하는데 서툴렀고, 남편은 나와 함께 공감해주는 것에 서툴렀다. 아프다는 것이 어떤 건지 모르는 사람 앞에서 내가 아무리 아프다고 해봐야 마음은 뻔해도 무슨 말로 어떻게 공감하고 위로해줘야 하는지를 모르는 서툰 사람이었다. 우린 완전히 유형이 다른 사람인데 서로를 향해서 틀렸다고 하고 있으니 함께 상처받고 긁히고 있었구나.

남편도 어릴 때 어머님이 돌아가셨으니 애착 형성에 문제가 있었을 거다. 남편이 나쁜 사람이 아니라 우리는 모두 상처 가운데 있는 어른이구나 하는 걸 알게 되자 남편을 향한 섭섭함이, 남편을 향해 날이 서 있던 감정들이 수그러들기 시작했다. 말하지 못하는 저 마음은 얼마나 답답할까? 표현하지 못하는 저 마음은 얼마나 불편할까?

새벽에 이렇게 술 취한 남편 때문에 잠이 깨어 있었지만 난 그렇게 화가 나지도 분노가 일지도 남편이 밉지도 않았다.

당신 참 힘드나 보네요.

남편을 알고 나를 알게 되니 이해의 폭도 커졌다. 그렇지만 표현할 줄 모르고, 도움 주기를 불편해하는 남편이라도 우리가 함께 사는 이상은 서로 노력은 해야 할 것이다. 물을 줘야 자라는 식물에 물을 주지 않으면 마르고 시들어서 결국 죽어버린다. 난 물이 필요한 자인데 물 주기가 귀찮다고, 물주는 것이 서툴다고, 날 내버려 두는 건 날 말라 죽게 하는 거다.

나도 남편을 이해해야겠지만 남편 역시 날 이해하고 지지해주고 용기 주는 한마디씩 해 주는 노력은 해 줘야 할 것이다. 다른 관계도 마찬가지인지만 특히 부부는 한 사람만의 일방적인 희생과 참음으로 살아지는 것은 아니라는 걸 알게 되었다.

남편은 나와 다른 사람이다. 이젠 그 사실을 편하게 받아들이려고 한다. 그래도 내가 감기몸살이든 어디가 아파 누워있을 때, 많이 아프냐고 한마디쯤 다정하게 물어봐 주지 않으면 섭섭하고 속상한 마음은 여전히 들 것 같다. 그리고 서로 다름을 인정하면서도 함께 가야 하는 자가 바로 부부가 아닐까 생각한다.

내가 나를 먼저 사랑하기로 마음먹고 상처받지 않기로 하고, 남편이 어떤 사람인지, 나는 어떤 사람인지 조금이나마 알고 나니 남편의 모습이 들어온다. 남편의 말이 제대로 들려온다. 난 앞으로도 나와 사이좋게 지낼 거다. 난 틀린 자가 아니라 다른 것일 뿐임을 인정하고, 내가 나에게 함부로 했던 것에 사과하고 나를 칭찬해주고 나를 향한 비난의 말은 거부하면서 나를 아껴 줄 거다. 우리의 관계에 다시 물을 주고 정성을 들여 새로운 노력을 해 봐야 할 것 같다.

곁에 있어 소중한 사람들

알람 소리에 벌떡 잠이 깼다. 시간은 4시 30분. 새벽녘에 술 한 잔하고 들어온 남편은 한잠 들어있고, 아들은 곧 일어날 시간이다. 갑자기 엄마 생각이 났다. 엄마는 나만 보면 잘 우셨다. 큰딸이 늘 아픈 손가락이 되어 엄마 가슴을 때리나 보다. 부모님이 내 곁에 계셔주심이 얼마나 힘이 되고 감사한 일인지 눈 뜨자마자 부모님 생각에 마음이 짠해진다. 솔직히 부모님이 내 옆에 안 계신다는 건 아직 상상도 하기 싫은 일이다. 아직 내 옆에 내가 기댈 수 있는 이들이 있다. 다행이다. 정말 다행이다.

엄마는 내 손 잡고 병원 갈 때마다 마치 날 달래듯이 바나나 맛 단지 우유를 사주셨다. 엄마도 힘들었을 텐데 항상 병원 주사 맞고 나오면 수고했다며 병원 매점에 들러서 꼭 하나씩 사주셨다. 그때는 이 바나나 맛 우유를 아무렇게나 살 수 없었던 귀한 것이었는데 엄마는 아픈 딸을 위해 큰맘 먹고 사주신 것이었다. 난 사실 우유를 안 좋아한다. 그나마 내가 마셨던 우유는 바나나 맛 단지 우유이다. 바나나 맛 우유를 보면 항상 병원 다니던 생각이 나고 엄마 생각이 난다. 우리 아들은 나중에 뭘 보면 내 생각이 날까?

어릴 때는 엄마가 옷을 주로 크고 퐁당 한 걸로 사서 입혀 주었다. 한 번 사면 오래 입혀야 하고 동생들이 물려받아 입을 것까지 생각해서 그랬겠지. 대학을 가고 내 옷을 내가 사 입게 되면서부터는 난 바지도 스커트도 그냥 입는 법이 없이 수선을 맡기곤 했다. 기장을 줄이고, 옆트임을 하고, 바지통을 줄이고 거의 모든 바지를 줄여서 내 몸에 딱 맞춰서 입었는데 차라리 내가 재봉 기술을 배워서 직접 수선해 입을까 하는 생각도 들었다. 어쨌든 내가 수선집을 오고 갈 때마다 엄마는 언제나 같은 잔소리를 하시며 나를 말렸다. "지금 딱 이쁜데 뭘 줄여?" 내 눈엔 안 이쁜데 엄만 무조건 이쁘단다. 그래서 거의 엄마 의견은 늘 무시했었다. "엄만 요즘 유행을 몰라서 그래~"라며.

작년에 아들이 졸업식에 입을 정장을 한 벌 샀다. 매장에서 입어보고 수선까지 다 해 온 옷이었는데 집에서 구두까지 신고 정장을 다시 입고 꼼꼼하게 점검하더니 마음에 안 드는 부분이 있다고 바지를 수선하겠다고 했다. 얼마나 까탈스럽게 옷매무새를 살피는지 같이 봐주다가 슬쩍 짜증이 났다. "지금 딱 이쁜데 뭘 줄여?"

"엄마 때의 정장 스타일로 보지 마세요. 요즘은 이렇게 안 입어요."

내 눈엔 진짜 딱 이뻐 보였다. 이런 대화를 하다 보니 나도 울 엄마처럼 말하고 있구나 싶었다. 아들도 바지를 그냥 입는 법이 없이 자기 맘에 들도록 모양새를 만들어 수선해 입는다. 나도 그랬으니까 그 마음을 충분히 안다. 엄마가 그만하라고 잔소리할 때 내가 어떤 생각을 했는지 난 알기에 아들이 하고자 하는 그 마음도 인정한다.

- 엄마! 이거 어때요?

- 이쁜데~ 좋아~~

- 무조건 다 이쁘다 하지 말고 정확하게 봐 주세요.

- 이뻐, 정말로!

어쩌면 아들도 자기 눈엔 아닌데 무조건 좋다, 예쁘다, 해주는 내 의견은 별로 정확하지 않다고 생각하나 보다. 그저 요즘, 내가 자꾸만 예전에 엄마처럼 말하고 있는 나를 발견하면서 이렇게 나도 엄마가 되어가나 보다~ 생각이 들었다. 그래도 살아보렴! 무조건 내 편 해주고 무조건 예쁘다, 좋다 해주는 한 사람이 때로는 얼마나 필요하고 고마운지 너도 알 거다.

아들이 어릴 때 친정엄마께 맡겨 놓고 일을 하러 다녔다. 그런데 아버지 사업이 잘못되고 형편이 어려워지자 엄마도 그때부터 식당일을 하러 다니셨다. 할 수 없이 어린이집에 아들을 보냈는데 아들이 어린이집에서 돌아오면 나도 없고, 할머니도 없었다. 그러나 우리의 모든 상황을 아시는 동네 여러 할머니가 아들을 돌보아 주셨다. 아들은 동네 할머니들과 아저씨들을 모르는 이가 없었다. 지금은 아들을 돌보아 주셨던 그 할머니들이 많이 돌아가셨고 살아 계신 분들도 연세가 80이 넘었다.

동생들도 일을 마치고 오거나 쉬는 날에는 조카인 우리 아들을 맡아서 돌봐주는 것이 당연한 때가 있었다. 어느 날 남동생이 지금의 올케와 사귀고 있는 중에 집에 놀러 와 있었다. 그때 마침 아들이 감기 기운이 있어서 병원을 다녀와야 했었다. 난 직장에 있었기에 남동생이 올케와 함께 병원을 다녀왔고 약을 받아 왔었다. 그런데 둘은 아직 결혼하기 전이었고, 아이를 키워 본적이 없다보니 약을 어떻게 먹여야 하는지를 몰라 복용량보다 훨씬 많은 약을 어린 아들에게 먹여 버렸던 것이다. 아들은 밤사이 열이 많이 오르고 아파서 다음날 병원 가서 다시 링거를 맞아야 하는 때가 있었다.

그렇게 서툴던 올케와 남동생이 지금은 아이 셋을 나아서 너무도 잘 키우고 있다.

아들이 다니던 피아노 학원의 선생님도 아가씨였는데 아들을 조카처럼 잘 봐 주어서 내가 직장 때문에 낮에 아이를 챙길 수 없을 때 선생님이 아들을 데리고 병원도 다녀주고, 예방 접종도 맞춰 주러 다녔다. 학원에서 놀다가 머리를 다쳤을 때는 아이를 업고 이 병원 저 병원을 뛰어 다니기도 했다.

지금껏 아들과 나는 이렇게 다른 이들의 도움으로 살아왔다. 내 힘으로 산 것이 아니라 다른 사람의 도움으로 살아왔고, 지금도 그렇게 살아가는 거라고, 그 고마움을 잊으면 안 된다고 아들에게 종종 이야기한다.

옛날 생각이 많이 난다. 중학교 때 내가 사춘기를 좀 심하게 보냈다. 나는 잘 모르겠는데 옆에서 동생들이 내게 피해를 많이 입었나 보다. 동생들은 모이기만 하면 나의 사춘기 시절에 내가 부린 행패를 드러내어 이야기하곤 한다. 듣다 보면 내가 어릴 때 동생들한테 그렇게 못 때게 굴었었나 싶다.

특히 둘째 동생이 제일 많이 당했나 보다. 옛날이야기가 나오면 제일 분을 낸다. 동생 말에 의하면 내 일기장을 동생이 훔쳐봤다가 나한테 뺨을 맞아 코피도 났단다. 난 일기 숙제 안 하고 그냥 자는 동생을 위해서 일기도 대신 써준 좋은 언니였다는 기억만 난다. 내가 왜 그랬을까. 동생이 언니 일기장 좀 볼 수도 있는 거지. 내가 그렇게까지 성질을 부렸다고 생각 안 드는데, 솔직히 내가 그랬는지 기억도 나지 않는다. 동생은 억울한 듯이 목소리를 높였다. 어떻게 기억이 안 날 수가 있냐고.

상처받은 사람, 맞은 사람은, 사과를 받아도 분이 안 풀릴 텐데 때린 사람이 기억나지 않는다 하니 얼마나 억울할까. 동생한테 내가 그렇게 마음의 빚진 것이 있는데도 동생 득을 크게 보고 산다. 항상 나한테 언니로 인정해주지만, 눈 빛은 '언니인 너 보다 내가 낫다'라고 말하고 싶어 하는 것 같았다. 얼마나 나 때문에 상처가 많았을까. 동생은 내가 아플 때 엄마 품을 떠나 할머니 곁에서 자라야 했고, 늘 아픈 언니에게 관심과 시선이 집중되어 있을 때 본인은 뒷전으로 물러나 있어야 했다. 얼마나 외로웠을까.

공부 잘한다고, 아프다고, 특별히 언니만 더 챙기는 부모님 곁에서 심적으로 많이 불편하고 비교도 많이 당했을 거다. 난 왜 그렇게 나밖에 모르고 살았을까. 왜 똑같이 동생도 엄마 아빠 사랑을 필요로 한다는 걸 몰랐을까.

남편이 내게 상처 주는 말을 한다고 늘 불평했다. 그리고 그런 말을 해놓고, 그렇게 행동해놓고 어떻게 기억을 못 할 수가 있냐고 혼자 분개했었다. 너무 부끄럽다.

사람은 모두 자기는 못 보고 다른 사람만 본다. 그리고 자기의 잘못은 잊고 싶어 한다. 남편이 내게 준 아픔이 많다고 내가 항상 피해자라고 생각했는데, 남편도 나 때문에 상처받아 아픈 적 많았겠다는 걸 알았다.

남편의 모습 중 내가 그렇게도 싫어하는 모습은 어쩌면 바로 내 안에 있는 모습이 아닐까. 나를 좀 알라고, 나를 좀 제대로 보라고 나와 똑같은 사람을 옆에 두고 거울처럼 보게 하시는 건 아닐까.

난 요즘 올케를 보면 참 이쁘다. 남동생이 하는 일이 힘든 때가 많고 이런 저런 문제가 많은데도 불구하고 늘 웃어주고, 밝은 모습이다. 부부 일은 당사자 말고는 모른다고 하니 집에서 동생한테는 어떠한지 몰라도 시댁에 와서는 그래도 이쁜 모습 보여주니 고마웠다.

난 우리 형님들 앞에서 그렇게 이쁜 올케가 아닐 것이다. 나 힘들어요, 나 고생해요 라며 얼굴에 못마땅한 티를 팍팍 내고 있었는지도 모른다.

난 내가 순하고 착한 사람인 줄 알았다. 늘 참고 살고 온유한 사람인 줄 알았다. 믿음이 큰 사람인 줄 알았다. 내 안에 사랑이 넘치는 사람인 줄 알았다. 그리고 난 내가 받은 상처가 너무 많다고 생각했다. 그런데 아니었다. 모두 착각이었다. 난 언제든지 성질을 잘 내었고, 내 맘대로 하고 싶어 한다는 걸, 또 그렇게 해왔다는 걸 알았다. 내 입술의 말은 악을 가득 담아 말 해왔고, 늘 그렇게 말하고 싶어 한다는 걸 알았다. 내 생각은 악한 것을 오히려 더 잘 쫓아가고 있음을 알았다. 배려하고 이해하고 용서하기보다 정죄하고 비난하는 것에 더 익숙함을 알았다. 그리고 내가 바로 다른 이들에게 상처를 주고 살고 있다는 걸 알았다. 그 모든 걸 난 여태 착각하고 살았다. 형제의 눈 속에 있는 티는 보고 내 눈 속에 있는 들보는 깨닫지 못하고 살아왔다. 난 하나님 앞에서 항상 착한 죄인이라 생각했던 것 같다.

오늘 갑자기 나의 착각이 보였다. 부끄러워 얼굴을 못 들겠다.

비록 한때 미웠던 사람이라도 누구 하나 내게 소중하지 않은 사람이 없다.

내 안에는 좋은 것이 많다

반가운 비가 내리는 기분 좋은 월요일이다. 비 소리도 좋고, 떨어지는 빗방울 맞는 것도 좋아하고 촉촉이 젖어있는 세상을 보는 것도 좋다. 흙냄새, 돌 냄새, 풀냄새, 땅 냄새가 올라오는 것도 좋다. 아직 소녀 감성이 남아 있는 건지 빗소리에 마음이 싱숭생숭해진다.

나는 매일 계획 세우기를 좋아하고 그 계획대로 하루를 살아가는 것을 좋아한다. 계획대로 되지 않으면 뭔가 찝찝하고 내가 아무것도 안 하고 있는 듯한 실패감에 젖어 때론 자책하고 우울해할 때도 있다. 조급해하고 불안해하고 뭔가 늘 해야 한다는 생각에 눌려 있고, 뭐든 내 생각대로 척척 진행되기를 많이 원하고 있다. 내가 너무 나를 몰아세우나? 나를 너무 갑갑하게 만드나? 이런 내 성격 때문에 내 옆에 사람까지도 불편하게 만드나 싶어 한때는 이런 나를 버리기로 했었다. 고쳐 보기로 한 거다. 뭐든 열심히 해야 하고, 잘해야 한다는 내 욕심을 내려놓고- 하는 만큼만 하면 되지~ 중간만 하면 되지~라며. 설렁설렁 해

보려고도 하고, 일부러 계획 없이 하루를 보내보기도 했다. 나의 예민함을 단순화시키기 위한 노력이었다. 그런데 문득. 꼭 나를 이렇게 버릴 필요가 있을까? 바꿀 필요가 있을까? 하나님은 사람을 다 필요에 따라 지으셨고 각 사람의 성향과 기질대로 사용하시는데 이런 내 모습도 하나님이 주신 건데 꼭 바꿔서 남처럼 될 필요가 있겠냐는 생각이 들었다. 나를 바꾸는 게 아니라 있는 그대로의 나와 다른 사람을 받아들이고 먼저 사랑해 주는 게 필요할 것 같았다. 내가 나를 상처 주는 일을 멈추고 나를 더 다독거려 줘야 할 것 같았다. 그러고 보니 너 미워, 너 틀렸어, 너 왜 그러니. 이런 말로 항상 내가 나를 못마땅해 하고 아프게 해왔다. 어느 글에 보니 누구나 상처받은 내면의 아이를 가지고 있다고 했다. 난 내게만, 아니 특별한 몇 명에게만 그 아이가 있다고 생각했는데, 그게 아니라 모든 이의 내면에는 그 상처 받은 아이가 산다고 한다. 이젠 내가 나를 위로해 줄 때인 것 같다. 다른 누구도 아닌 나를 안아주고 이해해주고 사랑해 줄 때인 거 같다. 하나님은 나를 다른 사람으로 바꾸려고 하는 것이 아니라 내 모습 그대로를 사랑하시며 또 내가 다른 사람을 받아들이고 사랑하며 살 수 있도록 나의 모난 부분을 조금씩 다듬어 가는 걸 원하실 거다. 내 곁에 날 힘들게 하는 사람을 통하여 날 훈련하고 계신지도 모르겠다. 어쩌면 지금 내 곁의 그 사람이 바로 하나님의 도구인지도 모르겠다.

내가 가진 좋은 것 중 유익을 다 누리지 못하고 일부만 사용하고 있는 것은 뭐가 있을까? 나는 성경공부 나눔 시간에 그에 대한 답을 '나라고 했다. 내 안엔 하나님이 주신 좋은 것들, 은사들이 많은데 그걸 제대로 활용하지 못하고 누리지 못하고 묻혀 둔 것이 많은 것 같다. 여태 내 안에 어떤 좋은 것이 있는지도 몰랐고, 알려고도 안 했고, 있을 거라는 생각도 안 했었다. 어떤 이는 자기가 가진 좋은 것으로 '남편'을 이야기했다. 남편을 옆에 두고도 제대로 그 유익을 누릴 줄 모른다고. 처음엔 웃음이 났지만 어느 정도는 공감이 되기도 했다. 그러고 보면 난 지극히도 남편 활용을 못 하고 있는 것이었다.

내 안에는 좋은 것이 많다. 이제부터 매일 하나씩 내 안의 보물을 찾아내기. 그리고 좋은 것을 끄집어내어 잘 만들어 갈 수 있도록 오늘 하루도 열심히 살아내기 약속을 한다.

한 직업을 오래 하지 못해서 어떤 이는 내게 싫증을 잘 내는 사람이라고도 했다. 반면에 새로운 것에 도전하기를 좋아하고 열정적이라고 말하는 사람도 있다. 그래서 이런 내가 부끄럽기도 하고 자랑스럽기도 하다.

그럼 다른 사람의 평가에 대해서 나를 바라보는 나의 진짜 생각은 어떠한가. 난 뭐든지 해 보려는 내가 자랑스럽고 좋다. 두려워서 아무것도 시도하지 못하고 억지로 붙들고 가며 타성에 젖고 식상함에 젖어서 사는 것보다 이것저것 시도해보고 준비해보는 내가 난 좋다. 내가 좋으면 된 것이다.

〈자존감 수업〉이라는 책을 읽다가 여러 지인에게 나의 좋은 점에 대해서 몇 가지 적어 달라고 한 적이 있다. 내가 평소에 생각하던 부분도 있고 나도 몰랐던 의외의 장점들을 봐준 이도 있었다. 또 내가 단점이라 생각하던 모습도 있었는데 그것을 오히려 좋게 봐주는 이도 있다니 의외였다. 나의 좋은 점들을 가까운 지인들에게 이렇게 의도적으로 듣게 되니 더 잘하고 싶은, 잃어버리고 무디게 있던 내 모습들을 다시 깨우는 계기도 되었다.

난 학교 다닐 때 공부를 열심히 했다. 내가 특별히 머리가 좋다는 생각은 하지 않았다. 오히려 늘 부족하다고 생각했으며 뒤처진다고 생각했다. 그래도 괜찮았다. 다른 아이들이 한 번 만에 외우면 난 세 번 네 번 다섯 번 하면 된다고 생각했다. 너무 잘해서 눈에 띄고 싶지도 않았고, 너무 못해서 튀고 싶지도 않았다. 딱 보통만 하고 싶었고 보통만 하기 위해 남들보다 더 열심히 해야 한다고 생각했다. 그래서 어떤 일을 하게 되면 마음의 끈부터 조르고 달려든다. 난 남들보다 더 달려야 한다는 생각이 있었기에 그 모습이 다른 사람들이 볼 때 열심히 하고 성실한 모습으로 보이는 건지도 몰랐다.

다른 사람을 편하게 해 주려면 내 안에 평안함이 먼저 있어야 한다. 다른 사람에게 기쁨을 줄 수 있으려면 내 안에 기쁨이 먼저 차야 한다. 다른 사람에게 사랑을 주고자 한다면 내가 먼저 사랑이 가득해야 한다. 그 평안과 기쁨과 사랑이 내 안에 먼저 채워져야 다른 누군가에게로 흘려보낼 수 있는 것. 그래서 오늘도 나와의 약속은 내 마음을 항상 기분 좋은 상태로 유지하는 것. 이렇게 내 안에 좋은 것으로 가득 채워 본다.

몸이 점점 약해지고 내 기억력이 점점 흐려지는 것을 느낄 때마다 하나님을 더 의지해야 함을 생각하게 된다. 불과 2년 전만 하더라도 난 모든 것에 의욕이 넘쳤다. 무언가를 하더라도 평범하게 하고 싶지 않았고, 사람을 기쁘게 해 주고 싶었다. 작은 것 하나에라도 반짝반짝 아이디어를 생각해내었고 그 즐거움을 주는 것이 나도 기뻤다. 그런데 요즘은 내 의욕이 거기까지 가 주지를 않는다. 나이가 들어가면서 힘이 점점 빠진다는 것이 이런 것인가 보다. 육신의 힘도 빠지고 마음의 힘도 빠지고 있었다. 그리고 꼭 집중해야 하는 것에 마음의 힘을 더 쓰도록 자연스럽게 적응해 가는 중인 것 같다. 처음엔 이 상황을 받아들이기가 힘들었고 받아들이기 싫었다. 마음은 삼십대의 그 의욕을 그리워하며 그렇게 살려고 하는데 몸은 안 따라 주니 내가 형편없는 사람이 되어 버린 것 같았다.

내 안에 삶에 대한 열정은 꺼지지 않았다. 그러나 그 열정을 끄집어내는 방법은 달라져야 할 것 같다. 아직 뭐라도 할 수 있는 가장 좋은 때라고도 할 수 있지만 이제 내 인생의 두 번째 무대에서는 어디에 더 집중하며 살아야 하는지를 알고 그 일에 집중하며 살고 싶다.

　나를 만나는 사람들의 반응은 보통 두 가지다. 처음에 날 보면 모두 똑같이 말한다. "참 말이 없네요." "진짜 조용하시네요." 그러나 나를 조금이라도 아는 사람이 옆에 있으면 아주 적극적으로 이렇게 대신 말해 준다. "아니에요. 해야 할 말 있을 땐 말 잘해요." 난 해야 할 말보다, 하고 싶은 말이 있을 땐 꼭 하는 편이다.

　내가 하고 싶은 말

　·

　·

　사실은 난 하나님에 대해서 하고 싶은 말이 참 많았으면 좋겠다.

아들, 너는 내게로 온 최고의 선물

가끔은 그냥 혼자가 되고 싶은 때가 있다. 그럴 땐 물 한 병 들고 집을 나선다. 마침 비도 오고 날씨도 덥지 않고 혼자 산책하고 생각하기 좋은 날씨다. 우산 쓰고 걸어 보는 것도 오랜만이다. 우리 아들은 일 잘하고 있을까 괜한 걱정도 해본다. 이젠 교복을 벗고 작업복을 입고 있을 아들 생각이 많이 난다.

결혼하고 남편은 공부하느라 서울에 있었고 난 혼자 신혼집에서 직장을 다니고 있었다. 임신하고 태교를 어떻게 해야 할지를 몰랐다. 그래서 아주 교과서적으로 했다. 국어는 시집을 하나 사서 시를 한편씩 읽고 암송했고, 수학은 중등 1.2.3학년 문제집을 사서 풀었다. 고등 과정은 어려우니까 문제 풀다가 스트레스 받으면 안 된다는 생각으로 중등과정을 택해서 공부했다. 그리고 영어는 학원에서 아이들 가르치고 있었으니 늘 보고 외우는 게 영어 교과서와 문제집인지라 그걸로 대신했다. 영재교육을 하느라 그런 태교를 한 것이 아니라 정말 어떻게 해야 할지 몰라서, 그렇게라도 해야 할 것 같았다. 태교 때문에 일부러 피아노를 배우러 다니는 엄마들도 있는데, 대학 다닐 때 내 손으로 피아노를 팔아버려서 그때는 피아노를 치지는 못했다.아들이 태어나서도 계속 직장을 나가야 해서 친정엄마가 거의 육아를 해주신 때가 있었다. 내가 직장에서 돌아와 아들에게 해 준 거라고는 업고, 안고 있으면서 구구단을 외워준 것뿐이다. 난 그때 그렇게 아는 동요도 없었나 보다. 내가 그렇게 하는 걸 보고 우리 엄마도 아들한테 구구단을 외워주시곤 했다. 우리 아들 아기 때부터 참 재미없고 따분했을 것 같다. 어느 날 경주 동생이 조카를 낳아 친정에 왔는데 어린 조카 앞에서 온갖 노래와 율동으로 재롱을 부리는 게 아닌가. 난 들어보지도 못한 여러 노래를 손가락을 이용해서도 불러주고 표정으로도 불러주고, 몸짓으로도 불러주고, 동생을 보는 내가 더 신기하고 재미있었다. 그 모습을 보면서 난 우리 아들한테 참 재미없는 엄마였구나 싶어 미안했다. 그래도 그때는 그것이 나의 최선이었다.

"엄마, 내가 엄마 아들이 아니고 저렇게 장난감들처럼 돈을 주고 골라서 살 수 있는 아이라면 그래도 엄마가 나를 고를 거예요?"

"그럼, 당연하지. 엄마 눈엔 너밖에 안 보여."

그러자 아들은 다행이라는 표정을 지으며 아주 자랑스러운 듯이 내 손을 꼭 잡고 걸었었다. 8살짜리 꼬맹이가 왜 그런 생각이 들었을까. 뭐가 그리 불안해서, 엄마에게 그렇게라도 자신의 존재를 확인받고 싶었던 걸까. 아들은 내게로 온 선물이 분명한데. 내가 받은 최고의 선물인데. 지금 생각해도 가슴 아픈 질문이었다.아들은 그때의 일을 잊었겠지만 난 아들이 한 말을, 아들이 한 행동을 훨씬 더 많이 기억하고 있다. 때로는 본인보다 옆의 사람이 나에 대해 더 많이 기억하고 있는 것도 있다. 그때의 꼬맹이 아들이 요즘은 아침에 새벽 출근을 할 만큼 훌쩍 컸다. 아들이 아무리 커도 내 눈엔 꼬맹이 아들의 모습이 보이고, 그 아들의 목소리가 들려온다.

우리 아들 완전 고집불통에 억지 부리기 대장이라 날 얼마나 울렸는지 모른다. 그래도 내겐 너무나 예뻤던 아들이다. 무슨 일에든지 자신감 넘치고 당당하고 적극적이었던 아들이 어느 순간 살이 찌기 시작하고 중학생이 되고 사춘기를 맞고부터는 완전히 다른 사람이 되어버렸었다. 모든 것에 자신감을 잃어버리고, 의욕도 사라지고 공부에 흥미마저 사라졌다.

시험 날 아침엔 그날 무슨 시험을 치는지도 모르고 그냥 사인펜만 하나 달랑 챙겨서 겨우 학교에 갔다. 성적이 엉망인 건 두말할 필요도 없다. 그러고도 전혀 미안해하는 법도 없었다. 나에 대한 불만을 그런 식으로 표현하는 것 같았다. 사람들과 만나는 것을 꺼리고 학교생활도, 친구 관계도 힘들어했고 심지어는 엄마인 나와 눈도 맞추지 못할 정도로 자존감은 떨어지고 있었다. 그런 아들을 보고 있는 나는 모든 것이 나 때문인 것 같아 아들한테 아무 말도 하지 못하고 바라보고만 있어야 했다.

아침에 남편이랑 아들은 운동장에 달리기하러 다녔다. 남편은 아침 운동 시간을 통하여 아들에게 필요한 많은 이야기를 해주고 싶어 했지만, 사춘기를 보내고 있는 아들은 가기 싫어했다. 아빠한테 가기 싫다는 말을 못 해 억지로 끌려가듯 했다. 아들의 표정은 아침마다 화가 난 듯 보였다. 그러던 어느 날 가기 싫다고, 난 가기 싫은데 왜 아빠 때문에 억지로 다녀야 하냐고 반항을 했고 두 남자는 새벽부터 몸싸움을 했다. 남편과 아들의 몸싸움...

남편이 아들 위에 올라앉아 기선을 제압하자 그때야 아들은 잘못했다고 빌었다. 그 후로는 어떤 반항도 하지 않았다. 그리고 그 후로는 어떤 요구도 아빠에게 말하기를 꺼렸다.

그러다가 어느 날부터 아들은 독한 마음으로 다이어트를 시작했다. 양배추

샐러드와 고구마, 닭 가슴살을 먹으며 꾸준히 운동하고 식사량도 4분의 1로 줄였다. 아무런 간이 되지 않은 삶은 닭 가슴살을 씹고 있는 아들을 보면서 며칠이나 견딜까 싶었다. 그리고 6개월 후 25kg 감량 성공하고는 다시 한 번 딴 사람으로 변신했다. 학교에선 살 많이 뺀 학생으로 소문이 나 모르는 사람이 없을 정도였다. 그때부턴 잃어버린 자신감 회복하고 무엇이든지 잘해보고 싶어하는 의욕도 다시 갖게 되었다. 운동은 아직도 꾸준히 하면서 잘 유지를 하고 있다.

아들이 중학교 사춘기를 거치면서 그동안 눌리고 품고 있던 아이의 상처가 내 앞에서 터져 나오는데 정말 가슴 아프고 무서웠다. 늘 가슴 조마조마하며 염려하던 모습이 내 눈앞에 펼쳐져서 나는 순간 당황했다. 남편과 힘든 시간을 보낼 때 가장 큰 피해자는 아들이었다. 역시나 아들은 기억 못 할 거라 생각했던 것까지 아니 몰라 줬으면 싶은 부분까지 다 기억하고 있었다. 아들 끌어안고 우린 함께 울었다. 그리고 엄마가 잘못했다고 아들에게 무릎을 꿇고 용서를 빌었다. 그때는 엄마도 몰랐다고, 어쩔 수 없었다고, 엄마도 힘들었다고, 그리고 미안하다고. 그렇게 우리는 화해를 했고 우리의 신뢰는 다시 시작될 수 있었다.

신뢰감은 부모와 자녀 사이에도 필요하지만, 부부간에도 연인 간에도, 모든 관계에 있어서 꼭 필요한 것이다. 그리고 무너진 신뢰가 다시 시작되려면 곪은 것이 터지는 아픔이 반드시 있어야 했다.

아들아~ 넌 내게로 온 최고의 선물이란다. 네가 웃어야 엄마도 웃는다. 엄마는 혼자 있고 싶을 때도 아들 생각은 떠나지 않나 보다.

어렸을 때 부지런한 아버지 덕분에 우리 4남매는 늦잠 한 번 자 본 적이 없다. 방학이나 일요일에도 아무리 늦게 일어나도 8시부터는 이불 털고, 방청소, 마당청소를 했다. 엄마가 아침준비를 하시고 아버지는 방4개와 거실을 빗자루로 쓸고, 그 뒤를 이어 우리는 한 사람씩 걸레를 들고 각 방을 하나씩 맡아 닦고 거실은 넷이서 함께 닦았다. 막내가 남동생이었는데 우리 집은 어리다고, 남자라고 봐주는 거 없었다. 무조건 걸레를 들어야 했다. 어쩔 땐 하기 싫어 대충 물칠만 하고 후다닥 치울 때도 있었다. 그리고 오후 5시가 되면 어김없는 저녁 청소시간이었다. 그때는 학원을 다닌 것도 아니라서 학교 수업을 마치면 무조건 밖에서 놀았는데 어두워져서 저녁밥을 먹으러 들어 갈 때까지 밖에서 아이들과 놀곤 했다. 그렇지만 우리는 청소 시간 되면 또 불려 들어가 청소를 끝내고 다시 나가서 놀아야 했다. 일부러 아버지가 우리를 찾을 수 없도록 청소 시간이 가까워오면 멀리 가서 놀기도 했지만 밖에서 우리 소리가 들리면 어김없이 부르셨다. 아버지가 어디 멀리 가 계실 때도 항상 확인 전화가 왔다. 아버지 안 계신 날은 마당 청소에 화분에 물주는 것 까지 우리가 해야 했었는데 청소를 대충하거나 안 해놓은 날은 아버지가 밤10시가 되어 들어 오셔도 청소를 하고 자야했다. 그런 날은 엄마도 함께 우린 모두 시무룩해서 잠자리에 들기도 했다.

가끔 몸이 아파 더 누워 있고 싶어도 아버지는 청소를 먼저 하고 다시 눕도록 하셨다. 일어나서 억지로라도 청소하고 움직이고 아침 공기를 맡고나면 신기하게도 몸이 좋아지기도 하고, 개운했다. 그런데도 우리는 꼬박꼬박 이렇게 청소하는 것이 싫을 때도 있었지만 아버지 말씀을 거역할 생각은 못했다. 아버지가 엄했던 것도 아니었고, 우리들에겐 더 없이 다정하고 가정적이고 좋은 아버지셨다. 그래서 아버지가 시키는 것은 우리에게 다 좋은 거, 우리를 위한 것이라는 생각들이 있었나 보다. 아버지가 틀렸다는 생각은 전혀 못했다. 우리도 어른이 되어 보니 아버지의 청결에 대한 모습이 좀 유별났다라고 우리는 옛일을 생각하면서 이야기를 하곤 한다.

어려서부터 그것이 습관이 되어서인지 지금도 아무리 아파도 늦잠은 안잔다. 그리고 낮잠도 어지간하면 안자고 잘 누워 있지도 않는다. 앉아서 책을 읽든지 동영상 강의를 듣든지, 글을 쓰든지 하는 것이 내가 쉬는 방법이다.

자꾸 누워서 뒹굴 거리는 것도 습관이 된다는 것을 알았다. 피곤해서 잠시 누울 수도 있고 잠을 청할 수도 있지만 한 번 두 번의 나도 모르는 반복이 금방 습관으로 자리 잡을 수가 있다. 어려서 부지런하게 움직이는 아침형 습관을 갖게 해준 아버지의 교육이 바로 가정교육이었구나 싶었다. 가정에서 부모님께 보고 배운 대로, 살아가는 방법에, 생각하는 방법에 많은 영향을 미치고, 내가 가는 길을 열어 주기도 한다는 걸 알았다. 그래서 가정교육이 중요하구나 싶다. 요즘 따라 더 그런 생각이 많이 든다. 아이들은 듣고 자라는 것보다 보고 배우는 것이 더 많다고 하는데 우리 아들은 뭘 보고 자라고 있을까? 결혼을 하고 누군가와 함께 살기 시작하면 그때서야 보고 배운 것이 나타 날수도 있을 텐데 제발 좋은 것들이 보여 졌으면 싶다. 내가 보인 것들이, 내가 한 말들이 아들의 인생길에 좋은 화살표 역할을 해 줄 수 있으면 하고 바래본다.

불리는 이름이 달라지면

내가 듣는 동영상 강의가 있다. 강사가 강의는 잘하는데 좀 밉상이었다. 말하는 스타일이 내게 거부감이 많이 생겼었다. 그런데 강의 중에 계속 자기가 귀엽다는 예문을 만드는 것이다. 처음엔 마음속으로 아니거든요~~ 당신 밉상이거든요~~ 했는데 며칠 계속 듣고, 보다 보니 점점 귀여워 보였다. 처음 볼 때는 밉상이었는데 본인이 자꾸 자기를 귀엽다고 소개하니 진짜 귀여워 보이기 시작했다. 그런 생각이 들자 혼자 피식 웃음이 났다. 말은 역시 힘이 세다. 말은 보이는 것도 바꾸나 보다.

호칭이 바뀌고 불리는 이름이 달라지면 전혀 다른 사람이 된다. 내 힘으로 꼿꼿이 서 있으려고 온 마음을 겨우겨우 세우고 있다가도 불리는 이름이 달라지면 왠지 이젠 내가 의지해도 될 것 같아진다. 좀 약해져도 될 것 같아진다. 좀 부족한 모습을 보여도 부끄럽지 않을 것 같다. 불리어지는 이름이 달라지면 왠지 세상을 더 아름답게 살아낼 수도 있을 것 같다. 용기를 더 내야 할 것도 같다. 어떻게 부르는지, 어떻게 불리는가에 따라 우리는 서로에게, 또 세상에서 전혀 다른 사람이 될 수도 있다.

그래서 하나님도 이름을 먼저 바꿔 주셨나 보다. 아브람을 아브라함으로-이제 후로는 네 이름을 아브람이라 하지 아니하고 아브라함이라 하리니 이는 내가 너를 여러 민족의 아버지가 되게 함이니라 (창세기 17:5)

사래를 사라로-하나님이 또 아브라함에게 이르시되 네 아내 사래는 이름을 사래라 하지 말고 사라라 하라 내가 그에게 복을 주어 그가 네게 아들을 낳아 주게 하며 내가 그에게 복을 주어 그를 여러 민족의 어머니가 되게 하리니 민족의 여러 왕이 그에게서 나리라 (창세기 17:15-16)

야곱을 이스라엘로-그가 이르되 네 이름을 다시는 야곱이라 부를 것이 아니요 이스라엘이라 부를 것이니 이는 네가 하나님과 및 사람들과 겨루어 이겼음이니라 (창세기 32:28)

시몬을 게바(베드로/반석)로-예수께서 보시고 이르시되 네가 요한의 아들 시몬이니 장차 게바라 하리라 하시니라 (게바는 번역하면 베드로라) (요 1:42)

하나님은 그 자녀들에게 새롭게 살라고 이름부터 바꿔 주셨나 보다. 불리어지는 이름이 달라지면 나의 세상도 달라진다. 일이 잘 안 풀리거나 어떤 일을 새로 시작하면서 개명하는 사람들이 많았다. 내 주위에도 이름을 바꾼 자들을 예전보다 더 많이 볼 수 있다. 이름을 바꾸면 하는 일이 잘 될 것이라, 좋은 일이 생길 것이라 기대가 크다. 좋은 기대를 하고 일을 시작한다는 것만으로도 성공을 반은 이룬 게 아닐까 싶다.

난 아들을 기쁨이라고 부른다. 나의 기쁨이고, 다른 많은 이들에게 기쁨을 주는 자가 되고 하나님의 기쁨이 되길 바라는 마음으로 불러 주는 이름이다.

어느 날, 아들이 아주 흥분해서 내게 일러주듯이 말했다.

"엄마, 아빠가 전화기에 나를 뭐라고 저장해 놓은 줄 아세요?"

"뭐라고 했는데?"

"서○○이라고 했어요."

"너 서○○ 맞잖아."

"아니, 아들을 어떻게 그냥 이름을 저장해 놓을 수가 있어요. 우리 아들이라
고 하든지, 뭐라고 애칭을 붙여 주셔야지, 이름만 저장해놓다니 그건 좀 아니
잖아요."

아들 반응에 웃음이 났다.

"엄마는 뭐라고 저장되어 있지?"

"엄마는 오도리요."

누군가에게 특별한 이름을 받고 싶어 하는 건 아들도 마찬가지인가 보다.

어려서 피아노 학원에 다닐 때 선생님은 우리를 '꿈동이'라고 부르셨다. 꿈을
먹고 자라는 꿈꾸는 아이들이 되어야 한다고 꿈동이라고 불러 주셨다.

어느 날부터인가 일기장 노트를 하나 사서 선생님과 서로 비밀 일기를 주고
받았다. 내 고민, 생각들, 꿈들을 적어서 선생님 방에 얹어 놓고 나오면 선생님
도 다음날 답글을 적어서 남겨 주셨다. 내가 내 마음대로 작사 작곡한 노래들
도 적어서 보여 드리고 선생님께 불만 있는 것도 적어서 일기장에 남겨 두었
다. 그렇게 그 노트에 내 꿈을 담았었다.

이제 누군가에게 어떤 특별한 존재가 된다는 것이 무슨 큰 의미가 있나 싶기
도 했다. 사랑 아니면 못 산다~ 너 아니면 못 산다~ 가슴앓이 하던 이십 대 청
춘도 아닌데, 이젠 그렇게 있는 그대로 바라보고 받아들이고 사는 게 편할 나
이도 되었는데, 그래도…그래도… 난 아직도 잊히지 않는 그 무언가가 되고 싶

은가보다. 나뿐만 아니라 우리는 모두 그 무엇이 되고 싶어 하는지도 모른다.

어떤 상황에 대하여 내가 어떻게 해석하느냐, 어떻게 받아들이느냐에 따라 감사 제목이 될 수도 있고 원망 거리가 될 수도 있음을 알아가고 있다. 좋아도 너무 좋다고, 싫어도 너무 싫다고 성급하게 말하지 않으려고 한다. 지금 좋아 보이는 그것이 나중에 나를 아프게 하는 올무가 될 수도 있고, 지금 당장은 싫은 그 이유가 오히려 내게 유익이 될 수도 있다는 것도 이제는 알아간다. 이젠 모든 걸 어떻게 해석해야 하는지를 조금씩 알아가고 조금씩 더 기다리는 법도 알아간다. 그리고 아무리 나쁜 상황이라도 내겐 역전의 하나님이 계시다는걸 항상 기억하려고 한다. 인생은 해석하기 나름이다! 그리고 불리는 이름이 달라 지면 내 인생도 달라진다.

내게는 잊지 못하는 선생님이 몇 분 계신다. 그 중 한 분이 고2때 담임이셨던 성회경 선생님이시다. 국어 담당이셨던 선생님은 목사님의 사모님이시기도 했다. 내가 대학 2학년쯤에 선생님은 학교 사임을 하시고 목사님이셨던 남편 분과 함께 뉴질랜드로 목회하러 떠나셨다. 뉴질랜드로 가시는 날 아침에 친구 들이랑 공항에 배웅을 나갔었다.

그 후로 선생님 생각은 간간히 났었지만 대학을 졸업하고 결혼을 하고 살면 서 추억속의 좋은 선생님으로만 생각하고 있었다. 그러다가 어느 날 인터넷으 로 선생님을 한번 찾아봐야 겠다는 생각이 들었다. 요즘은 거의 모든 소식을 인터넷으로 알아 볼 수 있는 상황이고 게다가 목회자이시니 찾을 수 있을 거라 는 기대가 생겼다. 역시나 선생님 이름으로 검색을 했더니 선생님의 여러 칼 럼들이 보여 졌고, 뉴질랜드 어디에 계시는지도 찾을 수 있었다. 그렇게 떨리 고 설레는 마음으로 선생님께 첫 메일을 보냈었다. 그리고 답장을 받고는 깜짝 놀랐다. 선생님이 날 기억해주실까 조금 염려스럽기도 했었는데 나에 대해 너무나도 정확하게 많은 것을 기억하고 계셨다. 내가 어떤 성격이었는지, 수학을 좋아하고 잘했었다는 것도, 어느 학과를 갔었는지, 선생님과 함께 공부 했던 때가 1988년도였다는 것을 기억하고 계신 것도 너무 신기하고 감사했다.

선생님은 반 학생들 모두에게 정말 사랑을 많이 주셨던 분이시다. 공부 때문에 스트레스 많이 받는 시기에 하나하나 필요 한 것이 없는지 늘 살펴서 우리들의 필요를 채워 주시곤 했다.

학기 초 상담 중에 내가 알람시계가 고장이 나서 아침에 기상시간을 깜빡 놓친다고 했더니 며칠 뒤에는 탁상용 알람시계를 사서는 편지와 함께 주셨다. 그리고 사춘기를 겪으며 힘들 때 선생님께 편지를 쓴 적이 있는데 손 글씨로 쓴 8장의 긴 답장을 주서서 정말 감동적이었다. 그래서 내 생각엔 나만 특별히 예뻐 하시나보다 했는데 그게 아니라 나중에 알고 보니 선생님께 몰래 몰래 선물이랑 편지 한 통 안 받은 친구가 없었다.

한 달에 한 번씩 자리 뽑기를 했는데 뒷자리에 뽑힌 친구들에겐 칠판글씨가 잘 보이는지 꼭 확인하셨고 시력이 안 좋아 잘 안 보인다고 하는 친구는 데려가서 안경까지 해 주셨다.

처음엔 반 친구들이 선생님의 사랑을 우리들에게 점수 따려고 일부러 하는 위선이라느니 하면서 오해를 했던 친구들도 많았다. 그렇지만 나중엔 변함없는 선생님의 사랑을 알고는 더 열렬한 선생님의 팬이 되어버렸다. 내가 학원에서 아이들을 가르칠 때는 선생님 생각이 많이 났다. 나도 선생님처럼 사랑을 많이 전하는 사람이 되고 싶었다. 어쩌면 그 때 내게 사랑을 주셨던 선생님 흉내를 내고 있었는지도 모른다.

고3이 되어 반이 흩어져서도 선생님과 우리들의 사랑은 계속 되었었다. 각각 다른 반이 되었지만 스승의 날은 물론이고 우리들만의 만남의 이벤트를 만들어서 "2학년 4반 모여라" 하면 언제든지, 어디서든 모여서 함께 해주셨던 선생님이셨다. 그런 우리들을 보고 선생님도 아주 행복해하셨다. 지금도 선생님의 밝고 예쁜 미소가 생생하게 떠오른다.

나는 수요일 아침마다 등교하면서 빨간 장미를 한 송이씩 사서는 등굣길에 맨 처음 만나는 친구에게 선물로 주는 것을 좋아했다. 그 때 장미 한 송이 300원이었는데 수요일만큼은 꽃을 살 용돈을 챙겨 갔다. 그리고 자주 선생님의 교탁 위에도 장미를 한 송이씩 얹어 두곤 했는데 선생님은 그 장미를 보시고는 함께 노래하기를 좋아하셨다. 선생님이 한 송이 장미 같다는 생각을 많이 했었다. 선생님은 우리 한 사람 한 사람의 이름을 의미있게 불러 주셨고, 그 사랑에 우리도 특별한 사람이 되어 갔다.

오늘은 아침 조회시간에 선생님과 함께 불렀던 우리들의 노랫소리가 귓가에 들려오는 듯하다.

당신에게서 꽃내음이 나네요. 잠자던 나를 깨우고 가네요.
싱그런 잎사귀 돋아난 가시처럼 어쩌면 당신은 장미를 닮았네요.... 🎵♪

나는 한때 누군가에게 특별한 사람이 되고 싶었다. 나로 인하여 삶의 기쁨도 주고 싶었고, 나로 인하여 새로운 의욕도 갖게 해 주고 싶었다. 아마 나뿐만 아니라 우리는 모두 누군가에게 특별한 사람이 되고자 할 것이다. 그러나 이젠 내가 먼저 누군가를 특별한 사람으로 만들어 주는 것이 더 좋은 것임을 알아 간다.

마치는 글

오랜만에 아침 운동을 나섰다. 운동 나가기 전부터 몸은 이미 땀에 젖어버리지만, 마음 놓고 땀 흘릴 거니까 내버려 둔다. 왕복 5번만 뛰고 오자는 마음으로 집을 나선다.

아! 오늘도 나는 이렇게 살아있구나! 갑자기 눈물이 핑 돌았다. 나의 두 다리로 달릴 수 있음에 감사했고, 아직 내가 뭐라도 할 수 있는 게 있어서 감사했다.

글 쓰면서 참 많이 울었다. 이 글은 나의 이야기이기도 하지만 우리 부부의 이야기이기도 해서 쓰면서 마음이 괴롭고 불편할 때도 잦았다. 생각나는 많은 사람한테 미안해서, 내 모습이 부끄러워서, 상처받은 내가 안쓰러워서, 한 줄 글을 쓸 때마다 내 안에 쓴 뿌리들과 상한 마음들이 날 한참이나 울게 했다.

그리고 난 내가 누구인지, 나를 더 잘 들여다보았고 화해해야 할 이들을 다시 돌아보게 되었다. 내 마음과 먼저 화해가 이루어질 때 다른 사람과 화해는 오히려 쉬웠다.

　남편을 통해 뭔가를 채우려고 했던 욕심들을 조금씩 내려놓게 되니, 뭔가 막힌 담이 허물어지는 듯이 마음이 아주 편해졌다. 뭐 때문인지는 몰라도 내 마음을 꼭 싸매고 있던 것들이 이젠 좀 느슨하게 풀어도 될 것 같았다. 그리고 좀 풀고 나니 훨씬 편해졌다. 남편과도 그렇고, 나와도 그렇고...

　아침에 남편이 마당에 있는 무화과를 따 왔다. 나뭇가지 높은 곳에 달린 것을 따 왔는지 알이 굵다. 목숨 걸고 따온 거라고 생색을 내 길래 고맙다고 안아 줬다. 어린애다. 나도 그렇듯이 남편도 칭찬받고 싶어 하고, 나한테 인정받고 싶어 하는데 내가 작은 말 한마디에 인색하게 굴었음을 반성했다. 나는 남편에게서 작은 것 하나에도 칭찬받고 싶어 하고, 인정받고 싶어 하고 표현해 주길 바라면서 나 역시 남편에게 표현하는 것에 인색해 있었다.

　어쩌면 남편이 우리 부부의 이야기를 글로 썼더라면 또 다른 이야기가 나왔을 거다. 내가 바라본 우리 부부의 모습은 남편이 바라보는 모습과는 또 다를 테니까.

　친하게 지내는 학원 원장님들이 있는데 그중에는 부부 팀들도 있다. 내가 그들보다 나이도 많고 내가 한때 관리했던 교실들이다 보니 여러 가지를 의논도 하고 이야기해주기도 하고, 고민을 털어놓기도 한다. 여자 원장님들은 남편에 대해 이야기를 하고, 남편 원장들은 부인에 대한 이야기를 내게 가끔 하기도 한다. 같은 문제인데 서로 바라보고 받아들이는 것이 아주 달랐다. 그래도 그들은 부부였다. 서로 마음에 안 들고 부족한 모습들이 보여도, 결국은 하나가 되어 문제를 해결해 나가려고 했다. 문제가 있음에도 불구하고 하나가 되는 젊은 부부들의 모습이 오히려 예뻐 보였다.

　부부는 그런 것이다. 서로 다름을 인정하면서 결국은 함께 가야 하는 이들.

언제부터인가 혼자 영화 보는 것에 재미가 들렸다. 특히 평일엔 사람이 많이 없어서 혼자 영화 보기가 더 좋다. 며칠 전에도 모처럼 마음먹고 영화 보러 갔다. 누구와 약속된 것이 아니니 영화 시간에 맞춰 느긋하게 갔고, 모든 걸 느긋하게 움직였다.

자주 가는 영화관인데 더 정신 차리고 잘 찾아가려고 하니 갑자기 어느 출입구로 가야 하는가 부터 헷갈리기 시작했다. 결국은 첫 출입문을 들어서는 것부터 꼬이기 시작해서 이층에서 한번 헤매고, 엘리베이터 찾아서 탔다가 7층에 내려서 또 헤매고, 8층에 있는 영화관을 왜 그렇게 빙빙 돌아서 갔는지 모르겠다. 평소에는 아무 문제없이 잘 찾아가던 곳인데 왜 갑자기 가는 길을 헤맸을까. 역시 난 길치가 맞나 보다.

나는 주로 늘 다니던 길로만 다니고, 익숙한 곳만 다니는 편이다. 학교 다닐 때는 집과 학교만 다녔다. 그러다가 나중엔 교회를 가는 길이 하나 더 생겼다. 결국 내가 다니던 곳은 집, 학교에서 집, 직장, 교회로 바뀌었고 여기만 열심히 다녔다.

그러다가 서른이 훨씬 넘은 어느 날, 집을 벗어나 해운대를, 다대포 바다를 밤에 가 본적이 있었다. 바다도 훌륭했지만 오가는 길이 너무나 황홀하고 아름다웠다. 내가 살고 있는 곳, 내가 생각을 담고 있던 곳과는 전혀 다른 아름다운 세상이었다.

밤바다를 보면서, 길 위의 반짝이는 불빛들을 보면서 내가 만난 또 다른 세상 때문에 가슴이 벅차서 아무 말도 할 수가 없었다. 내가 이렇게 아름다운 곳을 모르고 살았구나, 이렇게 아름다운 길을 못 걸어보고 있었구나 라며 내가 아는 세상이 참 좁다는 걸 알게 되었다. 그리고 내 생각 또한 참 좁겠구나 라고 돌아보게 되었다. 난 그저 겁에 질려서 익숙한 길만 걷고 있었다. 이후에 여러 곳을 다녀야 하는 일을 하게 되면서 억지로라도 길을 익히게 되었다.

방향을 잘못 짚어 좀 더 걷는 고생을 할 때도 있었지만 내게는 새로운 세상으로 가보는 새로운 길이 열렸다. 내가 걸어 가 보는 만큼 내 세상이 된다. 내가 밟는 땅이 곧 내 세상이 되었다. 길은 하나만 있는 게 아니었다. 이 길로도 가 볼 수 있고, 저 길로 가 봐도 되었다. 그런데 난 아무 생각 없이 습관처럼 한 길만 다녔다.

남들 다 잘 찾아가는 곳도 내게는 낯설 때가 많다. 너무 잘하려고 애쓰다 보면 오히려 망쳐질 때도 잦았다. 혹 앞으로의 내 인생길도 길을 잘못 들어 헤매이게 된다 해도 이젠 조급해하지도 않을 것이고, 누굴 원망하는 일도 없을 것이다. 길은 하나만 있는 건 아닐 테니까, 비록 조금 둘러서 가는 수고로움이 있다 하더라도 그 길을 기쁜 마음으로 걸어갈 것이다.

인생길이란 누군가와 함께 가는 길이기도 하지만 결국에는 혼자서도 뚜벅뚜벅 잘 걸어갈 수 있어야 한다는 걸 기억할 것이다.

그리고 지금껏 내가 걸어 왔듯이, 나는 앞으로의 길도 씩씩하게 걸어갈 것이다. 버릴 것은 버리고, 꽉 붙들어야 하는 것은 놓치지 않도록 더 감싸 안고, 더 사랑하며, 더 열렬히 나를 응원하며 갈 것이다. 이런 나를 다시 한 번 더 응원한다.

하늘마음, 난 네가 참 좋아!